Brigitte Nowak
Karls Romanze
Zweites Buch

Alles Liebe, viel Freude
beim lesen.
Herzlichst, Brigitte

8.11.'19

Titelfoto: Brigitte Nowak

© Brigitte Nowak 2019

Herausgeber: Gruppe schreibender Seniorinnen und Senioren Leipzig

Redaktion: Roswitha Scholz
Layout/Umschlaggestaltung: Christel Kaphengst

Verlag und Druck: OsirisDruck, Leipzig
www. osirisdruck.de

ISBN: 978-3-941394-84-1
Preis: 14,80 Euro

Brigitte Nowak

Karls Romanze

Eine Spurensuche

Zweites Buch

1. Auf der Suche nach Rita

Warum nur finde ich keinen Anfang?
Warum sind die Zweifel in mir so stark? Ganz widersprüchliche Gefühle habe ich. Jetzt, wo ich anfangen will, anfangen muss, mir Gedanken über die Geschichte der Mutter zu machen, wird mir klar, worauf ich mich da eingelassen habe.
Ich habe dem Verlag zugesagt.
Viele hatten mich gefragt, was wurde denn aus Rita, als sie den ersten Teil des Buches gelesen hatten.
Nun merke ich, dass es mir schwer fällt, mich hineinzufühlen in das Leben der Frau, die mir fremd ist und die doch meine Mutter war. Wenn ich daran denke, ist mir, als stünde ich vor einem Tunnel, den ich einfach nicht durchfahren kann.
Was macht es mir nur so schwer, mich ihrer Geschichte zu nähern? Warum kann ich nicht über sie schreiben wie über irgendeinen anderen Menschen? Warum schmerzt mich jeder Gedanke an sie? Manchmal denke ich, dass es meine Angst davor ist, mit Rita in eine Beziehung zu treten. Mein Leben lang habe ich ja gerade das vermieden, habe mich dagegen gewehrt. Aber irgendetwas in mir sagt immer wieder: Schreib über deine Mutter Rita. Schreib ihre Geschichte.
Ich suche nach einem Anfang.

Ritas Leben geht mir nicht aus dem Sinn.
Vielleicht sollte ich das alles weniger vom Gefühl aus betrachten. Ich könnte ja zuerst einmal überlegen, welche Quellen es für mich gibt, um etwas über sie zu erfahren. Immerhin lebte sie vor mehr als einhundert Jahren.

Aber da ist er schon wieder, der Zweifel. Welchen Aufwand muss ich betreiben, kann ich das überhaupt? Habe ich die Zeit dafür? Ich habe ja auch vieles andere zu tun. Da ist mein Mann, der auf meine Hilfe angewiesen ist, und da sind meine Enkel.
Warum will sich die Schreibfreude, die mich bei der Geschichte meines Großvaters erfasst hatte, nicht einstellen? Hätte ich doch dem Verlag nicht so schnell zugesagt.
Mein Sohn sitzt mir gegenüber. Die Ankündigung für Ritas Geschichte kennt er. Er fragt: „Wie weit bist du denn?" Ich versuche, meinem Gesicht einen Ausdruck von Verständnislosigkeit zu geben. „Ich denke, du schreibst über deine Mutter." Ich will das Thema wechseln, doch er lässt sich nicht abbringen. „Willst du die Geschichte gar nicht mehr schreiben? Nun habe ich meinen Urgroßvater durch dein Buch kennengelernt. Meine Großmutter wäre mir auch wichtig. Weißt du denn gar nichts über sie?"
Er ahnt nicht, wie sehr mich seine Worte wieder zum Grübeln bringen. Ich weiß schon etwas über meine Mutter. Aber es ist nicht viel. Alles, was ich über sie weiß, ist mit Zwiespalt und unguten Gefühlen besetzt. Allein der Gedanke daran, dass sie mich im Alter von wenigen Wochen in fremde Hände gegeben hatte, lässt in mir einfach kein freundliches Denken an sie zu. Drei Kinder habe ich auf die Welt gebracht. Was ich damals empfunden habe, daran kann ich mich noch heute gut erinnern. Es war jedes Mal eine unbeschreibliche Freude, das Kind, das ich mit Schmerzen geboren hatte, im Arm zu halten. Und jedes Mal spürte ich das Bedürfnis, mein Kind zu beschützen.
Ich versuche, was ich noch nie getan habe, mir diesen Moment bei Rita vorzustellen. Sie gibt ihr Kind weg. Sie legt es in die Arme einer Frau, die sie zum ersten Mal sieht. Was mag sie dabei gespürt haben? Was hatte sie dazu gebracht? Dieser Gedanke kommt mir das erste Mal. Was konnte Rita nur dazu bewegen, sich von mir, ihrem Kind zu trennen? War ich ihr lästig oder stand sie unter einem Druck? Warum habe ich daran noch nie gedacht, die Mutter immer

nur verurteilt? Als mir all das durch den Kopf geht, trifft mich wieder der Schmerz, den ich immer verspüre, wenn ich auch nur einen leisen Gedanken an meine Mutter habe.
Es geht nicht anders. Ich muss alles aus dem Leben der Mutter und der Familie beleuchten, was bisher hinter einem Grauschleier war. Dass es schwer werden wird, weiß ich.

Heute drängt es mich förmlich, endlich etwas für das Buch zu unternehmen. Ich greife nach dem unscheinbaren Karton, in dem Fotos liegen. Vor dem Umzug vor drei Jahren hatte ich sie dort hinein gelegt, aussortiert. Fotos, auf denen die Mutter, der Vater, die Großeltern zu sehen sind. Sie entstanden in den Kriegsjahren, meist in der Altmark, und in den Nachkriegsjahren auch in Leipzig. Immer, wenn ich sie mir früher ansah, erwachte in mir das Gefühl von Verlassenheit. Und immer spürte ich dann einen Groll gegen die Menschen auf den Fotos in mir. Nur den Großvater nahm ich davon aus.
Mir fällt ein dünnes Papier in die Hand, gelblich und klein gefaltet. Ich erinnere mich, dass es nicht das erste Mal ist, dass ich es sehe. Ehe ich es wegwerfe, falte ich es auseinander. Das ist doch nicht möglich! Ich lese mehrmals, was da steht, kann es kaum glauben: BESCHLUSS – Die Daten meiner Eltern sind aufgelistet. Darunter steht, dass ich durch ihre Heirat den Rechtsstatus eines ehelichen Kindes habe. Erst mit drei Jahren! Darunter Aktenzeichen und Unterschrift des Justizbeamten des Amtsgerichtes Leipzig.
Das amtliche Schreiben lässt mir keine Ruhe. Gehe ich gleich hin, ins Sächsische Staatsarchiv? Frage ich dort, ob es weitere Dokumente gibt? Ich hatte gehört, dass über 50 Jahre alte Schreiben dort lagern.
Wozu habe ich ein Telefon?
„Ich sehe nach", sagt die freundliche Mitarbeiterin. Nun weiß ich, dass ich zum Archiv des Amtsgerichtes in der Bernhard-Göring-Straße gehen muss.

Schon wieder denke ich, ob es wirklich Sinn hat, was ich tue. Könnte mein Anliegen den Beamten nicht lächerlich vorkommen? Vielleicht hat es auch keine Bedeutung für die Geschichte meiner Mutter. Doch irgendetwas treibt mich an.

Dem Mann hinter dem Schreibtisch zeige ich den Beschluss aus dem Jahr 1942. Ich erkläre, dass ich wissen möchte, welchen Status ich vor meinem dritten Lebensjahr hatte, und ob hier noch weitere Dokumente über meine Familie lagern. „Eins nach dem anderen", sagt der Mann und sieht auf das Blatt. Dann fertigt er eine Kopie an. Ich wiederhole meine Frage nach dem Status vor dem dritten Lebensjahr. „Na, da hatten Sie einen Vormund." Zweifelnd sehe ich ihn an. „Ich hatte doch eine Mutter." „Ja, aber eine Ledige. Die durfte in dieser Zeit nicht über Sie bestimmen." Ich kann mir ein Kopfschütteln nicht verkneifen.
Der Bescheid käme mit der Post. Ich solle mich gedulden. Na ja, das ist wenigsten etwas.
Der Beschluss vom Amtsgericht, der schon über siebzig Jahre alt ist, warum ist er plötzlich so wichtig für mich? Er löst eine kleine Hoffnung in mir aus. Vielleicht ist er der Schlüssel dafür, wenigstens einige Antworten auf meine Fragen zu bekommen.
Die Großeltern hatten mir doch mehr als einmal erzählt, dass sie mit Rita und Johanna am 4. Dezember 1943 im Keller ihres Wohnhauses verschüttet worden waren. Sie hätten nichts retten können, nur ihr Leben und was sie am Leib hatten.
War die Urkunde der Mutter so wichtig, dass sie sie am Körper getragen hatte? Das hieße ja, ich war ihr nicht einerlei. Dass ich ihr im Wege war, denke ich ja schon mein Leben lang. Wenn sich bei weiterem Suchen nun etwas ganz anderes herausstellen würde, ich wäre glücklich.
Wie ich an den Beschluss gelangt bin, weiß ich nicht. Aber nun, wo ich ihn gefunden habe, wirkt er für mich wie ein Signal, nicht aufzugeben.

Ich bin wieder mit der Fotokiste beschäftigt. Fotos, auf denen Rita abgebildet ist, lege ich bereit. Auf meinem Schreibtisch häuft es sich: rechts die Notizen, links die Bilder. Immer wieder kommen neue Fragen auf mich zu: In welcher Zeit sind die Fotos entstanden? Wer sind die anderen Personen auf den Bildern? Welcher Zusammenhang bestand zwischen ihnen und Rita? Hätte ich bloß mehr Zeit! Zu oft muss ich mein Vorhaben unterbrechen. „Bist du denn nun bald fertig mit der Schreiberei", fragt Rolf eben, der sich offenbar vernachlässigt fühlt. Was soll ich ihm darauf antworten? Kürzlich habe ich gelesen, dass manche, die ein Buch schreiben wollten, sich zurückgezogen hätten. Wochen, sogar Monate lang lebten sie allein, um zu schreiben. Welch ein Luxus! Den kann ich mir nicht gönnen. Meine Aufgabe ist es geworden, mich um Rolf zu kümmern. Nach dem letzten Schlaganfall ist er auf meine Hilfe in allen Bereichen des Lebens angewiesen. Auch den Umgang mit meinen Enkelkindern möchte ich auf keinen Fall aufgeben. Aber in der Zeit mit ihnen kann ich nicht schreiben. Ja, es ist oft schwer, das richtige Maß zu finden.

Rolf hält mir ein Kuvert entgegen. Ein Ablenkungsmanöver, denke ich. Er will meine Aufmerksamkeit. „Da sind Papiere drin, die mich nichts angehen", sagt er halb beleidigt, weil ich ihn zurückweise. Das ist doch das Kuvert, das ich voriges Jahr aus der Altmark mitgebracht habe! Wie konnte ich das vergessen! Meine Cousine hatte den Inhalt beim Ordnen alter Papiere für mich aussortiert. „Das war in meinem Lefter", sagt Rolf. Mit meinem Herumsuchen in Ordnern und Schubfächern habe ich ihn wohl angesteckt. Jetzt, wo er merkt, dass mich der Umschlag interessiert, lächelt er und sagt: „Wenn du mich nicht hättest."

Ich sehe auf die vergilbten Schriftstücke. Das Gefühl, das mich dabei befällt, kann ich nicht beschreiben. Von meinem Vater, der eigentlich nur in meiner Phantasie existiert, weil er im Krieg

geblieben war, habe ich plötzlich eine Feldpostkarte in der Hand. 1941. Er hat sie wohl aus dem Russlandfeldzug geschrieben. Ich kann meine Rührung nicht unterdrücken. Das erste Mal habe ich etwas vor mir liegen, was von ihm stammt. „Meine Lieben daheim", schreibt er, bittet um ein Päckchen mit Nahrung an die Front. Die Karte war an Oma Lina gerichtet. Ich muss sie erst einmal beiseitelegen. Wie viele solcher Feldpostkarten wird er wohl an die Mutter geschrieben haben? Ich weiß ja, dass er aus Russland nicht zurückgekehrt war. Wie muss Rita damals gelitten haben.
Werde ich die richtigen Worte dafür finden, um allein das in meiner Geschichte beschreiben zu können? Ich sehe mir die Karte wieder an. Über den Vater weiß ich sehr wenig. Weniger noch als über die Mutter. „Er war ein guter Mensch", höre ich Oma Lina sagen. Na, ja. Sie war schließlich seine Mutter. „Er sah sehr stark aus", sagte seine Schwiegermutter, Oma Klara, als ich sie nach dem Vater fragte. „Er war ja auch Müllermeister. Der musste Zentnersäcke schleppen können", ergänzte Opa Karl, der immer Bewunderung für starke Männer hegte.
Ich sehe mir die zwei Fotos an, die ich vom Vater besitze. Wie soll ich eine Geschichte schreiben, in der auch er eine Rolle spielen muss, wenn ich so wenig über ihn weiß?

Bei allem Nachsinnen fällt mir das Dorf ein, von dem ich stamme und in das ich so gerne fahre. Katharina! Sie weiß doch noch das meiste aus vergangenen Zeiten. Immer, wenn ich in den letzten Jahren dort war, haben wir viel über die Vergangenheit gesprochen: Über unsere gemeinsame Großmutter Lina, die Verwandten, die schon nicht mehr leben, und vieles, was wir gemeinsam erlebt haben. Außerdem sind da noch Cousine Ilse aus Berlin, die auch aus dem Dorf stammt, und Cousine Marlene. Unsere Väter waren Brüder. Mein Vater war der Bruder von Katharinas Mutter. Ich weiß, dass Marlenes Mutter Kontakt zu Rita gehabt haben soll. Die Hoffnung darauf, dass die drei Frauen noch etwas über meine

Eltern wissen könnten, versetzt mich in freudige Erwartung.
Das ist eine gute Idee! Ich werde ein Treffen zwischen uns vieren ins Leben rufen. Wir sehen uns doch ohnehin jedes Jahr in B. Vielleicht lässt sich das Treffen ein paar Monate vordatieren.
Gerade will ich die erste Cousine anrufen, da stürmt unser vierjähriger Enkelsohn in die Wohnung. Bald darauf kommt auch der Zehnjährige. So schnell kann ich nicht mehr umschalten und Gedanken loslassen, die ich gerade im Kopf hatte. „Ruhe!", rufe ich ins Zimmer und mache mir Notizen, um ja nichts zu vergessen. Das mache ich fast den ganzen Tag über. Auch nachts, wenn ich keinen Schlaf finden kann, fülle ich Zettel mit Stichwörtern und Gedanken. Erst jetzt bemerke ich, dass ich mittendrin bin, in der Spurensuche, in Ritas Leben, in der Geschichte, die ich über sie erzählen will.

Doch nun sind erst einmal Rolf und ich als Großeltern gefragt. Der kleine Matteo legt hölzerne Eisenbahnschienen im Zimmer aus. Dabei erzählt er vom heutigen Tag im Kindergarten. „Max war wieder frech. Der ist immer frech. Er hat mich richtig derb geboxt." Er sieht mich von unten herauf an. „Und du?", fragt Rolf. „Ich bin doch immer lieb!", ruft er, „danach brauchst du mich gar nicht zu fragen!" Der Zehnjährige sitzt inzwischen am Computer. Er komponiert mit einem Notenprogramm. Das ist im Moment seine Leidenschaft.
„Oma, guck mal, wie meine Eisenbahn durch den Tunnel fährt!"
„Oma, hör dir mal mein neues Lied an!"
Nach drei Stunden merke ich, dass ich nicht an Rita, nicht an den Vater gedacht habe. Die Enkelkinder sind wieder bei ihren Eltern im Haus gegenüber. Ich lausche in die Stille nach ihrem Besuch. Allmählich stellen sie sich wieder ein, die Fragen und Zweifel.

Soll ich mich wirklich in den Zug setzen und zur Cousine fahren? Das ist doch ein viel zu großer Aufwand. Länger als einen Tag und eine Nacht kann ich nicht wegbleiben. Wer kümmert sich um Rolf? „Fahr ruhig", sagt der, „ich brauche kein Kindermädchen, komme allein klar." Ich weiß seit langem, dass er sich überschätzt. Früher hat er das Leben so gut gemeistert, war er der, an den ich mich lehnen konnte. Heute bin ich es, die das Heft in der Hand haben muss – für uns beide.

Das Beste wird sein, ich lasse mein Vorhaben erst einmal ruhen. Es strengt mich doch alles ziemlich an. Ab und zu wird mir mein Alter bewusst. Sollte man da überhaupt noch ein Buch schreiben? Aber ich kann nicht einfach aufhören. Zu weit bin ich schon eingestiegen in die Geschichte. Nach langem Überlegen und Hin und Her hoffe ich, dass ich durch meine Reise nach B. zu neuen Erkenntnissen komme und Antworten auf Fragen finde.

Entspannt lehne ich mich zurück. Die Zeit, in der ich jetzt reise, gehört mir allein.

Schon einmal war ich mit dem Ziel unterwegs, Licht in die Vergangenheit zu bringen. Heute fahre ich nur zweieinhalb Stunden bis zu meiner Cousine in der Altmark. Vor vier Jahren dauerte meine Reise 32 Stunden. Sie endete damals in Palermo. Spuren meiner Großmutter Margarita suchte ich dort. Bei der Fahrt, die ich heute mache, hoffe ich, etwas aus dem Leben ihrer Tochter Rita zu erfahren. Wäre ich dazu nicht von vielen Seiten ermuntert worden, ich hätte nicht den Mut gehabt, mich an diese Geschichte zu wagen. Aber viele, die „Karls Romanze" gelesen haben, fragten: Wie ging es weiter mit Karls Tochter?

Nun sitze ich im Zug und genau diese Frage stellt sich jetzt wieder. Wie oft schon wollte ich mir einreden, dass ich mich mit dem Leben meiner Eltern nicht beschäftigen sollte. Zu viele schlechte Erinnerungen würde ich wachrufen. Zu viele Emotionen, die ich Jahrzehnte immer wieder zurückgedrängt habe, würden an die Oberfläche kommen müssen. Selbst im Alter hat man keine Ruhe vor seiner Kindheit! Hier im Zug habe ich Zeit zum Nachdenken.

Immer mehr wird mir klar, ich komme um all die unerwünschten und unbequemen Gedanken nicht herum.

Das Handy klingelt. „Du hast mir gar kein Mittagessen hingestellt", sagt Rolf. Ach, er hat wieder alles vergessen, was ich ihm vor der Abreise erklärt hatte. Ich erinnere ihn daran, dass das Essen in dem Thermosbehälter auf dem Küchentisch steht. Unser Sohn will heute und morgen nach Rolf sehen. „Morgen isst du doch bei Markus." „Wieso denn? Der muss doch arbeiten." „Nein, morgen ist Sonntag. Und ich komme morgen Nachmittag schon wieder nach Hause."

„Ich komm schon klar", brummt er nun versöhnlich, „wollte bloß wissen, wo du bist."

Das schlechte Gewissen beginnt an mir zu nagen. Habe ich einen Fehler gemacht, Rolf allein zu lassen?

Gestern haben wir lange zusammen gesprochen. Ich war mir sicher, dass er meinen Entschluss, zu Katharina zu fahren, akzeptiert hatte. Und nun fragt er mich, warum ich unbedingt dort hin will. Ich habe wohl zu lange gezaudert. Auch zu Rolf hatte ich gesagt, dass ich die Fortsetzung des Buches erst einmal beiseitelegen würde.

Aber es ist mir nicht möglich. Die Gedanken in mir lassen sich nicht aufhalten.

Mit meinem Mann muss ich offenbar mehr Geduld haben. Ich hoffe, dass er mich versteht. Ich kann nicht anders. Diese Reise muss ich machen. Ich will lernen, meine Mutter zu verstehen. Dazu muss ich mir all die vielen Fragen beantworten können: War meine Existenz für sie ein Verhängnis? Warum hat sie mich weggegeben? Warum hat sie mich nach sechs Jahren 1945 in das zerstörte Leipzig geholt? Was war ihr wichtig? Wie hat sie gelebt? Welche Menschen hat sie geliebt und warum? Woran hat sie geglaubt? Ich muss in ihr Leben eintauchen.

Und der Vater. Wie stand der eigentlich zu mir? Erst seit kurzer Zeit beziehe ich ihn mit ein in das Nachdenken über meine Kindheit. Früher war ich fern von jedem kritischen Gedanken an ihn. Heute

kann ich mir nicht erklären, warum ich so einseitig und stupide gedacht habe. Er lebte in mir wie einer, den es einmal gegeben hat, der gut und unantastbar war. Nun möchte ich herausfinden, wie er in Ritas Leben hineingehörte, welche Bedeutung ich für ihn hatte. Nun, nach so langer Zeit, möchte ich ihm näher kommen.
Die Fragen enden nicht. Sie werden drängender. Mir kommt ein Gedanke, den ich gleich wieder verwerfe: Ich könnte auch nach Dassel fahren, wo der Vater geboren wurde. Aber wann soll ich das alles tun? Wo nehme ich die Zeit her?
Die Durchsage reißt mich aus meinen Gedanken: Magdeburg Hauptbahnhof! Ausstieg rechts!
Wie schnell kommt man heute mit der Bahn an sein Ziel. Vorausgesetzt, sie ist pünktlich. Früher, als ich noch ein Kind war, dauerte meine Fahrt von Leipzig bis Stendal fast 10 Stunden. Aber einen Vorzug hatte die Reise früher doch: Ich musste nicht umsteigen.

Nun dauert es noch eine knappe Stunde. Auf der Fahrt von Magdeburg nach Stendal kenne ich so vieles. Es ist erstaunlich, dass sich manches auf dieser Strecke in den vielen Jahrzehnten nicht verändert hat, Gebäude, Gärten und Bäume. Der Regionalzug hält an vielen kleinen Orten. Ich weiß die Namen auswendig.
Wenn ich auf dem Stendaler Bahnhof ankomme, löst sich in mir immer eine Anspannung, die ich vorher kaum bemerkt habe. Ich fühle mich zu Hause. Vielleicht bewirken das die Erinnerungen an vergangene Zeiten. Vielleicht trägt auch der gemütlich anmutende Backsteinbau des Bahnhofsgebäudes dazu bei. Doch ganz bin ich noch nicht angekommen.
Ich stehe auf dem Portal des Bahnhofs, das zur Stadt führt, und sehe den jungen Mann winken. Meine Ankunft hier läuft fast immer gleich ab. Irgendjemand aus der Familie der Cousine findet die Zeit, mich mit dem Auto abzuholen. Wir fahren noch zwanzig Kilometer, dann bin ich zu Hause.

Ich betrete das Haus meiner Cousine. Noch immer wohnt sie dort, wo ich als Kind gelebt hatte. Allerdings wurde der Bau erweitert und vieles wurde modernisiert. Aber die Front zur Straße hin ist gleich geblieben. Wenn ich ankomme und das Haus sehe, spüre ich Freude. Dieses Gefühl wohnt seit der Kindheit in mir. Es hat mich auch im hohen Alter nicht verlassen. „Danke, dass ihr es ermöglichen konntet", sage ich zu Katharina, Ilse und Marlene, die schon auf mich warten. Mit ihnen habe ich in meinen ersten sechs Kinderjahren zusammengelebt. Sie sind mir vertraut. Das Band zwischen uns blieb trotz der unterschiedlichen Lebenswege erhalten.
Der Tisch ist gedeckt – wie früher. Torte und Schlagsahne stehen bereit – wie früher. Der Kaffee ist fertig. „Ich wollte jetzt eigentlich jetzt gar nichts essen", sage ich und bemerke sofort, dass das ein Fehler war. „Du kannst nicht in die Altmark kommen und nichts essen wollen", sagt Katharina und rückt wieder zurecht, was mir entfallen war. Die Bewirtung der Gäste hatte und hat in ihrem und im Haus ihrer Vorfahren einen hohen Stellenwert.

Den drei Frauen ist mein Anliegen bekannt. Am Telefon habe ich mit ihnen darüber gesprochen. Teils interessiert, teils verwundert haben sie darauf reagiert. Und sie sind gekommen! Selbst Ilse aus Berlin hat sich herfahren lassen. Schon während des Kaffeetrinkens sprechen wir über unsere gemeinsam verbrachten Kinderjahre, über unsere Oma Lina und über Tante Ilse.
Zum ersten Mal fällt mir auf, dass jede der Cousinen liebevoll über ihre Eltern spricht, die alle längst nicht mehr leben. Nur ich habe in dieser Hinsicht nichts beizusteuern. Aber gerade deshalb bin ich ja hier. Vielleicht ändert sich das irgendwann auch bei mir, wenn ich die Geschichte meiner Eltern besser kenne.
Ein Block liegt neben meinem Kuchenteller. Alles, was mir neu und wichtig erscheint, will ich darauf notieren. Ilse, die blind ist, hat ihre Tochter gebeten, Fotos aus der Vergangenheit herauszu-

suchen. Katharina hat wieder die legendäre Fotokiste bereitgestellt. Jedes Mal bei unseren Treffen sehen wir uns die alten Bilder an. Marlene legt Bilder auf den Tisch, die uns neu sind. Beim Betrachten der Fotografien erzählen wir Geschichten. Dabei gibt es auch manche, die wir jedes Mal erzählen. Ich frage die Cousinen: „Wie habt ihr das eigentlich als Kinder wahrgenommen, dass ich hier in B. lebte, aber keine Eltern hatte?" Sie sehen sich an. Ilse, die zwei Jahre älter ist als ich, sagt: „Ich wusste, dass du Eltern hattest und dein Vater im Krieg gefallen war, als du hier gewohnt hast. Deine Mutter kam ja zwei Mal hierher. Einmal zu Besuch und dann, als sie dich abgeholt hat. Oma und unsere Mutti waren damals ganz schön fertig. Für sie war das schwer zu ertragen, dass sie dich einfach so mitgenommen hat." Ich erinnere mich noch genau an das Gefühl in mir, als die Mutter kam und mich wegholte aus dem Dorf und von der Großmutter. Und ich weiß noch, wie es mir damals ging, als mir nach Monaten klar wurde, ich muss in Leipzig bleiben. „Habt ihr euch nicht gewundert, dass sie mich überhaupt hierher gebracht hatte?"

Nein, als Kinder hätten sie sich nicht gewundert. Später schon. „Wir wussten aber", sagt Marlene, „dass sie dich hier versteckt hatte. So hieß es immer. Vor wem und wovor, das erfuhren wir erst als Erwachsene. Die Schwangerschaft, das Kind und dazu noch ledig, das durfte früher nicht sein. Für unsere Oma und für uns hast du immer dazu gehört", setzt sie noch hinzu, wie, um mich zu trösten.

Alle drei Frauen erinnern sich, dass Oma Lina keine Ausbreitung des Themas duldete. Wurde doch einmal über meine Kindheit oder die Mutter gesprochen, war für sie der Sohn Wilhelm stets frei von jedem Fehl und Tadel.

Wollte sie den Ruf ihres Sohnes, meines Vaters, schützen? Oder befolgte sie in ihrem Leben den Grundsatz, sich nicht mit dem zu beschäftigen, was nicht zu ändern ist?

Ilse, die damals noch sehen konnte, kann sich an Rita noch gut erinnern, die so anders war, als die Frauen hier im Dorf. Wir sehen uns ein Foto an, auf dem die Mutter im Badeanzug zu sehen ist. Sofort bemerke ich, an welcher Stelle im Garten das Bild gemacht wurde. Der große alte Birnenbaum, vor dem sie sitzt, steht heute nicht mehr. „Als sie hier war, ging sie schon am Morgen in den Garten. Sie wollte braun werden. Aber du warst nicht bei ihr, das weiß ich noch genau, du warst bei uns", sagt Ilse, die wegen ihrer Blindheit das Foto nicht sehen und sich trotzdem erinnern kann. Sie erzählt, dass sich Rita weder ihr, noch mir, noch Katharina, die damals noch ein Baby war, zugewandt hätte. Die Stunden, die sie da gewesen sei, hätte sie fast nur lesend im Garten verbracht. „Wenn sie mich nicht beachtet hat, warum kam sie dann überhaupt? Es hieß doch immer, sie hätte mich besucht." Meine Cousinen heben die Schultern. Sie haben keine Antwort für mich. Ich weiß es noch wie heute. Immer, wenn die fremde Frau kam, störte sie den häuslichen Frieden. Auch Oma Lina und Tante Ilse atmeten auf, als sie am frühen Morgen wieder mit dem Milchwagen davon fuhr.

Wie soll ich ihr beim Schreiben nur gerecht werden!

Unser Kaffeetrinken ist längst beendet. Der Tisch liegt voller Fotos. Wahllos nehme ich eins, und eine kleine Episode kommt plötzlich in mir als Erinnerung zurück. Doch, die Mutter muss sich mir zugewandt haben, wenn auch nur kurz. Sie hat mir die spärlichen dünnen Zöpfchen abgeschnitten. Fortan trug ich einen Bubikopf. Dann hat sie ein Foto von mir gemacht. Oma Lina tröstete mich: „Wenn sie weg ist, lassen wir deine Haare wieder wachsen."

„Ja, Rita war eine hübsche Frau. Aber hierher passte sie nicht", sinniert Marlene, die aus der Stadt Stendal stammt. In den Ferien war sie oft mit uns zusammen.

Bis in den Abend hinein sprechen wir über Rita und über die Familie, in der wir vier verwurzelt sind. Mein Notizblock ist schon gut gefüllt. Manches von dem, was erzählt wird, wusste ich schon. Aber ich erfahre auch Neues: Worte, die Rita gesagt haben soll, lassen

mich aufhorchen: „Wäre Wilhelm aus dem Krieg zurückgekehrt, hätten wir uns noch ein Kind angeschafft. Ich hätte einen Buchladen aufgemacht." Ilse hatte gehört, wie Rita diese Worte zur Oma Lina sagte. Der erste Satz macht mich ratlos. Vielleicht wollte Rita bei einem zweiten Kind alles nachholen, was sie an mir versäumt hatte. Der zweite Satz ist mir verständlich. Ich habe sie doch so, eigentlich nur so, kennengelernt.
In den zwei Jahren, in denen ich mit der Mutter in Leipzig zusammen gelebt hatte, sah ich sie immer mit einem Buch in der Hand. Der Großvater erzählte mir damals, dass sie auch mit Büchern arbeitete. So vieles habe ich vergessen, was in meiner Kindheit geschehen ist. Aber ein Bild taucht manchmal in meinem Inneren auf: Der große wuchtige Ledersessel. Ich weiß es nicht mehr, ob er schwarz oder braun war, aber er war dunkel, sah schäbig und abgegriffen aus. An einigen Stellen waren die Nähte geborsten. In den zwei kalten, ungemütlichen Räumen, die meiner Familie in Leipzig nach dem Krieg zugewiesen worden waren, war er das einzige Möbelstück, das ich anheimelnd fand. Mit meinen sechs Jahren verschwand ich fast in seinen weichen Polstern. Nicht selten schlief ich darin.

Ich sitze wieder im Zug nach Magdeburg. Immer wieder macht sich Unruhe in mir breit. Wird zu Hause alles in Ordnung sein? Bei den Gesprächen mit den Cousinen konnte ich meine Sorge um Rolf ausblenden. Jetzt wirkt sie umso stärker. Rufe ich ihn an oder nicht? Er geht ja oft nicht ans Telefon, oder er drückt falsch darauf herum. Wenn ich ihn nicht erreiche, mache ich mir noch mehr Sorgen. Markus wird schon nach ihm sehen. Ich bin ja spätestens 13.30 Uhr zu Hause. Die Gedanken daran, was alles passieren könnte, will ich nicht mehr zulassen. Sie sind nur geeignet, Ängste zu schüren und düstere Ahnungen zu wecken. Doch schon habe ich das Handy am Ohr. Ich warte, und Unruhe befällt mich wieder. Ich versuche es ein zweites Mal. Ein Rappeln und Schimpfen ist

zu vernehmen. „Hallo, geht's dir gut?", rufe ich. „Warum soll's mir denn nicht gut gehen? Wann kommst du denn nach Hause?" Ein Stein fällt mir vom Herzen.
Ich kann nun wieder meinen Gedanken nachhängen.
Es war wieder schön bei Katharina in der Altmark. Die vertrauten Gesichter zu sehen, ist immer wie ein Nachhausekommen. Ich lese in meinen Notizen. Dieser eine Satz geht mir nicht aus dem Sinn. Ist es wirklich Ritas Absicht gewesen, ein weiteres Kind zu haben? Hatte ein Kind überhaupt Platz in ihrem Leben? Ich kann es mir nicht vorstellen. Während ich an sie denke, versinke ich in einen Halbschlaf. In dem großen dunklen Sessel sehe ich die Mutter sitzen. Im Kerzenschein hat sie ein Buch in der Hand. Ich beobachte sie durch den Türspalt, bin nicht sicher, ob sie es bemerkt. Nie wäre es mir in den Sinn gekommen, mich auf ihren Schoß zu drängen, wie ich es bei Oma Lina oder bei Tante Ilse gern tat. Die körperliche Nähe der Mutter versprach mir weder Trost noch Geborgenheit. Sie sieht von ihrer Lektüre auf und blickt in den dunklen Raum. Oma Klara ruft nach ihr. Erst, als die rufende Stimme schärfer wird, erhebt sich die Mutter und geht zur Großmutter. Dieses Bild von Rita habe ich oft vor mir, wenn ich an sie denke. Es ist nicht das Bild der Mutter, sondern das einer einsamen Frau. Nicht einer Frau, die die Einsamkeit gesucht hat, sondern einer, die sie ertragen muss. Nach allem, was ich auch von meinen Cousinen über sie erfahren habe, empfinde ich jetzt Mitgefühl für sie.
Ich glaube, ich konnte Rita ein Stück näherkommen. Plötzlich wird mir bewusst, dass ich bei allem, was sie betrifft, immer nur das Soll-Konto vor Augen hatte. Immer habe ich nur daran gedacht, wie alles hätte sein müssen und doch nicht war. Ich beginne langsam, mich darauf einzustellen, was ich für ein Haben-Konto zur Verfügung habe.
Der Vater fällt mir wieder ein. Es mag viele Menschen geben, die ihren Vater nicht kennen, oder gar nicht wissen, wer ihr Vater ist.

Ich weiß ja, man kann auch ohne ihn aufwachsen. Aber man ist nicht vollkommen. Es fehlt ein Teil der Wurzel, aus der sich Halt und Selbstvertrauen nähren sollen.
Jetzt muss ich mich aufs Aussteigen konzentrieren. Schon bin ich wieder in Leipzig. Da steht mein Sohn auf dem Querbahnsteig. Wie schön, dass er gekommen ist. Nun bin ich bald zu Hause. „Ja, dem Vati geht es gut. Er wollte bloß wissen, wo du so lange warst." Längst habe ich bemerkt, dass es mir und Rolf besser geht, wenn ich einfach hinnehme, was er oft an Rätselhaftem sagt.
„Na, du Ausbleiberin", empfängt er mich. Ich umarme ihn und sage: „Schön, dass ich wieder bei dir bin." Nun erzähle ich von meiner Reise. Rolf hört ein Weilchen zu, doch ich bemerke, dass er meinen Worten nicht länger folgen kann.
Während der Hausarbeit kreisen meine Gedanken unablässig um meinen Vater.
Nun, wo ich mit den Cousinen zusammen war, wir Erinnerungen ausgetauscht haben, habe ich auch an den Vater eine kleine Erinnerung. Sie trat hervor wie ein Fünkchen, das vielleicht Wärme für ihn in mir auslösen könnte: „Ich weiß es noch genau", erzählte Ilse, „dass dein Vater mal in B. war. Er hatte dich auf dem Arm und wollte dich gar nicht wieder hergeben." „War er damals in Uniform?", fragte ich. „Ja, ja, er war doch Soldat." Auf einmal habe ich vor Augen, dass ich an den silbrig glänzenden Knöpfen an seinen Schulterklappen herumspielte. Ich muss zwei oder drei Jahre alt gewesen sein. „Ja, jetzt fällt's mir wieder ein. Der war wegen dir gekommen. Er wollte dich sehen." Ich glaube, ich habe Ilse angesehen, als hätte sie mir ein Wunder geschildert. Sie konnte nicht ahnen, wie ich mich über ihre Worte gefreut habe.
Das war das einzige Mal, dass ich mit dem Vater zusammen war. Wie mag ihm damals zumute gewesen sein? Warum habe ich früher, als Oma Lina noch lebte, nicht öfter nach ihm gefragt? So vieles würde ich heute gerne nachholen. Besonders Fragen, die das Leben meiner Eltern betreffen. Im Gegensatz zum Opa in

Leipzig sprach die Großmutter aus der Altmark nur selten über Vergangenes. Von den neun Kindern, die sie geboren hatte, überlebten sie nur zwei. Krankheiten und vor allem der Krieg nahmen ihr Töchter, Söhne und auch den Ehemann.

Ich bin am Sichten und Sortieren. Viele kleine Episoden, die aus meiner Erinnerung stammen, habe ich flüchtig notiert.
Immer wieder stelle ich fest: Das Erinnern kommt beim Schreiben und manchmal auch die Freude.
„Komm, jetzt gehen wir raus", sagt Rolf, der schon ausgehfertig vor mir steht. Gerade habe ich den Anfang von Ritas Geschichte im Kopf und will ihn niederschreiben. Es hat nicht sollen sein. Ruhe finde ich nicht, wenn Rolf allein auf die Straße geht. Meine Karte an den Onkel muss ja sowieso in den Briefkasten. Ich melde mich bei ihm, der 93 Jahre alt ist, zum Besuch an. Er müsste noch etwas über Rita wissen. Immerhin war er ihr Schwager.
Wir machen unseren Spaziergang, mein Mann und ich.
„Musst du denn so viel schreiben?", fragt mich Rolf unterwegs. Die gleiche Frage stellt er mir vielleicht in zwei Stunden wieder. Ich erkläre ihm, wie wichtig es für mich ist, alles zusammenzutragen, was ich heute noch über meine Eltern erfahren kann. „Ich hoffe sehr, dass ich ein Bild von ihnen bekommen kann, das ich früher nicht hatte", sage ich. „Ach, die Eltern. Die waren doch in Ordnung. Die sind doch schon so lange tot", sagt Rolf, „das bringt doch nichts mehr." Er ist zu beneiden, hat ein durchweg positives Bild von seinen Eltern. Ich kannte sie ja auch und weiß, dass es auch an ihnen Schattenseiten gab. Es ist, als hätte er einen Anker ausgeworfen, an dem nur das Gute, was er im Leben hatte, haften bleibt. Alles andere ist ihm davongeschwommen.

Ich bin auf dem Weg zum Onkel. Er wohnt nicht gerade um die Ecke. Bus und Straßenbahn muss ich benutzen, um zu seiner Wohnung zu gelangen. Auch das noch! Der April kommt in diesem

Jahr schon im März. Es regnet. Eben schien noch die Sonne, und ich dachte an den Frühling. Jetzt denke ich: Warum habe ich keinen Schirm mitgenommen?

Der Onkel empfängt mich im Rollstuhl. Er hielte sich seit einer halben Stunde hinter der Wohnungstür auf, um mein Klingeln nicht zu verpassen, sagt er, als ich ihn begrüße. „Ja, die Ohren machen nicht mehr mit. Es ist zum K..."

Ich sitze auf der Couch und warte, dass er den Kaffee bringt. Kuchen habe ich von meinem Lieblingsbäcker Friedemann mitgebracht. Es dauert. Zur geöffneten Tür hin, die in die Küche führt, rufe ich: „Kann ich helfen?" Onkel Gerald reagiert nicht, hat offenbar meine Frage nicht gehört.

Das Zimmer, in dem ich sitze, sieht noch genau so aus wie zu Tante Johannas Zeiten. Sie war die Schwester meiner Mutter und die Ehefrau des Onkels. Was man in der DDR an schönen Möbeln im Wohnzimmer gern gehabt hätte, sie hatte es. Wie es dazu gekommen war, konnte ich nie ergründen. Ihre Mutter Klara verschanzte sich zu diesem Thema lediglich hinter Andeutungen, die ich nicht verstand. „Die richtigen Leute muss man kennen", war eine davon.

Endlich sitzt mir der Onkel gegenüber. Es strengt mich an, mit ihm zu sprechen. Ich artikuliere übermäßig und vor allem laut. Auch er spricht sehr laut, wie es Schwerhörige oft tun. Jedem seiner Sätze an mich sendet er einen Blick nach, um die Gewissheit zu haben, dass ich ihn verstanden habe.

Aus der Post kennt er mein Anliegen. Sechs Fotos liegen auf dem Tisch. Die Augen des Onkels und das Erinnerungsvermögen funktionieren noch erstaunlich gut. Während er ein Foto nach dem anderen aufnimmt, betrachte ich ihn. Seine Hände zittern ein wenig. Alles, was an ihm früher so typisch war: das volle runde Gesicht, die wachen Augen, das leicht gewellte Haar, alles das ist ihm erhalten geblieben. Aber die Beine versagen ihm seit kurzem den Dienst.

„Ja, die Rita", sagt er, „ich habe mich immer ein bisschen über sie gewundert." Er sieht meinen fragenden Blick. „Na, ja, gewundert ist vielleicht nicht das richtige Wort. Ich habe sie mehr bewundert." Er nimmt das Foto, auf dem Rita mit einem turmähnlichen Hut, in einem eleganten Mantel zu sehen ist. Nachdem wir uns über die Hutmode der Jahre kurz nach dem Zweiten Weltkrieg amüsiert haben, sagt Gerald, er wäre ja damals noch ein sehr junger Mann gewesen, hätte sich über Frauenkleider keine Gedanken gemacht. Mit Johanna war er schon ein wenig verbandelt in dieser Zeit. Daher kannte er auch Rita. „Ich erinnere mich noch", sagt er und blickt an mir vorbei in die Ferne, als sehe er dort, was er gerade schildert, „die Leute waren nach dem Krieg meistens ärmlich gekleidet. Aber Rita war immer gut angezogen. Ich glaube, dass Johanna mir erzählt hatte, ihre Mutter Klara hätte sehr viel für die Töchter genäht. Vielleicht gab es auch andere Quellen für ihre Kleidung. Ich weiß es nicht. Damals musste jeder zusehen, wo er bleibt." Der Onkel greift zu dem Foto, auf dem mein Vater auf einem Motorrad sitzend zu sehen ist. „Komisch", sagt er, „das Foto stammt noch aus der Kriegszeit. Schwiegermutter Klara hat doch oft genug gejammert, dass sie am 4.12.43 alle Alben im Luftschutzkeller lassen musste."
Mir fällt die Urkunde ein, über die ich mich gewundert habe. „Kann es möglich sein", frage ich, „dass die Menschen bei Bombenangriffen vieles, was ihnen wichtig erschien, am Körper getragen haben?" Gerald erinnert sich, dass seine Mutter einen Beutel mit Geld und Papieren an ihrem Bauch festgebunden hatte.
Meinen Vater habe er einmal gesehen, erzählt er. Er wäre nicht sehr groß, aber stämmig gewesen. Und er hätte eine Uniform getragen. Mit Rita sei er eng umschlungen die Straße entlang gegangen. Das wäre alles schon so lange her. Wie lange eigentlich? Umständlich rechnet er nach. „Na, ja, auf jeden Fall mehr als siebzig Jahre."
Ich zeige auf das Foto, auf dem ich zu sehen bin. Ungefähr sechs Jahre könnte ich darauf gewesen sein. „Ja, das war schon eine

seltsame Sache, als Johanna mir erzählt hatte, sie hätte eine Nichte. Sie war doch Ritas Schwester. Aber von deren Schwangerschaft hätte sie nichts bemerkt. Das hatte Klara alles schön unterm Deckel gehalten." Gerald lächelt mich vielsagend an. Sein Verhältnis zur Schwiegermutter war, wie ich mich schwach erinnere, zwiespältig.

Einige Seiten meines Notizblockes konnte ich wieder füllen. Auf einmal erfasst mich Unruhe. So lange wollte ich doch gar nicht bleiben! Rolf wird wieder warten. Beim Abschied sagt Onkel Gerald, ich solle ihn ruhig anrufen, wenn da noch Fragen wären. Fragen, ja, davon habe ich noch genug. Doch ihn anrufen – das geht schon seit langem nicht mehr. Die Hörgeräte helfen ihm nicht am Telefon. Er wünscht mir guten Erfolg bei meiner Geschichte. Da hätte ich ja schon einen, der an mich und an die Vollendung der Geschichte über Ritas Leben glaubt.
Nein, auch der Verlag rechnet fest mit dem zweiten Teil meines Buches.
Immer wieder kommen mir Zweifel an meinem Tun. Habe ich mir doch zu viel vorgenommen?

Um alles, was ich bisher über Ritas Leben herausfinden konnte, richtig einzuordnen, brauche ich noch viel mehr Wissen über die Zeit, in der sie gelebt hatte. Mein Vorhaben entwickelt sich zu einer Riesenaufgabe. Dabei klingt es so einfach: Ritas Geschichte. Ich weiß nicht, wie viele Stunden ich schon mit meiner Suche am Computer verbracht habe. Gibt man die richtigen Stichpunkte ein, kann man aufschlussreiche Dokumentationen und Videos über die Zeit während, zwischen und nach den zwei Weltkriegen finden. Denn das ist die Zeit, die ich beschreiben muss. Im Leipziger Stadtarchiv hatte ich schon im Sommer ein Treffen mit einem Archivar vereinbart. Die Fragen, auf die ich eine Antwort erhoffte, hatte ich ihm gemailt. Damals ging es um den ersten Teil meines

Buches „Karls Romanze." Der Archivar begrüßte mich freundlich. Einen Stoß von Papieren legte er auf den Tisch, an dem ich saß. Um Gottes Willen, hoffentlich will der das nicht alles mit mir durchgehen, dachte ich.
Ich durfte mich im Lesesaal allein damit beschäftigen. Und ich war dankbar, dass ich sehr vieles erfahren konnte, über die Menschen und über die Zeit, die ich beschreiben wollte. Nun kann ich auch beim zweiten Teil des Buches darauf zurückgreifen.
Was mussten die Menschen alles erleiden. Zwei schreckliche Weltkriege fanden statt. Treten da nicht beim Schreiben über diese Zeit die Verhaltensweisen und die Gefühle der Einzelnen in den Hintergrund? Geht es dabei nicht nur ums Überleben, nur ums Weitermachen? Wie kann ich mich darauf einstellen? „Ja", hatte der Archivar gesagt, „da müssen Sie sich schon hineinfinden in die Zeit des vergangenen Jahrhunderts." Ich hoffe, dass es mir nicht wie meinem Lieblingsromancier, Maxim Gorki, geht. Er schrieb an seinen Sohn: „Es ist doch komisch, wenn man bedenkt, wie viel ich arbeite und wie wenig Vernünftiges dabei herauskommt." In seinen Worten mag ein wenig Koketterie mitschwingen. Aber sie bringen mich zum Nachdenken. Ich bemerke, dass in mir die Neugier wächst. Und ich fühle auch, dass die Entfernung zwischen Rita und mir geringer wird.
In einer Stunde kommt Manuel. Kurz drauf der kleinere Enkelsohn. Ihre Eltern können in dieser Zeit noch ihrer Arbeit nachgehen. Beide haben unregelmäßige Arbeitszeiten. Ich versuche, ein wenig Schlaf nachzuholen. In der vergangenen Nacht war ich auf einmal hellwach. Was mir gerade durch den Kopf gegangen war, ich musste es notieren. Ich glaube, auch das gehört dazu.
„Oma, du schnarchst!" „Ach herrje. Ich wollte doch längst aufgestanden sein", rufe ich Manuel entgegen. Rolf hatte ihm die Tür geöffnet. Ich versuche so geschickt wie möglich, aus dem Liegen heraus auf die Beine zu kommen. Aber wie immer dreht es mich nach dem Schlaf noch einmal aufs Bett zurück. Dann erst komme

ich in Tritt. „Soll ich dir helfen?", fragt der Zehnjährige. Ich überhöre seine Frage. Gleichzeitig bin ich überrascht, wie hilfsbedürftig ich auf ihn wirke.
Wir hören uns seine Lieblingsmusik auf YouTube an. Diese Stunde ist für mich immer etwas Besonderes. Ich habe einen zehnjährigen Enkelsohn, der eine Gemeinsamkeit mit mir hat! Wir hören uns das Klavierkonzert Nr.1 von Tschaikowski an, allerdings nur den ersten Teil. Und wir hören Mozart. Manuel sucht im Computer die Stücke aus.
Dann beschäftigt er sich mit dem Notenprogramm und spielt mir vor, was er selbst komponiert hat. Er fragt mich nach meiner Meinung dazu. Das ist mein größtes Geschenk.

Doch jetzt wird es turbulent. Der Kleine stürmt herein. Er hat Hunger und auch das Bedürfnis, Rolf und mir zu zeigen, wie toll er bauen kann. Wir erfreuen uns an seinem noch unverfälschten und unbekümmerten Wesen und an den vielen Fragen, die er stellt. Es bleibt turbulent, bis mein Sohn die Kinder nach dem Abendessen abholt.

„Das war alles", sagt Rolf. Er legt mir einen Brief auf den Tisch, dem ich schon von weitem ansehe, dass er sofort in den Papierkorb wandern kann. Er enthält nicht, was ich erwarte. Die lästige Reklame, man bekommt sie nicht los. Einige Wochen sind schon vergangen, seit ich auf dem Amtsgericht war.
Aber immer noch keine Nachricht von dort. Geduld ist doch das, was ich in meinem Leben am meisten üben musste. Warum bin ich in dieser Angelegenheit nur so ungeduldig?

Schon lange hatte ich es mir vorgenommen. Heute endlich stehe ich in der Anmeldung der Leipziger Volkszeitung. Ich hoffe, dass ich Einsicht nehmen kann in Zeitungen der Dreißiger Jahre des vergangenen Jahrhunderts. Aber leider! Bei der LVZ gibt es kein

Archiv mehr. Nur in der Deutschen Nationalbibliothek könne ich fündig werden. Vielleicht kann ich Rolf überreden, mich dorthin zu begleiten. Wenn ich ihn bei mir habe, brauche ich mich nicht um ihn zu sorgen. Aber einige Tage muss ich ihm schon Zeit geben, meinen Vorschlag anzunehmen.
Noch rechtzeitig denke ich daran, dass in der Nähe der LVZ auch der Bäcker Friedemann ist. Wie oft habe ich mir schon vorgenommen, ganz in Ruhe nachzuschauen, ob ich noch Spuren der Wäscherei von Oma Klaras Eltern finden kann. Im Hinterhof des Hauses muss sie gewesen sein. Die Großmutter erzählte manchmal davon. Und Ritas Buchladen war nur ein Stück entfernt. Als Kind ging ich gerne in den Bäckerladen. Ich blieb so lange darin stehen, bis die Frau hinter der Ladentafel mir eine Tüte mit Kuchenrändern in die Hand drückte. Auch dort lernte ich, Geduld zu üben. Allerdings hatte das, was man kurz nach dem Krieg Kuchen nannte, keine Ähnlichkeit mit dem heutigen Kuchenangebot der Bäckerei Friedemann, das einfach exquisit ist.
Wie konnte ich nur hoffen, dass es im Hof des Hauses noch Spuren der Wäscherei geben könnte. Die alten Gebäude hatten inzwischen längst modernen Bauten von der Münzgasse her weichen müssen. Der Senior der Bäckerei, die es seit 1930 gibt, gewährt mir einen Einblick in den ehemaligen Hof. Er erinnert sich, dass es früher ganz in der Nähe einen Buchladen gab.
Als ich durch den Hauseingang vom Hof zur Straße zurückkehre, denke ich: Hier sind sie entlang gegangen, Klara, ihre Eltern und Karl. Von hier aus zog Klara mit dem Wäschewagen los. Hier holte Karl sie ab, um mit ihr auszugehen. Die Bäckerei gab es damals noch nicht. War das ein wenig Wehmut, was ich gerade gespürt habe?

Es ist seltsam. Das Telefon klingelt meist dann, wenn ich gerade unter der Dusche stehe. „Rolf, gehst du mal ran?" Schlurfen und Stöhnen! Plötzlich hält er mir unter dem herabrieselnden Wasser das Telefon direkt vors Gesicht. Die rote Taste leuchtet auf. Am liebsten möchte ich losschimpfen. Nimm es gelassen, ermahne ich mich selbst. Nach langem vergeblichem Anrennen gegen alles, was sich durch Rolfs Krankheit verändert hat, bin ich zu der Erkenntnis gekommen, dass ich so wie er ist mit ihm zusammenleben muss. Er hat nicht die Absicht, mich zu verärgern oder vor Rätsel zu stellen. Schwer genug war es für mich, das zu begreifen.

Ich sehe, dass es die Tochter war, die angerufen hatte, und rufe zurück.
Die Gespräche mit ihr sind meist sehr ausgedehnt und intensiv. Sie erzählt von ihrer Arbeit, von Menschen, denen sie hilft und von ihren Hunden. Ein Datum können wir noch nicht festmachen. Ja, ich komme ganz bestimmt. Aber in meinem Inneren weiß ich, es wird schwer werden.

Ich will weiter an Ritas Geschichte schreiben. Doch die Gedanken schweifen immer wieder ab. Ich denke an die Tochter und an den Sohn. Was habe ich alles mit ihnen erlebt. Von meinen Sorgen um sie spreche ich nicht mehr. Ich sorge mich, wenn sie lange unterwegs sind, wenn sie krank sind, wenn sie Probleme haben. Sie erzählen mir nicht alles. Aber ich bemerke vieles. Sie wollen beide nichts von meinen Ängsten hören, fragen, wieso ich mich um sie sorge, wo sie doch längst erwachsen sind. Meine Antwort ist einfach – es sind meine Kinder.
Was mögen sie von den Großeltern, die sie nie kennengelernt haben, in sich tragen?
Wenn ich die Fotos der Mutter betrachte, stelle ich immer Ähnlichkeit zwischen ihr und Maja fest. Die schlanke Figur, das dunkle, etwas lockige Haar, die Augen. Auch der Sohn hat das schwarze Haar der Großmutter geerbt.
Was Rita von ihrem Wesen an mich und die Kinder weitergegeben hat, ist schwer herauszufinden.

Heute kommt endlich Post vom Amtsgericht. Auf mehreren kopierten Urkunden lese ich die Namen der Eltern, ihre Geburts- und Sterbedaten. Unter einem Dokument klebt eine Marke, mit einem Stempel versehen. Mühsam entziffere ich die handschriftlich verfasste Erklärung von Opa Karl. Er versichert darin, dass seine Tochter Rita vor ihrem Tod bei ihm gewohnt hatte. Weiterhin bestätigt er den Erhalt von 300 Reichsmark, die mir als Erbin zustünden. Er sei mein gesetzlicher Vertreter und Vormund. Darunter, gut zu lesen, die steile wie gemalte Unterschrift des Großvaters.
Leider könne das Amtsgericht nicht mehr ermitteln, wer mein Vormund war, als ich noch als ledig geborenes Kind galt.
Es ist schon eigenartig, die alten Urkunden zu betrachten. Sie sind zum Teil mit der Hand verfasst, schwer leserlich. Doch sie haben alle etwas mit mir zu tun. Das Geld, das ich damals ererbt hatte, ging, wie ich vermute, in den schlechten Nachkriegsjahren komplett in die Familienkasse ein. So wird es auch mit dem Schmuck, den die Mutter besaß, und ihrer Kleidung gewesen sein. Ich weiß noch, dass in einem Kästchen ein Ring mit einem großen funkelnden Stein lag. Offenbar stammte er von der ehemaligen Besitzerin der Buchhandlung. Sie hatte Rita einen Teil ihres Schmuckes geschenkt, ehe sie Deutschland verlassen hatte. Das hatte mir Opa Karl mehr als einmal erzählt.
Er, der in den Hungerjahren stets nach Wegen suchte, die Familie zu ernähren, wird alles, was auf dem Schwarzen Markt zu tauschen war, für Essbares hergegeben haben.

„Hast du mich erschreckt", rufe ich lauter als beabsichtigt und sehe von meinem Text auf. Der Sohn steht plötzlich vor mir, hält mir die schmutzigen Hände hin. Endlich verstehe ich, dass er mir sagen will: „Ich bin fertig mit der Arbeit." Jetzt fällt's mir wieder ein. Rolfs Fahrrad hatte einen Platten. Durch herum liegende Scherben auf seinem Fahrweg war der Reifen zerstört worden. Tagelang war mein Mann unzufrieden, weil er auf seine tägliche Ausfahrt mit dem Dreirad verzichten musste. Bei Wind und Wetter fuhr er sonst den Lene-Voigt-Weg entlang, wo es fast nur Fahrräder, Menschen und Hunde gibt. Das Problem blieb an mir hängen. Ich suchte Fachgeschäfte auf. Reifen in dieser Größe? Nein, die gibt es längst nicht mehr. Was nun? Rolfs Laune verschlechterte sich mehr und mehr. Ich versuchte mit wenig Geduld an sein Verständnis zu appellieren: „Es gibt keine Reifen, was soll ich denn da machen." Dabei habe ich nicht bedacht, dass seine tägliche Fahrt mit dem Dreirad das einzige Stück Freiheit für ihn geblieben ist. Das Laufen fällt ihm schwer. In vielem braucht er Unterstützung. Doch eine halbe Stunde kann Rolf allein radeln, ohne meine Hilfe, meine Überwachung und meine Ermahnungen. Ihm fehlte ein Stück unbeschwerten Lebens!

Als Helfer in der Not musste ich wieder den Sohn zu Rate ziehen. Er bestellte über das Internet neue Reifen und zog sie auf. Endlich! Heute kann sich Rolf wieder auf sein Fahrrad setzen. Glücklicher könnte er kaum sein. Es rührt mich, als ich seine Freude sehe. Wenn Rolf und ich Probleme haben, wenn wir nicht weiterkommen – der Sohn ist da. Will ich ihm danken, ist er meist verschwunden. Dabei möchte ich ihn gar nicht mit unseren Sorgen belasten. Er und die Schwiegertochter haben genug um die Ohren. All ihre freie Zeit verbringen sie mit ihren Kindern. Wo passen wir zwei Alten da noch hinein?

Nun habe ich wieder ein paar Stunden für mich.
Beim Schreiben drängt sich mir die Frage auf, was in meinem Wesen dem der Mutter gleichen könnte. Ein wenig habe ich sie ja kennengelernt. Ist es vielleicht ihr Hang zu modebewusster Kleidung? Wenn ich allein an ihre Hüte denke, die ich auf den Fotos gesehen habe! Sind Hüte eigentlich noch modern? Höchstens beim Pferderennen. Als ich jung war, ging man noch mit Hut. Ich erinnere mich nicht daran, einen getragen zu haben.

Wenn ich es recht bedenke, besteht meine Kleidung nur aus Hose – Pullover, Hose – Bluse, Hose – Jacke und den nötigen Accessoires. Ich glaube nicht, dass das chic ist. Es ist eher zweckmäßig. Da habe ich mir vielmehr Oma Linas Modeempfinden zu eigen gemacht: Was du anhast, muss warm halten. Du musst dich darin wohl fühlen. Sauberkeit ist das Wichtigste. Mit Flecken auf der Bluse machst du keinen guten Eindruck.
Trotz der schweren Nachkriegsjahre zeigt sich Rita auf den Fotos immer modisch gekleidet.
So kannte sie auch Onkel Gerald. Ich wüsste zu gerne, wie ihr das gelingen konnte. Plötzlich fällt mir ein Name ein: Frau Jäger. Dieser Name wurde nach dem Krieg in der Familie oft genannt, meist leise geflüstert. Als Kind machte ich mir keine Gedanken darum. Ich wurde sowieso in die Machenschaften der Erwachsenen nicht eingeweiht.
Jetzt sehe ich sie wieder vor mir, Frau Jäger, der ich die Tür geöffnet hatte. Sie trug einen Hut schief auf dem Kopf. Ihr Gesicht wirkte männlich und streng. Unter der Nase zeichnete sich ein Flaum von dunklen Haaren ab. Ein weiter Mantel ließ nur erahnen, dass sie eine stattliche Figur hatte. Sie begrüßte mich nicht, übersah mich und lief auf das Zimmer zu, in dem wir wohnten. Ich wunderte mich darüber. Sie musste schon hier gewesen sein. Die Mutter begrüßte sie erfreut. Oma Klara holte sich einen Stuhl heran. Ich zog mich in eine Ecke des großen Zimmers zurück, in dem wir nach dem Krieg einquartiert waren. Unter ihrem Mantel holte Frau Jäger etwas hervor, das ich für ein großes seidiges Tuch hielt. Sie breitete es auf dem Tisch aus, und die Mutter ließ den Stoff durch die Finger gleiten. Ein gelbes Maßband wurde am Körper der Mutter hin und her geschoben. „Schultern, Oberweite, Taille, Rocklänge", hörte ich Frau Jäger sagen. Was die drei Frauen noch lange besprachen, verstand ich nicht. Ihre Worte waren leise, so wie ihr verhaltenes Lachen.
Mit der Zeit bemerkte ich, dass Frau Jäger nicht nur nähte. Es

mussten durch ihr Zutun noch andere geheimnisvolle Dinge vor sich gehen.

Die Sommerferien waren gekommen, und ich wartete sehnsüchtig auf die Reise in die Altmark, die Opa Karl mir versprochen hatte. Da trat Frau Jäger mit einem Mann in unser Zimmer. Beide legten einen großen stoffumhüllten Ballen auf den Fußboden. Ein eigenartiger Geruch machte sich breit. Dann brachte der Mann zwei große Koffer. Ich sah, wie der Opa etwas mit der Frau aushandelte. Dann hieß es, morgen früh fahren wir nach B, der Großvater und ich. Mein Herz hüpfte vor Freude. Ich wurde ins Bett geschickt. Vor Aufregung fand ich kaum Schlaf.

„Mach hin, waschen und anziehen", weckte mich Oma Klara am Morgen. Auf dem Weg zur Straßenbahn musste Opa Karl die beiden schweren Koffer mehrmals absetzen. Ich vermutete, dass das, was noch gestern als großer Ballen in unserem Zimmer gelegen hatte, nun in den Koffern war. Ich trug meinen Rucksack und einen kleinen Koffer.

Einerseits war ich froh darüber, dass der Opa mit mir fuhr. Andererseits wunderte ich mich über seine zwei schweren Gepäckstücke. Er wuchtete sie in den Zug hinein, und ich musste während der ganzen Fahrt auf den Koffern sitzen.

In den Hamsterzügen wurde alles gestohlen. Opa Karl ließ seine Augen nicht von den beiden großen Gepäckstücken.

Endlich im Dorf angekommen fiel ich glücklich und todmüde ins Bett.

Am nächsten Morgen löste sich das Geheimnis um die beiden Koffer. Geöffnet standen sie auf dem Fußboden in der Küche. Überall hingen Pelzmäntel. Kein Stuhl war frei, das Sofa war belegt. Nun erkannte ich den unangenehmen Geruch wieder. Oma Lina hantierte mit einer Landkarte herum. Sie versuchte, Opa Karl die Wege zu den Nachbardörfern zu beschreiben. Ich sehe ihn noch, wie er mit Tante Ilses altem rostigem Fahrrad losfuhr, erst ein wenig

schaukelnd, denn das Rad war schwer beladen. Aber dann war er schnell meinen Blicken entschwunden.
Am späten Abend saß der Opa wieder mit beim Abendbrot. „Heute habe ich genug. Alle Mäntel habe ich verhökert", sagte er, während er eine trockene Scheibe Brot aß und Speckwürfel genüsslich nachschob. Die Koffer waren wieder angefüllt, nun mit Essbarem. Kurz bevor sie geschlossen wurden, sah ich Würste, Schinken und Speckseiten darin. Tragen konnte Opa Karl die Koffer nicht. Er lud sie auf den Handwagen. Ich brachte ihn damit bis zum Bahnhof im Nachbardorf.
Wie werden sich Oma Klara, die Mutter und Tante Johanna gefreut haben, als er zu Hause ankam. Frau Jäger bekam natürlich den größeren Teil des Erlöses. Doch sie konnte sich nicht lange daran erfreuen.
Die Erwachsenen sprachen zu Hause oft davon, dass sie in der Wächterstraße einsitzen musste. Mit ihren Pelzmänteln hatte sie nicht nur die Bauersfrauen in der Altmark betrogen. Die Felle waren unbearbeitet. Nach einigen Wochen fielen die Mäntel auseinander. Opa Karl, der den Verkauf der Schummelware übernommen hatte, konnte glaubhaft versichern, nichts von dem Betrug gewusst zu haben. Ich war Zeuge seiner Vernehmung, die bei uns zu Hause stattfand. Zwar wurde ich ins Nachbarzimmer geschickt, aber die Tür schloss nicht richtig. Ich war neugierig genug zu lauschen. Schadenersatz wurde nicht geleistet. Die Bezahlung war längst verzehrt. In den altmärkischen und sächsischen Dörfern, in denen Karl die Ware an den Mann gebracht hatte, konnte er sich nicht wieder sehen lassen.
Durch Frau Jagers Inhaftierung fiel schon eine Möglichkeit aus, woher die Mutter ihre stets elegante Kleidung haben konnte.
Oma Klara in Leipzig nähte gerne und gut. Aber sie besaß lange Zeit keine Nähmaschine. Als ich sieben Jahre alt war, wollte sie mich lehren, eine gerade Naht mit der Hand zu nähen. Nach langen Erklärungen, die sie dem Nähen voran stellte, wurde ich müde.

Mir fielen die Augen zu. Ihre Erklärungen fanden kein Ende. Besonderen Wert legte die Oma auf Sparsamkeit. Kein noch so kleines Fädchen dürfe verloren gehen. Die Mutter stand auf einmal vor mir. Sie rüttelte mich und sagte: „Sei doch froh, dass dir die Oma was beibringen will und schlaf nicht." Ja, die Mutter hatte recht. Die Großmutter hatte mir manches beigebracht, das Strümpfestopfen, das Wäschelegen und das Bügeln. Auch wenn es ihr dabei an Geduld und Freundlichkeit oft fehlte. Aber sie tat es. Gerade dann, wenn sie sich mir zuwandte, wünschte ich mir immer, dass sie Oma Linas ruhiges und freundliches Wesen übernehmen könnte. Mein Wunsch erfüllte sich nicht. Ich musste es lernen, vieles von dem was sie – meist schimpfend – sagte, einfach nicht zu beachten. Aber sie nähte, änderte um und modernisierte für alle in der Familie.
Ich sehe sie deutlich vor mir, die kleine schmächtige Gestalt der Großmutter, die mit der Verbesserung des Lebens in den Nachkriegsjahren fülliger wurde. Ihr Haar blieb bis ins hohe Alter blond. Ihre Augen werde ich nie vergessen. Ihnen entging nichts. Sie konnte ihnen einen Ausdruck geben, der Worte erübrigte. Oft hatte ich das Gefühl, sie durchdrangen mich bis ins Innerste. Wenn sie mich ansah, fühlte ich mich manchmal ohne Schuld schuldig.

Rolf fragt mich, ob ich mit ihm noch einen Spaziergang mache. Es ist immer dasselbe. Wenn ich einen guten Gedanken für die Geschichte habe, muss ich ihn vertagen. „Ich frage nun schon das zweite Mal", sagt er ungehalten. Liegt es am Alter, oder war ich so in Gedanken versunken, dass ich seine Worte überhört habe?
Noch als wir den Lene-Voigt-Weg entlang gehen, denke ich an Oma Klara. Immer und immer wieder war es die Mutter, die sie mir als leuchtendes Beispiel vorhielt. Nie hätte sie mit Rita solchen Ärger gehabt wie mit mir. Womit ich sie verärgert hatte, erfuhr ich nicht.
„Hast du gute Erinnerungen an deine Großeltern?", frage ich Rolf.

Wir sitzen auf einer Bank und sehen den Kindern und den Erwachsenen zu, die mit Fahrrädern, Rollern und Inlinern an uns vorüberziehen. Mein Mann zögert bei der Antwort: „Na, also ... was soll ich da sagen. Das ist doch ewig her." Er sinnt einen Moment nach. „Ich habe ganz normale Erinnerungen. Wir Kinder hatten früher zu gehorchen, sollten die Erwachsenen nicht stören. Es gab auch mal eins hinter die Ohren. Na ja, so war das eben." Auch wenn er mir nicht direkt auf meine Frage geantwortet hat, so weiß ich doch, dass er nun noch ein wenig darüber nachdenkt.

Nach allem, was ich bisher über Rita zusammentragen konnte, frage ich mich immer wieder: Was könnte ich in meinem Wesen von ihr übernommen haben? Und worin könnte sie für mich ein Vorbild sein? Gelesen habe ich immer schon – aber mäßig. Doch jetzt, im Alter, lässt mich die Literatur nicht mehr los. Ich habe auch in den vergangenen Jahren immer ein bisschen geschrieben – für mich. Als Vorbild kann die Mutter mir in dieser Hinsicht nicht dienen. Offensichtlich war die Literatur, der Umgang mit ihr, Inhalt ihres Lebens. In meinem Leben spielen die Kinder, die Enkel und Rolf eine zu große Rolle, als dass ich meine ganze Zeit der Literatur widmen könnte.

Und dann frage ich mich wieder, ob es richtig ist, Ritas Leben und das Leben der Großeltern in die Öffentlichkeit zu tragen.

Diese Stunde ist mir am liebsten. Es ist dunkel und still draußen. Rolf sitzt vor dem Fernseher. Die kleinen Enkelsöhne sind längst wieder bei den Eltern.

Ich habe den Text vor mir, brauche Geduld und Zeit. Was ich über Oma Klara schreiben will? Ich sinne nach, ob ich Dankbarkeit für sie verspüre. In früheren Jahren hätte ich das verneint. Doch je mehr ich über sie nachsinne, desto oberflächlicher und ungerechter erscheint mir mein bisheriges Denken über sie. Vielleicht hätte ihr ein wenig Anerkennung durch die Familie für alles, was sie auch für uns getan hat, mehr Frieden und Gleichmaß gegeben.

„Kommst du rüber?", ruft Rolf. In seiner Stimme schwingt Ungeduld. Ach ja, heute kommt doch André Rieu im Fernsehen. Es ist wahr, ich hatte gesagt, dass ich mir die Sendung mit ihm ansehen würde. Nur zu selten sitzen wir zusammen vor dem Fernseher. „Wirst du denn niemals fertig mit der Schreiberei?" Schnell setzte, ich mich neben ihn. Den Text lasse ich im Computer stehen, hoffe, dass das Konzert nicht zu lange dauert. Ich will weiter schreiben. Die letzten Sätze habe ich noch im Kopf, da marschiert André Rieu mit großem Trara in Maastricht auf die Bühne. „Wahnsinn, die vielen Menschen", sagt Rolf. Tatsächlich, es müssen Tausende sein, die dem Maestro von einem großen Platz her zujubeln. Als er sich verneigt, bin ich verwundert. Noch nie habe ich einen siebzigjährigen Mann gesehen, dessen Haar im Laufe der Jahre dichter wurde. Na ja, bei Künstlern ist das vielleicht möglich. Ich sehe auf Rolfs Kopf. So sollte es doch normalerweise mit den männlichen Kopfhaaren sein. Sie verschwinden allmählich.

Ein ereignisreiches Wochenende liegt hinter mir. Und nicht nur das. Es war auch anstrengend.
Und das schon, bevor ich überhaupt losfahren konnte. Der Pflegedienst, der sich zwei Tage um Rolf kümmern sollte, musste bestellt werden. Anträge, die die Krankenkasse genehmigen muss, waren schon im Vorfeld einzureichen. Das Warum und Wieso und die unverständlichen Fragen in diesen Anträgen machen mir jedes Mal ein ungutes Gefühl. Beim Ausfüllen darf mich niemand stören.
Als ich es nicht mehr hinausschieben kann, erklärte ich Rolf, dass in der Zeit meiner Abwesenheit eine junge Frau vom Pflegedienst käme – zweimal am Tag – und nach ihm sehen würde.
Vor diesem Moment habe ich mich gefürchtet. Nein, es ist nicht schön, es ist bedrückend, wenn man einem Menschen, dem so viel verloren ging an geistiger und körperlicher Kraft, sagen muss: „Du kannst es nicht allein. Du brauchst Aufsicht und Hilfe an allen Enden." Die Empörung und die Abwehr in seinem Gesicht hatte

ich erwartet. „Ich brauche niemanden, kann alles allein." Diese Haltung muss ich ihm immer wieder zerstören. Mich auf der Reise zu begleiten, lehnt Rolf ab. Für ihn bedeutet eine Fahrt mit dem Zug eine zu große Veränderung. Aber ich muss fahren. Ich möchte sehen, wo ich geboren wurde. Wie soll ich mir die Örtlichkeit sonst vorstellen? Vielleicht kommen mir dort gute Gedanken für die Geschichte.

Nun bin ich wieder zurück und musste die Erfahrung machen: Eine Fahrt mit dem Zug von Leipzig nach Lübeck dauerte länger als so mancher Flug ins Ausland.

Seit langem hatte ich den Wunsch für diese Reise in mir. Und nie war er drängender als jetzt, wo ich begonnen habe, die Geschichte der Mutter zu schreiben. Endlich habe ich einen Anfang gefunden. Aber Lübeck ist nicht ganz das Ziel meiner Reise. Als ich mit etwa zehn Jahren zu fragen begann, warum ich nicht in Leipzig geboren wurde, wo doch die Mutter Leipzigerin war und hier lebte, tischte mir Oma Klara eine gefällige Geschichte auf: „Du wurdest in Lübeck geboren. Dort war eine große Klinik, in der deine Mutter besser aufgehoben war als in Leipzig." Ich gab mich damit zufrieden.

1989, als die DDR aus den Fugen geriet, schrieb ich an das Standesamt Lübeck. Ich bat um eine Geburtsurkunde, die ich bis dahin nicht besaß. Nur eine polizeiliche Bescheinigung der DDR bewies meine Existenz – allerdings nur mit meinem Namen, dem Geburtsdatum und Geburtsort.

Als ich die Urkunde vom Standesamt – handschriftlich verfasst – in den Händen hielt, wurde mir klar, dass ich hinters Licht geführt worden war. In Lübeck wurde ich nicht geboren, sondern in einer Gemeinde am Rande der Stadt, in Stockelsdorf.

Der Großvater hatte zu diesem Thema immer geschwiegen. Auch nach Ritas Tod war es Großmutter Klara nicht möglich gewesen, mir die Wahrheit zu sagen.

Und nun fuhr ich dorthin, wo ich in Gedanken schon öfter sein wollte.

„Was erhoffst du dir zu finden, wenn du bald vor deinem Geburtshaus stehst?", fragte mich die Tochter am Abend vor meiner Reise am Telefon. Maja hatte das Buch „Stockelsdorf in alten Bildern" über das Internet erworben und mir zugeschickt. Ich war eigenartig berührt, als ich darin das Haus sah, in dem ich geboren worden war. Von der Geburtsurkunde her kannte ich die Straße und die Hausnummer.

Vielleicht, so hoffte ich, finde ich noch jemanden, der Frau G., die in der Urkunde als Hebamme genannt wird, gekannt oder von ihr gehört hatte.

Es war nun schon das zweite Mal, dass ich nach einem Haus suchte. Doch dieses Mal hatte die Suche auch mit mir zu tun.

Endlich! Immer wieder sah ich auf die Urkunde. Ja, hier war ich richtig. In diesem Haus wurde ich geboren. Nichts war zu sehen von einer Klinik. Auf der Straße kam ich mit einer alten Frau ins Gespräch. Eine Gaststätte sei hier gewesen. Aber nun wäre es ein Wohnhaus. Nein, mehr könne sie nicht berichten. Ich sollte auf das Kirchenamt gehen. Sie nannte mir die Adresse des Kirchenbeamten. Er sei auch am Wochenende für Fragen empfänglich.

Das war er wirklich. Mehr als einmal bedankte ich mich bei ihm. Als ich die Geburtsurkunde zeigte, sah er mich mitleidig an. „Das Haus war berüchtigt", sagte der alte Herr, „Frau G. wurde ohne kirchlichen Beistand bestattet." Er habe die Frau nicht persönlich gekannt, aber er hätte gehört, dass sie auch vielen geholfen hatte. „Die Verhältnisse waren eben damals so." Trösten konnte er mich mit diesen Worten nicht. In seiner wunderbaren holsteinischen Mundart erzählte er von der Gemeinde, von den Menschen und Problemen dort. Aber ich konnte nur an die Mutter denken. Ich wusste es ja längst, dass es Schande über die Familie gebracht hätte, wenn ich in Leipzig zur Welt gekommen wäre. So jedenfalls musste Oma Klara gedacht haben. Und so entsprach es auch dem Zeitgeist.

Die Mutter hätte es sich bestimmt nicht träumen lassen, dass ich mich mit fast achtzig Jahren auf den Weg machte, um eine Ahnung von ihrem Leben zu bekommen.
Aus einem anderen Blickwinkel möchte ich nun betrachten, was mich so viele Jahre gegen sie aufgebracht hatte: Sie hatte mich weggegeben.
Das war wohl mein größtes Problem, mich ihr zu nähern.
Musste sie es tun? Hätte sie die Möglichkeit gehabt, sich nicht von mir zu trennen?
Es wäre so einfach für mich zu sagen, ich will meine Ruhe haben. Was kümmert mich das alles? Aber die vielen Fragen und Vermutungen, sie brauchen eine Antwort.

Nun bin ich wieder zurück. In einem kleinen beschaulichen Landhotel habe ich übernachtet, hätte entspannen und ausruhen können. Aber die Gedanken waren bei Rolf.
Doch heute sehe ich ihn wieder wohlbehalten auf seinem Dreirad fahren. Bei schönem Wetter laufe ich hinter ihm her. Noch einmal zieht die Reise durch meine Gedanken.
Wird Rita die Schönheit der Stadt Lübeck überhaupt gesehen haben? Wie wird es ihr dort ergangen sein?

„Beeil dich mal", sage ich gewohnheitsmäßig zu Rolf, weil ich es immer sage, wenn wir ausgehen wollen. Die Schwiegertochter konnte es einrichten, uns mit dem Auto zur Deutschen Nationalbibliothek zu fahren. „Für mich ist das immer noch die Deutsche Bücherei", erklärt Rolf.
Dort angekommen, bleibt er im Foyer. Ich lege Zeitschriften vor ihn hin und verspreche, bald zurückzukommen. Vorher kläre ich ihm noch, wo die nächstliegende Toilette ist.
Endlich kann ich in alten Zeitungen lesen, die vor und während des Zweiten Weltkrieges herausgekommen waren. Ich finde einen Zugang zu der Zeit, in der die Mutter gelebt hatte.

Immer, wenn der Winter sich verabschiedet hat, gehe ich auf den Südfriedhof in Leipzig. Bei diesem Gang bin ich allein und möchte es auch sein. Ich kann es mir nicht vorstellen, dass man das besondere Flair auf dem parkähnlichen Friedhof nicht spürt. Wie viele haben hier ihre letzte Ruhe gefunden. Der Stimmung, die die Menschen befällt, wenn sie die Wege entlang gehen, kann man sich nicht entziehen. Für die Lebenden ist die Welt dort noch in Ordnung. Nirgendwo anders in Leipzig findet man noch so viele Vogelarten, die selbst auf exotischen Bäumen nisten können. Rehe, Füchse und Kaninchen sagen sich dort gute Nacht. Ich laufe vorbei an Lene Voigts Grab, der sächsischen Mundartdichterin, am Grab von Jürgen Hart, dem Kabarettisten, und an dem Grabmal von Kurt Masur.
Unser Familiengrab ist längst von Gras überwachsen. Ich lege ein Sträußchen Stiefmütterchen an die Stelle, wo ich es vermute. Hier fühle ich mich ihnen für einen Moment nahe, Oma Klara, Opa Karl und der Mutter. Auch Klaras Eltern wurden hier beerdigt. Heute habe ich die Stelle noch gefunden. Aber immer, wenn ich nach einem Jahr wiederkomme, hat sich etwas verändert. Nur der kleine Pavillon aus Holz, den es schon damals gab, als Oma Klara mich nach dem Tod der Mutter mit zum Grab nahm, steht noch an der gleichen Stelle. In der Nähe des Grabes stand damals eine kleine wacklige Bank, auf die wir uns nach der Grabpflege setzten. So schnell, wie mir als Kind lieb gewesen wäre, kamen wir dort meistens nicht weg. Mit Tränen in den Augen erzählte Oma Klara von Rita. Sie schwelgte in ihren Erinnerungen, sprach vom Fleiß, der Schönheit und der Klugheit der Tochter. Erinnerungen sind etwas Wunderbares. Aber man kann ihnen nicht immer trauen. Ich spürte schon damals, dass Oma Klaras Schilderungen mehr und mehr ihre Wunschträume wurden.

Unser kleiner Enkelsohn Matteo ist krank. Wenn er hustet, leide ich jedes Mal mit. Er ist nun bei uns, den Großeltern, damit die

Eltern ihrer Arbeit nachgehen können. Der Junge hat seine Liebe zur Malerei entdeckt. Mit den Worten: „Das hast du fein gemalt", konnte ich ihn noch vor kurzem zufrieden stellen. Dann hatte ich wieder ein paar Minuten Zeit für mich. Doch nun bezieht er mich ein in seine Malerei, diskutiert mit mir über Farben und Formen. Zwischendurch lässt er hin und wieder anklingen, dass er in einigen Tagen fünf Jahre alt werde, und in welche Richtung seine Geschenkwünsche gingen. Vielleicht tritt auch das Interesse für Musik bei ihm noch zu tage. Sein großer Bruder Manuel hat es schon zu seiner Passion gemacht. Er versucht zu komponieren und will hinter die Technik des Klavierspielens kommen.
Welche Rolle spielte eigentlich die Musik in Ritas Leben, im Leben ihrer Familie?
Großvater Karl spielte Mundharmonika. Wenn er zum Instrument griff, das war meist am Wochenende zur Dämmerstunde, dann legte er es so schnell nicht wieder beiseite.
Die Initiative zum Singen oder Spielen ging immer von ihm aus. Zuvor fragte er mich, welches Lied wir gerade in der Schule gelernt hätten. Das sollte ich singen. Es hätte die heile Welt sein können, wenn Rita, Johanna, die Großeltern und ich zusammensaßen und sangen. Doch nach kurzem Gesang kam es oft zum Streit. Opa Karl bestand darauf, dass jeder von uns ein Lied singen sollte, und nur am Schluss plante er stets einen gemeinsamen Gesang. Meist kam es zu Meinungsverschiedenheiten zwischen ihm und Oma Klara. Sie wollte statt ihres Gesanges lieber eine Schallplatte von Richard Tauber auflegen. Das alte Grammophon beherbergte ohnehin nur zwei Platten des Künstlers und eine, die vier Minuten lang das capriccio Italien mit erheblichem Rauschen spielte. Meist setzte sich die Oma durch. Mit meinen zehn Jahren konnte ich der Kunstfertigkeit Taubers nichts abgewinnen. Besonders, wenn er „Ich weiß nicht, was soll es bedeuten" sang, war ich immer froh, wenn das Lied endete. Beim Abspielen der Platte traten Geräusche auf, die ich dem Sänger selbst zuschrieb, sodass ich lachen musste.

Nur der bohrende Blick der Oma brachte mich dann zum Schweigen. Doch wenn Opa Karl sein Lieblingslied „An der Weser" sang, musste ich mich kneifen oder mir auf die Zunge beißen, um nicht loszulachen. Wenn er mit dem Gesang begann, schloss er die Augen, als müsse er sich sammeln. Vielleicht sah er dann innerlich die Landschaft bei der Weser, die er durchwandert hatte. Den ersten Teil des Liedes bewältigte er immer. Aber offenbar wurde das Kunstlied nur für Meister des Gesangs geschrieben. An der Stelle: „Und unten braust das weite Meer ...", presste der Opa alles heraus, was er an Stimme hatte und kam dennoch ins Straucheln, weil er die hohen Töne nicht bewältigen konnte. Oma Klara fuhr stets dazwischen. „Wieder falsch gesungen", rief sie, „du fängst immer zu hoch an!" Dann nahm der Opa die Mundharmonika und spielte die Elsässischen Bauerntänze, wie, um den Misserfolg ungeschehen zu machen.

Noch heute, wenn ich mir die Szene vorstelle, muss ich lächeln. Doch gleichzeitig denke ich: Wie schön war doch dieser Teil meiner Kindheit. Wir sangen zusammen, saßen zusammen und ich lernte einige Volkslieder und auch Schlager der Zeit nach dem Krieg, die ich sonst vielleicht nicht kennen würde. Denn Rita und Johanna sangen meist Schlager. „Hein Mück aus Bremerhaven" fand ich besonders lustig. Ich sang den Schlager auch bei einem Gesangswettbewerb in der Schule. Der Musiklehrer riet mir, dieses Lied lieber Hans Albers zu überlassen.

Ich hörte den Opa nie mehr singen, als die Mutter schwer erkrankte. Sie starb bald darauf.

Ab und zu sagte er aber zu mir: „Spiel mir mal das Italienische." Die Trompetentöne am Anfang des capriccios liebte er. Viel mehr war ohnehin nicht zu hören, denn die Schellackplatte lieferte nur vier Minuten an Musik.

Erst, als der Opa Karl im Pflegeheim war, erzählte er mir, warum er dieses Stück so gerne gehört hatte.

Es war für ihn eine Erinnerung an Verlorenes, an Margarita.

Vielleicht stammt meine Liebe zur Musik von ihm. Zum Glück konnte ich sie an meine Tochter weitergeben. Auch für meinen Sohn sei ein Leben ohne Musik undenkbar, erklärte er oft. Für Rita hatte Musik wohl keine so große Bedeutung.

Nein, obwohl sie Margaritas Tochter war – die Musik war nicht das Gebiet, mit dem sich Rita beschäftigt hatte. Opa Karl hatte es mir erzählt, wie glücklich Margarita bei der Musik im Gewandhaus war, wie sie die Werke italienischer Meister geliebt hatte.
Für ihre Tochter Rita hatte wohl die Literatur diesen Stellenwert. Während der kurzen Zeit, in der ich mit ihr zusammen lebte, hörte ich sie nur einmal über das sprechen, was sie las. Nur einmal hörte ich, wie sie zu Opa Karl sagte, dass sie gerade den Roman „Via Mala" lese. Der Klang dieses Titels blieb mir im Gedächtnis, weil er mir rätselhaft, fremd und doch schön erschien. „Das kannst du auch im Kino sehen", sagte der Opa, der viel in der Stadt herumkam und das Plakat zum Film gesehen hatte.
Was mag Rita an diesem Buch gefesselt haben? Die Zeit, dieses von John Knittel geschriebene Buch zu lesen, habe ich jetzt nicht. Aber ich habe den 1961 gedrehten Film auf You Tube entdeckt. Interessant finde ich es, dass es in dem Film auch um eine überraschende Erbschaft geht, so wie im ersten Teil meines Buches. Vielleicht hatte Rita den Film auch gesehen und war, so wie ich, enttäuscht von der Vordergründigkeit der Handlung. Die meisten Protagonisten befinden sich darin auf „schlechtem Weg", wie der Titel im Deutschen heißt. Die reizvolle Landschaft der schweizerischen Berge, die ich selbst kenne, wird im Film mitunter in unglaublicher Wucht, unheilvoll und düster gezeigt. Geradezu bedrohlich wirkt die Filmmusik in manchen Szenen auf den Zuschauer. Schon um John Knittel gerecht zu werden, möchte ich das Buch irgendwann einmal lesen.
„Leg dich endlich hin. Du musst dich mehr schonen", höre ich Rolfs Stimme nahe neben mir. Seine Sorge um mich ist rührend. Doch

ein eben geformter Satz hat sich erst einmal aus meinem Kurzzeitgedächtnis gestohlen. Aber meist finde ich ihn wieder.

Na gut, ich mache Schluss für heute. Morgen früh habe ich noch zwei Stunden, ehe ich mit Rolf zum Zahnarzt gehen muss. Auch die Wartezeit dort ist für mich keine verlorene Zeit. Ich habe ja den Notizblock immer dabei.

Nun sitzen wir im Wartezimmer. Rolf wird aufgerufen. Ich führe ihn bis ins Behandlungszimmer. „Na dann mal drauf, auf den Folterstuhl", sagt er, und der Zahnarzt lacht.

Während ich auf meinen Mann warte, fällt mir eine Episode ein, die früher in der Familie in Leipzig immer wieder erzählt wurde: Rita, die etwa 16 oder 17 Jahre alt gewesen sein muss, fuhr nach der Behandlung beim Zahnarzt mit der Straßenbahn nach Hause. Der Arzt wird ihr eine starke Dosis an keimtötender, stark riechender Paste in den Mund gegeben haben. Ein alter Schaffner bewegte sich durch die Bahn und rief die Haltestellen aus. „Gerichtsweg, Gerichtsweg!", soll er genuschelt haben. Rita, die verstanden hatte: „Hier riechts schlecht!", wandte sich an den Schaffner und sagte leise und schuldbewusst zu ihm: „Das bin ich. Ich komme vom Zahnarzt." Der Bahnangestellte habe sie verständnislos angesehen und gesagt: „Das interessiert mich doch nicht, wo Sie herkommen. Wenn mir das nun jeder erzählen wollte." So kann man selbst beim Zahnarzt heitere Gedanken haben.

Die Enkelkinder sind wieder bei uns. Ich zeige ich ihnen Fotos von der Urgroßmutter. „Warum sind die Bilder nicht bunt?", fragt der Kleine. Der inzwischen Elfjährige erklärt ihm, dass es damals noch keine Farbfotografie gab. Sie können sich beide nicht vorstellen, dass die Fotos mehr als siebzig Jahre alt sind.

Alles, was ich über Rita zusammentragen konnte, weist auf ein schweres, entbehrungsreiches Leben hin. Immer wieder wurde ihr alles genommen. Immer wieder musste sie neu anfangen. Wie

soll ich das alles bloß beschreiben? Wie soll ich dabei gerecht bleiben? Wenn ich die Notizen durchlese, die ich mir aus Zeitungen von 1920 bis 1945 gemacht habe, kann ich mir für sie kein friedvolles und glückliches Leben vorstellen. Gerade deshalb spüre ich Mitgefühl für sie. Vielleicht hätten wir zueinander gefunden, wenn Rita nicht schon so früh gestorben wäre.
Ich bin in Dassel. Nie zuvor hätte ich geglaubt, dass ich einmal vor dem Geburtshaus des Vaters stehen würde. Bestimmt wäre es nicht dazu gekommen, wenn meine Freundin Inge mich nicht dazu ermuntert hätte. Sie kennt meine Situation zu Hause. Sie nimmt Anteil und hilft, wo sie kann. Nachdem sie einen Blick auf viele meiner Fotos zur Geschichte geworfen hatte, sagte sie spontan: „Weißt du was? Wir fahren einfach hin, nach Dassel. Wir gucken uns das Haus mal an. Wie willst du denn sonst heute noch etwas über den Vater erfahren?"
Sofort führte ich Rolf ins Feld. Ich fühle mich für seine Sicherheit verantwortlich. „Kläre das mit deinem Sohn. Am nächsten Sonnabend könnten Rudi und ich dich nach Dassel fahren – früh hin und am Nachmittag zurück." Sofort setzte sich in meinem Kopf eine Spule in Bewegung. Was müsste ich bis dahin organisieren, damit es Rolf gut geht? Ich habe noch fast eine Woche Zeit bis dahin. Es würde schon gehen. Der Sohn ist ja da.

Wir stehen auf dem Marktplatz von Dassel. Das Wetter ist auf unserer Seite. Es ist sommerlich warm. Ist das wirklich wahr, dass ich hier bin? Rita ist niemals in Wilhelms Geburtsstadt gewesen. Das weiß ich vom Opa Karl. Inge, Rudi und ich blicken nach links und rechts und hoffen, das Haus zu finden, das wir auf einem bräunlichen Foto im A5-Format vor uns haben.

Dassel ist eine kleine Stadt am Solling in Niedersachsen. Uns bleibt nichts anderes übrig, als einfach loszugehen und uns umzusehen. Wir laufen vorüber an alten Fachwerkhäusern, an der Stadtmauer und einer kleinen gotischen Kirche. Die Ilme plätschert durch den Ort. Da fällt mir ein, dass Wilhelms Eltern, meine Großeltern, eine Wassermühle hatten. Das Haus müsste also am Wasser sein. Ich weiß ja, dass es noch unversehrt in der Stadt steht, denn ich habe es im Internet in einem Video über die Stadt entdeckt. „Hier, hier!", ruft Rudi. Er sieht auf das Foto, dann auf das Gebäude. Ja, ohne Zweifel. Das ist das Haus. Hier hatte Oma Lina mit dem Großvater, den ich nicht kennengelernt habe, und mit ihren Kindern gelebt. Hier hatten sie bis 1938 gewohnt und gearbeitet. Nach dem Tod des Großvaters, als ihre Kinder erwachsen waren, zog Oma Lina mit Tante Ilse in die Altmark. Es ist eigenartig. Für mich war mein Vater bisher nur Teil einer Geschichte. Er gehörte, als ich ein Kind war, in ein Märchen, zu dem auch das Haus zählte. Ich kannte es immer vom Foto her. Ein eigenartiges Gefühl befällt mich. Inge umarmt mich und sagt: „Siehst du, nun bist du hier. Hättest du dir das träumen lassen?"

Vor allem bin ich überrascht, in welch gutem Zustand das einstöckige Haus ist. Es muss doch einhundertfünfzig Jahre auf dem Buckel haben. Wenn nicht noch mehr! Natürlich ist das Dach neu gedeckt worden. Die Fenster sehen modern aus. Aber die Feldsteine, aus denen es gebaut ist, haben alle Jahre überdauert. Vielleicht sieht es auch ihretwegen so unversehrt aus, so, als könne es allen Widrigkeiten trotzen. In der Stadt habe ich kein anderes Haus in dieser Bauweise gesehen. Fast alle zeigen sich im Fachwerkbau oder sind verputzt.

Rudi hat inzwischen das Haus umrundet. „Alles zu. Keiner da!", ruft er. Aber das Haus steht nicht leer. Ein Schild an der Giebelseite verrät, dass sich hier ein Konstruktionsbüro niedergelassen hat. Es ist Sonnabend. Ich hatte ja gehofft, auf Mieter zu stoßen, die mich einen Blick ins Innere werfen lassen. Und nun das. Doch an Aufgeben denken wir nicht. Inge schlägt vor, dass wir in eines der geöffneten Geschäfte gegenüber gehen und Erkundigungen einziehen. „Nein, ich kenne den Mann nicht, der dort sein Büro hat", sagt die Verkäuferin im Schmuckladen, „aber gehen Sie mal zu Frau A. Ich glaube, die kennt ihn." Sie nennt uns die Adresse. Schon läuten wir am Nachbarhaus. Eine Frau mittleren Alters sieht aus dem Fenster im Parterre. Offenbar ist sie gerade beim Kochen. Bratenduft steigt in unsere Nasen. Wir zeigen auf das Haus, und Inge erzählt von meiner Verbindung zu dem Gebäude und dass ich so gern einen Blick hineinwerfen würde. Als die Frau hört, dass wir deshalb aus Leipzig gekommen sind, tritt sie vor die Tür. „Warten Sie. Ich versuche mal was. Bin gleich zurück." Rudi und Inge sehen mich an. Ihre lachenden Gesichter sagen mir, dass sie genau so überrascht sind wie ich. Die Frau tritt wieder vor die Tür und ich bemerke, dass sie keine Schürze mehr um hat. Ihr braunes langes Haar ist nun nach hinten gebunden. „Ich habe Herrn G. erreicht!", ruft sie uns entgegen, „Er müsste so gegen vierzehn Uhr da sein. Ist gerade auf dem Rückweg von Frankreich!" Sie freut sich mit uns. Doch ehe wir uns richtig bedanken können, ist sie wieder hinter der Tür verschwunden.

Freude und Erwartung machen mich unruhig. Es ist dreizehn Uhr. „Na, siehste", sagt Inge, als wir uns auf einer Bank niederlassen. Rudi geht spazieren. Wir können jetzt nicht weggehen, müssen da sein, wenn der Mann ankommt. Alles erscheint mir unwirklich. Ich sehe immer wieder auf das Haus. In Gedanken sehe ich Oma Lina vor die Tür treten, an ihrer Seite der Vater als junger Mann. Ja, zu seiner Zeit war es wohl so in ländlichen Gebieten wie hier. Die Eltern hatten ein Wörtchen mitzureden bei den Verlobungen und Verehelichungen ihrer Kinder. Wie mir berichtet wurde, waren Wilhelm und das Mädchen aus einem Dorf am Rand von Dassel schon von Kindheit an einander versprochen. Dann trat Rita in sein Leben. Sein Pflichtgefühl auf der einen Seite und die Liebe auf der anderen haben ihm die Entscheidung sicher schwer gemacht. Kann ich ihm etwas vorwerfen? Ich spreche mit Inge darüber. „Vielleicht ist seine Liebe zu Rita erst allmählich gewachsen, deshalb konnte er sich nicht gleich für sie entscheiden", gibt sie zu bedenken. Warum er sie letzten Endes geheiratet hatte, ich kann es heute nur erahnen. Dass ich schon auf der Welt war, wird eine Rolle dabei gespielt haben. Aber warum eine Heirat erst nach drei Jahren? Ich werde nie eine Antwort darauf erhalten. Die Menschen, die den Krieg nicht überlebt haben oder durch ihn so früh aus dem Leben gerissen wurden, wie die Mutter oder der Vater, hatten keine Chance, ihr Handeln zu korrigieren, ihr Tun zu erklären. Der Krieg hat ihnen alle Möglichkeiten genommen.

Rudi kommt zurück, verzehrt den Rest eines Wiener Würstchens. Ein schwarzer Mercedes mit einem Hänger biegt langsam um die Ecke. Er hält vor dem Haus. Mein Herz klopft heftiger. Ein junger Mann steigt aus und sieht sich um. Wir gehen auf ihn zu. Einen Moment lang denke ich: So könnte auch der Vater ausgesehen haben. Hellblondes Haar, eine kräftige Statur, das Gesicht freundlich und offen. „Wir kommen aus Leipzig!", ruft Rudi. Ich fühle mich sofort willkommen. Das Lachen des Mannes gibt mir den Mut, ihm mein Anliegen zu erklären. Auch eine Zurückweisung hätte ich akzeptieren müssen. Herr G. ist weit davon entfernt, uns wegzuschicken. „Da haben Sie aber Glück. Ich war gerade auf dem Heimweg." In Frankreich hätte er einen großen Auftrag zur Neugestaltung eines Hauses gehabt. Er schließt die vordere Tür auf und lässt uns eintreten. Als hätte er auf uns gewartet, setzt er sich mit uns an den Tisch, bietet uns Getränke an und lauscht unseren Worten. Ich bin so gerührt, dass mir fast die Tränen kommen. Rudi wundert sich. Er ist Baufachmann. 80 Zentimeter dicke Wände wie hier hätte er nie gebaut. Obwohl eine Modernisierung des Hauses beim Wasser, beim Strom und den Fenstern vorgenommen wurde, hatte Herr G. als Besitzer vieles so belassen, wie es früher war. Wir sitzen in dem einzigen großen Licht durchfluteten Raum im Erdgeschoss. Er hatte früher als Küche gedient. Jetzt ist er das Büro der Firma, zweckmäßig und sparsam ausgestattet. Hier war Oma Linas Reich. Von hier kann man bis

hoch sehen, wo unterm Dach die Getreidesäcke ausgeschüttet und das Korn vom Wasserrad getrieben zu Mehl gemahlen wurde. Eine schmale Stiege aus Eichenholz, alt und abgetreten, führt nach oben. „Ich habe sie nicht erneuert", erklärt Herr G., „wollte die Ursprünglichkeit im Gebäude nicht zerstören." Neben der Treppe stehen Gegenstände, die der Großvater in der Mühle benutzt hatte: Schippen mit uralten Holzstielen und Gegenstände, die ich nicht deuten kann. Inge sagt immer wieder: „Guck dir das bloß mal an."
Herr G. ist mit einer Frage beschäftigt, die ihn nicht in Ruhe lässt. „Wissen Sie", sagt er und sieht dabei auf sein Handy, „ich kenne Frau A. gar nicht. Mir ist das alles rätselhaft. Das Handy, auf dem sie mich angerufen hatte, liegt seit Monaten auf dem Rücksitz vom Auto. Ich benutze es nicht, habe mich gewundert, als es plötzlich klingelte. Wie kam sie nur an meine Nummer?"
Seit ich das alte Haus betreten habe, befinde ich mich in einer anderen Welt. Der unerklärliche Anruf passt gut dazu.
Herr G. führt uns durch das Haus. Ich habe nicht das Gefühl, ihn zu stören. Hier oben haben sie wohl früher geschlafen, Oma Lina und ihre Familie. Mein Vater war dabei. Aus diesem kleinen Fenster könnte er hinausgesehen haben. Vielleicht stand hier sein Bett. Den Beruf des Müllers hatte er bei seinem Vater erlernt. Aber er wollte sich selbständig machen, vielleicht auch der Provinz entfliehen. So gelangte er nach Leipzig.
Ich kann es mir nicht vorstellen, will es auch nicht glauben, dass die Beziehung zu Rita für ihn ein Abenteuer war. Eine Äußerung von Tante Johanna fällt mir ein, die zu Oma Klara sagte: „Rita muss schließlich zusehen, dass sie einen Mann kriegt – mit den Füßen." Klara war entrüstet über diese Worte, das weiß ich noch. Aber weil ich ein Kind war, verstand ich nicht, dass sie Boshaftigkeit in sich bargen.
Es ist möglich, dass Rita anfangs zu viel von dieser Beziehung erwartet hatte, dass ihre Liebe stärker war als die von Wilhelm. Es ist auch möglich, dass ich eigentlich nicht gewollt und dann als

Druckmittel gut war. Ja, vieles ist möglich. Und doch muss ich die Dinge so nehmen, wie sie sich heute darstellen.
Und jetzt sehe ich eine weitere Modernisierung im Haus. Die Tür zu einem wunderschönen Badezimmer wird geöffnet. Herr G. erzählt, dass er öfter im Haus schliefe, wenn er einen großen Auftrag hätte. Er wohne in Einbeck, nicht weit von hier. Er lädt uns drei zum Abendessen ein, müsste seiner Frau nur Bescheid sagen. Nein, leider! Rudi möchte im Hellen zu Hause ankommen. Aber den Keller müssen wir noch sehen. Auf dem Weg hinunter bemerke ich in einer Ecke ein großes Rad aus Metall. Bestimmt war es das Mühlenrad, das sich im Wasser drehte. Der Bach hinter dem Haus sei schon vor langer Zeit zugeschüttet worden, erzählt Herr G.
„Hier unten wurden Schweine gehalten", sagt der Hausherr. In dem dunklen Keller mit den groben Feldsteinmauern erwacht Mitleid in mir, wenn ich auf die drei Koben blicke. In ihnen müssen die Tiere gestanden haben. Zu Zeiten meiner Großeltern sei es hier in vielen Häusern üblich gewesen, Schweine im Keller zu halten, um die Familien zu ernähren.
Wir verabschieden uns von Herrn G. und laden ihn ein, uns in Leipzig zu besuchen. Inge und ich haben ihn lieb gewonnen. Vor der Rückfahrt kehre ich mit meinen Begleitern in einem kleinen Restaurant ein. Uns fehlt ein guter Kaffee. Wir sprechen noch einmal über die Ereignisse der vergangenen Stunden. „Nein", sagt Inge, „das war kein Zufall. Den hübschen Herrn G., den hat uns der liebe Gott geschickt." Rudi lächelt. Ich stimme ihr zu.

Ich bin wieder in meinen vier Wänden, denke ich über meinen Besuch in Wilhelms Geburtshaus nach. Wirklich näher konnte ich dem Vater nicht kommen. Aber ich kann mir vorstellen, wie er aufwuchs, wie er eingebunden war in die Gepflogenheiten der Zeit am Anfang des zwanzigsten Jahrhunderts.
Gibt es so etwas wie die große Liebe? Ich möchte daran glauben. Vielleicht gab sie es für Rita und Wilhelm. Aber nach allem, was

ich nun über die beiden weiß, habe ich auch Zweifel. Oma Lina erzählte mir einmal, dass ihr, als sie Rita das erste Mal gesehen hätte, sofort klargeworden sei: Rita liebt ihren Wilhelm. Immer, wenn sie von ihm gesprochen hätte, haben ihre Augen geleuchtet und in ihrer Stimme sei Wärme gewesen. Ansonsten sei ihr die junge Frau aus Leipzig fremd geblieben.

Es ist wie verhext. Ich will ausdrucken, was ich bisher zusammengetragen habe, möchte es in den Händen halten. Aber der Drucker streikt. Manchmal glaube ich, er führt ein Eigenleben. Wie könnte es sonst kommen, dass er immer dann nicht druckt, wenn es mir besonders wichtig ist.
Auf meinen Anruf hin ist der Sohn schnell zur Stelle. Nachdem er den Drucker wieder zum Laufen brachte, kommen wir ins Gespräch. Ich lese ihm einiges von dem vor, was ich über seine Großmutter im Buch schreiben werde. Er wollte sie ja kennenlernen. Auch von meinem Zweifel erzähle ich ihm und dass ich mich immer wieder frage: Kann ich in dem was ich schreibe ihrer Persönlichkeit, ihrem Leben gerecht werden? Habe ich das Recht, über sie zu schreiben?
„Kannst du dir vorstellen, in welcher Zeit deine Großmutter gelebt hatte? Hast du beim Studium und in der Schule etwas über das vergangene Jahrhundert gehört?"
Markus sieht mich einen Moment an. Ja, natürlich hatte er etwas über die zwei großen Kriege gehört. Aber wie es sich angefühlt hat, während der Kriege und in den schweren Nachkriegsjahren zu leben, das könne er sich nur sehr schwer vorstellen. Doch für ihn sei es klar, dass in diesen Zeiten ums Überleben ginge. Vielleicht ist für die Menschen damals vieles wichtig gewesen, woran wir heute kaum denken. Nun sagt der Sohn etwas, das ich nie in Erwägung gezogen habe: „Deine Mutter hatte ganz bestimmt einen starken Lebenswillen. Sie hat so schnell nicht aufgegeben."
Ich bin überrascht. Und er sagt weiter: „Es muss nicht nur Eitelkeit sein, wenn jemand in schlechten Zeiten Wert auf gute Kleidung

legt. Es kann auch Stärke beweisen und heißen: Ich lasse mich nicht unterkriegen, ich mache weiter."
Ich freue mich, dass er zu diesem Schluss kommt.
Als ich die Beziehung der Mutter zu mir anspreche, hebt Markus die Schultern.
Noch lange, nachdem er gegangen ist, denke ich über seine Worte nach.

2. Das Geschenk

Das Jahr 1909 ist das einzig Sichere an Ritas Geburt. Der Ort ließ sich nur vermuten, nur erahnen. Um ihre Mutter webten ihr Vater Karl und seine Ehefrau ein Geheimnis. Sie webten es so dicht, dass Rita nie etwas über ihre wahre Herkunft erfuhr. Ihr Leben lang glaubte sie, hineingeboren zu sein in die Familie in Leipzig.

Die kleine Rita konnte es nicht ahnen, dass das Schicksal ihr eine Pflegefamilie oder ein Kinderheim erspart hatte. Sie wurde zum Lebensinhalt des jungen Paares Karl und Klara, das – beide Anfang zwanzig – das richtige Alter für ein Baby hatte. Eine Wohnung für die kleine Familie war schnell gefunden. Sie befand sich in Leipzig in der Nähe des Floßplatzes. Nur mit dem Notwendigsten war sie ausgestattet. Aus dem Keller von Klaras Eltern hatte Karl mit Schwager Edi einen alten Küchenschrank in die Wohnung getragen. Drei Stühle und einen Küchentisch hatten die Vormieter stehen lassen. Aus Richards Lager holte Karl mit dem Handwagen zwei Holzbetten. Er versprach dem Freund, sie abzuzahlen, sobald es ihm möglich wäre.
Das Mobiliar aber war Klara im Moment nicht so wichtig. Ihr Denken kreiste um die schnelle Heirat mit Karl. Alles setzte sie daran, dass die Trauung vollzogen werden konnte. Sie suchte die Papiere zusammen und bestellte das Aufgebot.
Damit im Kirchenamt nicht die Urkunde des Kindes vorgelegt werden musste, ließ es das Paar bei einer standesamtlichen Trauung bewenden.
Auf den versprochenen Ring musste Klara vorerst noch warten. Aber sie würde Karl irgendwann daran erinnern.

Klaras Mutter streifte für die Trauung den Ehering vom Finger und gab ihn der Tochter.
Nach dem Jawort war niemand so glücklich wie Klara. Von einer Verbindung mit ihm hatte sie schon in ihren Jungmädchenjahren geträumt. Und Karl? Nicht aus Liebe hatte er Klara geheiratet, sondern aus Dankbarkeit. Wie ihr eigenes Kind hatte sie das Baby angenommen, das er mit einer anderen Frau gezeugt hatte. Für Karl gab es kein Zurück.

Richard und Sophia erwiesen sich, wie schon so oft, als wahre Freunde. Die beiden hatten für das junge Paar eine bescheidene Feier ausgerichtet. Karl wunderte sich immer aufs Neue, in welcher Eintracht und Harmonie sein Freund Richard mit Sophia lebte. Früher war er ganz anders gewesen. Er war ein Charmeur und gab gern vor, ein Frauenkenner zu sein. Es musste allein an Sophias Wesen liegen, dass er sie so schnell geheiratet hatte. Sie erinnerte Karl oft an Frau Steiner, in deren Villa er einst gearbeitet hatte. Sophia strahlte eine ebensolche Schönheit und Freundlichkeit aus. Ihr seidiges braunes Haar und die kupferbraunen Augen bewirkten, dass auch Karl sie gern betrachtete. Durch ihre schlanke Figur sah sie größer aus als ihr Mann. Der blond gelockte stämmige Richard wirkte nur mittelgroß. Aber um zwei Zentimeter überragte er seine Frau, was er gelegentlich in Gespräche einfließen ließ. Und alles, was Sophia tat, tat sie mit der gleichen Bestimmtheit wie Karls ehemalige Dienstherrin. Es war kein Wunder, dass Richard sie nicht wieder gehen ließ.
Klaras Eltern kamen nicht zur Feier. Diesen Weg der Tochter konnten sie nicht mitgehen. Ein fremdes Kind bestimmte nun Klaras Leben. Freude über dieses Enkelkind wollte in den Eltern nicht aufkommen. Der Mutter war bang ums Herz, wenn sie an die Zukunft der Tochter dachte. Bis in den Schlaf verfolgte sie die Sorge um ihr Kind. Den Nachbarn, die nach Klara fragten, gab sie keine Auskunft. Wie gerne hätte sie eine strahlende Braut präsentiert.

Trotz allem gab die Mutter zu Klaras Aussteuer noch manches hinzu, was nach ihren Erfahrungen in dem jungen Haushalt nötig war. Zwei Federbetten kamen dem Paar wie gerufen.
Nach der Hochzeit konnte Karl dem Gefühl endlich Raum geben, das seit dem Auftauchen des Säuglings sein Inneres beherrschte. Nicht so sehr wegen des Kindes, sondern wegen des Schicksals der Mutter kam er aus dem Gleichgewicht. Die schrecklichsten Visionen tauchten in ihm auf. Er sah Margarita im Wartesaal eines Bahnhofes entbinden, sah sie mutterseelenallein irgendwo auf einem Feldweg liegen. Immer wieder plagten ihn Selbstvorwürfe. Was war nun aus ihr geworden? Wie lebte sie jetzt?
All das ging ihm immer wieder durch den Kopf.
Er verlor die Balance in seinem Leben. Auf sein Äußeres achtete er nicht mehr. Dabei war es ihm auch früher nie um seine Wirkung nach außen gegangen. Er brauchte für sich selbst die Gewissheit, dass seine Kleidung sauber, die Rasur glatt war und das Haar einen ordentlichen Scheitel hatte. Seine drahtige Figur und das schwarze Haar ließen ihn als einen passablen Mann erscheinen. Aber nun hatte er in allem nachgelassen. Hinzu kam, dass plötzlich Verpflichtungen und Verantwortung vor ihm standen. Vorher hatte er allein gelebt, immer im gleichen Trott. Die Umstellung auf ein anderes Leben kam zu überraschend.
Doch Klara, die ebenfalls in neue Verhältnisse geworfen worden war, behielt den Überblick. Sie duldete nicht, dass ihr Karl, um den sie gerade wegen seines vorteilhaften Aussehens so ausdauernd gekämpft hatte, nun derangiert daherkam.
Klaras Ausdauer, ja Hartnäckigkeit sorgten dafür, dass ihr Ehemann bald wieder der Alte wurde. Auf Ihr Drängen hin nahm er eine Arbeit in Richards Tischlerwerkstatt an. Ihm blieb keine andere Wahl.
Er war mit Klara verheiratet!

Ein kleiner, kaum spürbarer Groll tauchte hin und wieder in Karls Seele auf: Warum hatte Margarita ihm keine Nachricht hinterlassen,

als sie wegging? Er war sich ihrer Liebe doch so sicher gewesen. So gut es ging verheimlichte er dieses Gefühl vor Klara. Seine Dankbarkeit ihr gegenüber ließ auch den kleinsten Einwand gegen das Handeln seiner Frau in ihm verstummen. Klara besorgte für das Kind Ammenmilch. Den ganzen Tag war sie damit beschäftigt, es zu hegen und zu pflegen. Fuhr sie es im Kinderwagen aus, kam es nicht selten vor, dass fremde Mütter in den Wagen sahen. Sie bestaunten das hübsche Kind. Dass manche dabei verwundert auf Klara sahen, entging der Mutter. Ihre helle Haut, das blonde Haar und die blauen Augen standen im Gegensatz zu den großen dunklen Augen des Kindes. Auch die schwarzen Löckchen und der goldige Teint wollten nicht recht zur Mutter passen.
Klara hatte den Namen des Mädchens festgelegt: Rita.
Damit konnte sie leben. Obwohl sie das Kind als ihr eigenes ansah, mahnte etwas in ihrem Inneren, die leibliche Mutter nicht ganz aus der Erinnerung zu löschen. Deshalb wählte sie einen Teil des Namens Margarita für das Mädchen. Eine Verbindung zwischen Karl und dem Mädchen aus Sizilien konnte es nicht mehr geben. Das wusste Klara. Über Margarita wurde zwischen ihr und Karl kein Wort mehr gesprochen.

Am Anfang geschah es noch, wenn sie die Kleine badete, wenn sie sie wickelte oder fütterte, dass ihre Gedanken zu Margarita gingen. Manchmal verspürte sie dann Mitleid mit der jungen Frau. Sie stellte sich vor, wie sie das Kind zur Welt bringen musste. Und wie es ihr entrissen wurde! Klara hatte es ja miterlebt. Die beiden Männer, Verwandte der leiblichen Mutter, hatten den Säugling zu Karl gebracht. Sie schienen alles andere als mitfühlend zu sein. Nur eins hatten sie offenbar im Sinn: Das Kind musste verschwinden. In Margaritas Familie fand es keinen Platz. Aber letzten Endes, dachte Klara, hat die Gerechtigkeit gesiegt. Karl hatte sich für sie entschieden. Ihr langes Bemühen um ihn hatte endlich Früchte getragen. Sie war am Ziel.

„Die Rita hat uns der liebe Gott gegeben. Sie ist ein Geschenk", sagte Klara, wenn ihre Mutter kam, um nach der Tochter zu sehen. Ungläubig sah die dann auf das fremde Kind.
Die Bedenken der Großmutter änderten nichts daran: Rita wurde zum Mittelpunkt in Klaras Leben. Alles, was sie für das Kind tat, war in ihr als gut und richtig festgeschrieben. Sie liebte Rita auf ihre Weise. Ratschläge, die das Kind betrafen, wies sie von sich. Meist kamen sie von Sophia. Die konnte es nicht mit ansehen, wie Klara dem Mädchen jede Bewegungsfreiheit nahm, wenn sie es immer wieder dorthin setzte, wo sie selbst es haben wollte. Oft genug versuchte die Freundin, der jungen Mutter klarzumachen, dass das Kind sich mehr bewegen müsse. Doch Klara war sich ihrer Sache sicher. Sie hatte sich des Kindes angenommen. Sie entschied über sein Wohl und Wehe.

Obwohl die Haushaltkasse des Paares alles andere als üppig gefüllt war, ließ Klara es der Kleinen an nichts fehlen. Bis in die Nacht hinein nähte sie aus alten Kleidungsstücken Jäckchen und Kleidchen für Rita. Wenn der Vater abends von seiner Arbeit in der Tischlerwerkstatt nach Hause kam, präsentierte sie ihm das Kind. Immer erhoffte sie sich dann Anerkennung und Liebe von ihm.
Als Rita zwei Jahre alt wurde, taten sich für Klara weitere Schwierigkeiten auf. Es bereitete ihr Unbehagen, dass das Kind nicht mehr an einem Fleck sitzen wollte. „Wozu habe ich die schöne Decke gehäkelt? Es sieht doch so hübsch aus, wenn die Kleine darauf sitzt", sagte Klara ärgerlich zu Karl. Doch Rita wollte die Welt um sich her erkunden. Sie wollte Schubfächer aufziehen und mit Löffeln auf Topfböden schlagen. Die pieksauberen Dielen, die blank geputzten Fenster und gestärkten Gardinen waren für sie ohne Interesse. Aber der Ordnungssinn der Mutter schob ihrem Bewegungsdrang immer wieder einen Riegel vor. Mit bunten Bildchen und Kinderbüchern lockte sie das Kind auf die Häkeldecke, die auf dem Boden lag. So mochte Klara die Kleine am

liebsten. So passte sie am besten in ihre Vorstellung von häuslicher Gediegenheit. Klara war der festen Überzeugung, dass Rita ihr alle Zuwendung und Mühe auf Heller und Pfennig später zurückzahlen würde.

Im vergangenen Jahr wurde Rita in der Peterskirche getauft. Sophia war ihre Patentante geworden. Bei Richard stand Karl in Lohn und Brot. Gerade hatte er seine Gesellenprüfung abgelegt. Tag und Nacht war Karl mit seinem Gesellenstück beschäftigt gewesen. Mit einem großen dunklen Kleiderschrank aus Nussbaum hatte er die Prüfung bestanden. Voller Stolz teilte Klara dem Möbelstück den besten Platz in der Wohnung zu. Richard hatte es dem jungen Paar geschenkt.

In Klaras Mutter war die Erkenntnis gereift, dass ihr Schwiegersohn ein guter Mensch sei und sein Versprechen einhielt. Er wollte gut für Klara, für die Familie sorgen. Das hatte er versprochen. Das tat er. So fiel es ihr leicht, auf einen ihrer beiden Sessel zu verzichten und ihn Karl zu überlassen. Leben und leben lassen, war immer ihr Leitspruch gewesen. „Ein Mann, der den ganzen Tag gearbeitet hat, braucht abends einen Sessel", sagte sie, als sie Karl halb schlafend auf dem Küchenstuhl sitzen sah.
An einem Sonntagnachmittag saß er in seinem, schon ein wenig abgenutzten, Sessel. Die kleine Dunhill-Tabakspfeife glitt ihm nicht aus dem Mund, obwohl er eingeschlafen war. Rauchen durfte er die Pfeife nur außerhalb der Wohnung. Das hatte Klara von Anfang an festgeschrieben. Sie fürchtete um ihre Gardinen und um die gute Luft in den Räumen. Trotzdem schenkte sie ihrem Mann die Pfeife. Ihr Karl sah damit fast so aus wie der Mann auf dem Tabakplakat.
Als er im Sessel erwachte, sah er auf sein Kind und wunderte sich. Drei Jahre war es jetzt. Es bewegte sich so wenig, lief und wirbelte nicht herum. Bei seinen jüngeren Geschwistern hatte er

es anders gesehen. Sie waren in dem Alter kaum zu bändigen. Bilder und Bücher lagen auf dem Kindertischchen, das er gebaut hatte. Den kleinen Stuhl verließ Rita nur selten. Auch Sophia hatte immer wieder davon gesprochen, dass das Kind sich mehr bewegen sollte. „Die Kleine ist doch keine Puppe", hatte sie zu Klara gesagt, „ist doch nicht schlimm, wenn sie mal schmutzig wird." Sophia dachte dabei an ihre beiden kleinen Söhne. Nach dem Aufenthalt im Garten musste sie die Kinder meist komplett umziehen. Aber Karl überhörte Sophias Worte. Klara zurechtweisen? Nein. Das erschien ihm anmaßend und ungerecht. Sie hatte ihm ja die Möglichkeit für ein Leben mit seiner Tochter gegeben. Wo hätte er denn allein mit dem Kind hingehen können? Die Kleine hätte er um keinen Preis der Welt wieder hergegeben. Da wäre nur seine Mutter gewesen. Aber Karl wusste, dass er sie damit überfordert hätte.
Wenn Rita mit dem Vater am Sonntag im Albertpark spazieren ging, konnte sie nicht genug laufen und springen. Das viele Sitzen in der Wohnung hatte ihr nichts anhaben können. Hand in Hand liefen sie die Wege entlang. Ein Glücksgefühl stellte sich dann auf beiden Seiten ein. Manchmal nahm er das Kind mit auf den Südfriedhof und besuchte mit ihm Augustes Grab. „War Auguste eine Tante von dir?", fragte Rita. Der Vater erzählte ihr, wie sehr er die Köchin verehrt, ja geliebt hatte. Wie tatkräftig und fröhlich sie gewesen war. Hin und wieder, wenn Karl mit seiner Tochter spazieren ging, lief er mit ihr die Karl-Tauchnitz-Straße entlang. Er ging auf der Seite, wo der Johannapark sich hinzog. Nur einen Seltenblick warf er dann auf die Villa auf der anderen Straßenseite. Dort hatte er einst gearbeitet. Die Goldmannsche Villa vermied er anzusehen. Sie hätte ihn zu sehr an seine Zeit mit Margarita erinnert.
Abends wollte Rita nicht einschlafen, ehe sie der Vater nicht ins Traumland gebracht hatte. Ritas Liebe zu ihm und ihre Freude, wenn Tante Sophia kam, lösten in der Mutter ein ungutes Gefühl aus. Hätte man ihr Eifersucht vorgehalten, sie hätte es entschieden

zurückgewiesen. Dass das Kind ihr immer mehr Widerstand entgegen setzte, schmerzte sie. Klara war davon überzeugt, dass das Abendgebet das Wichtigste für die Seele des Kindes war. „Lieber Gott, mach mich fromm, dass ich in den Himmel komm", betete sie allabendlich mit ihm. Doch als Rita das vierte Lebensjahr erreicht hatte, nahm sie die Worte der Erwachsenen nicht mehr widerspruchslos hin. „Ich will doch gar nicht in den Himmel, Mutti. Ich will malen und Bücher angucken", rief sie der Mutter entgegen. Klara sann nach, welches Gebet für das Kind geeigneter wäre. Das Vaterunser ist noch zu lang, entschied sie. „Lass doch das Kind selbst die Worte finden", riet Sophia.
Fortan wunderte sich die Mutter, was Rita dem lieben Gott alles mitzuteilen hatte. Am meisten schmerzte sie ihr kindliches Gebet: „Lieber Gott, bitte lass meine Mutti nicht so viel schimpfen. Kannst du machen, dass ich bei Tante Sophia wohnen kann?"
Klara hütete sich, den kleinen Groll, der sich in ihrem Herzen gegen Sophia regte, laut werden zu lassen.

Das kleine schmale Zimmer in der Dreiraumwohnung im dritten Stock war von den Eltern für Rita liebevoll eingerichtet worden. Der Vater hatte ein Bett und einen Schrank gebaut. Die Mutter sorgte für hübsche Fenstervorhänge und eine passende Bettdecke. Lange hatte Rita im Schlafzimmer der Eltern geschlafen. Sie war es nicht gewöhnt, allein zu sein. Gestalten aus ihren Märchenbüchern, die am Tag ihre Freunde waren, erschreckten sie in der Dunkelheit. Sie spukten in ihrem Kopf herum und ließen sie nicht schlafen. Die Tür zu Ritas Zimmer blieb deshalb nachts einen Spalt breit geöffnet. Oft lauschte sie den Worten der Eltern. Vieles verstand sie nicht. Dennoch erreichte sie die Besorgnis des Vaters, der von Kriegsgefahr, vom Vaterland und vom Kaiser sprach. Der Kaiser? In ihren Kinderbüchern war der Kaiser doch ein guter Mann, ein Held und ein Freund der Kinder. Der Vater las ihr manchmal aus den Büchern vor. Und die Mutter sagte: „Der Kaiser macht schon alles richtig." Warum waren die Eltern trotzdem so besorgt? Seit kurzer Zeit entdeckte Rita, dass sich das Leben von Tag zu Tag veränderte. Oft hörte sie den Vater schimpfen, weil die Mutter etwas Schweres gehoben hatte. Früher musste Rita ihren Teller abessen. Jetzt achtete die Mutter kaum noch darauf. Sie aß selbst Sachen, die früher nicht auf dem Tisch standen. Am Platz der Mutter stand immer ein kleiner Teller. Auf ihm lagen stets Stücke von Senfgurken, die goldig schimmerten, weil die Großmutter sie mit Honig angesetzt hatte. Weder der Vater noch Rita wagten es, ein Stück von dem Teller zu nehmen. Schon allein Klaras Blick reichte, um ihnen Bescheid zu geben.

Doch am meisten beschäftigte Rita die Frage, wer die dicke Frau war, die neuerdings öfter kam. Keuchend stand sie vor der Wohnungstür, schimpfte über die vielen Treppen und ließ sich in der Küche nieder. Stets hatte sie eine große Tasche bei sich. Die schob sie zwischen ihre Füße, wenn sie sich auf den Küchenstuhl gesetzt hatte. Viel zu schmal erschien er Rita, wenn sie sah, wie das breite Hinterteil der Frau rechts und links über den Sitz hinausstand. Die Kleine wurde in ihr Zimmer geschickt, wenn die Unbekannte kam. Kaffeeduft breitete sich aus. Rita hörte die tiefe Stimme der fremden Frau, hörte, wie sie eindringlich auf die Mutter einsprach: Vorsicht, Vorsicht, langsam, langsam!

Zum Glück gab es Tante Sophia. Sie kam jetzt öfter. Manchmal brachte sie auch ihre beiden Jungen mit. Dann ging's hinaus, zum Messplatz, wo Seifert's Oscar auftrat oder in den Park. Verärgert sah die Mutter am Abend auf das ramponierte Kleidchen und auf die schwarzen Flecke an den weißen Strümpfen. „Lass doch das Kind", wagte sich der Vater beschwichtigend hervor und streichelte den Bauch der Mutter. Das stimmte sie meist sanfter. Für Rita waren viele Fragen beantwortet. Tante Sophia hatte die Geheimnisse gelüftet. Das Kind wusste nun, warum die fremde Frau kam. Sie sollte der Mutter helfen. Ein Baby würde bald in die Familie kommen. Noch hätte es die Mutter in ihrem Bauch. Die große dicke

Frau, die gerne Kaffee trank, spielte eine Rolle bei dem Ganzen. Aber wie kam das Baby aus dem Bauch heraus? Und wie war es hineingekommen? Immer gab es neue Fragen.
Rita, die bald fünf Jahre alt wurde, hatte sich vorher nie Gedanken darüber gemacht, wie ein Mensch auf die Welt kommt. Je mehr sie nun darüber nachdachte, umso mehr Fragen ergaben sich für sie. Die Mutter konnte sie nicht fragen, das spürte sie. In Rita war das Gefühl entstanden, dass sie etwas Unrechtes tat, wenn sie der Mutter Fragen stellte. Der Vater sprach oft mit ihr. Aber nach der Arbeit wollte er seine Ruhe haben. Doch Tante Sophia hörte immer zu. Sie hatte Geduld und fand Worte, die das Kind verstand. Ein kleiner Mensch, ein Baby, in ihrer Wohnung, bei der Mutter und dem Vater! Rita konnte es sich nicht vorstellen.

Der Sommer des Jahres 1914 brachte viel Wärme und wenig Regen. In einigen Vierteln von Leipzig kam es zu Wassermangel in den Häusern. Besonders die höher gelegenen Straßen waren betroffen. Die Handschwengelpumpen auf den Straßen waren umlagert. Nur nach heftigem Pumpen gaben sie noch Wasser. Mit zwei Eimern stand Karl in der Schlange der Wartenden. Richard hatte ihm ein paar Tage freigegeben, damit er der hochschwangeren Klara beistehen konnte. Ein Lastwagen hielt neben der Pumpe. Flugblätter flogen vom Wagen herunter. „Extrablatt", las Karl. Der Kaiser hat die Mobilmachung angeordnet. „Deutschland, Deutschland über alles." Die Worte verschwammen vor Karls Augen. Gerade jetzt, hämmerte es in seinem Kopf, gerade jetzt, wo Klaras Entbindung bevorsteht. Er konnte doch nicht weg, sie nicht allein lassen. „Zu den Waffen", forderte der Kaiser, „gegen Frankreich, England, Russland." Karl hörte die jungen Männer auf dem Lastauto die Kaiserhymne singen. Mit leeren Eimern rannte er die drei Etagen hinauf in seine Wohnung. Die kleine Tochter blickte ihn verstört an. „Wir haben Krieg!"
Das Kind begriff, dass etwas Bedrohliches vor sich ging. Es

verstand, dass jetzt Wirklichkeit geworden war, worum sich der Vater seit längerer Zeit Sorgen gemacht hatte.
Über die von der Wärme des Sommers aufgeheizte Stadt zog nun das Gewitter des Krieges.

„Ich habe meinen Einberufungsbefehl bekommen", sagte Karl beim Abendbrot. Er starrte auf das Blatt Papier, als könnte er nicht glauben, was da stand. Seine Hand zitterte, als er es beiseite legte. Er sah in die fragenden Augen seines Kindes „Kriegst du jetzt auch eine Uniform? Wirst du nun ein Held?", hörte er Rita fragen und Karl wusste keine Antwort. Seine Angst vor der Zukunft schnürte ihm die Kehle zu.

Von schnellen Schritten und unterdrücktem Geflüster wurde Rita wach. Durch den Türspalt sah sie, dass das Licht auf dem Korridor brannte. Die dicke Frau mit ihrer großen Tasche zwängte sich durch die schmale Tür zur Küche. „Ruhe, Ruhe", hörte das Kind die Hebamme sagen, „ich brauche erst mal einen Kaffee, s' ist immerhin nachts um zwei." Rita sah ihren Vater vom Schlafzimmer in die Küche und wieder zurück laufen. Sein Gesicht, das sonst meist heiter und gebräunt aussah, wirkte im fahlen Schein der Lampe blass. Offenbar hatte er große Sorgen. Kaffeeduft zog wieder durch die Wohnung. „Es dauert noch `ne Weile", sagte die Frau in der Küche hustete mit tiefer Stimme. Als Karl seine Tochter in der Tür stehen sah, nahm er sie auf den Arm und trug sie zum Bett. „Warum weint die Mutti so laut?", fragte das Kind verstört und klammerte sich an den Vater. „Morgen, morgen erkläre ich dir alles. Ich kümmere mich um die Mutti. Schlaf jetzt wieder." Er streichelte die Kleine und wurde dann vom Schrei seiner Frau ins Schlafzimmer getrieben.
Rita hörte, wie Wasser aus der Leitung lief. Mehrere Töpfe wurden gefüllt. „Warmes Wasser ...!", rief die Hebamme. Mit schweren Schritten schleppte sie sich über den Korridor ins Schlafzimmer.

Rita fand keinen Schlaf. Sie saß kerzengerade im Bett und beobachtete alles, was durch den Türspalt zu sehen war. Sie fühlte sich ausgeschlossen.
Was ging da bloß vor? Warum stöhnte die Mutter so oft? Warum sah der Vater so betrübt aus? Was tat die mürrische dicke Frau in dieser Nacht in der Wohnung?
Tante Sophia hatte ihr wohl doch nicht alles erzählt!
Es dämmerte schon, als Rita von durchdringendem Geschrei geweckt wurde. Auf nackten Füßen huschte sie ins Schlafzimmer der Eltern.
Der Vater lag angezogen auf seinem Bett. Er legte den Zeigefinger auf den Mund, als er die Tochter sah. Trotz des Geschreis schlief die Mutter. Das blonde Haar, das sie sonst als Knoten im Nacken trug, lag aufgelöst auf ihrem Kopfkissen. Wie ein Engel sieht die Mutti heute aus, dachte Rita. Neben dem Bett stand ein Babykörbchen, das sich hin und her rollen ließ. In ihm lag ein winziges Wesen, das den Mund weit aufriss und in die Welt brüllte.
„Du hast ein Brüderchen bekommen", flüsterte Karl, „die Mutti hat es in der Nacht zur Welt gebracht."
Rita begriff, dass es eine schmerzvolle, aufregende Angelegenheit sein musste, wenn ein Kind zur Welt kommt.

In der Familie kam es nun zu Veränderungen, an die sich Rita erst gewöhnen musste. War sie bisher der Mittelpunkt gewesen, so musste sie nun einen großen Teil der Aufmerksamkeit der Eltern an den kleinen Bruder Heinrich abtreten. Sie hatte es gern gehabt, wenn ihr die Mutter das lange schwarze Haar bürstete. Das tat sie jetzt selten. Ihre Kleidung wurde nicht mehr so sorgfältig angelegt wie früher. Heini war allgegenwärtig. Rita bekam Aufgaben zugeteilt, die sie von ihren Bildern und Büchern fern hielten. Doch bald erkannte sie, dass der kleine Schreihals nur Ruhe gab, wenn sie sein Körbchen ein wenig rüttelte, bis er schlief. Dabei ließen sich auch Bücher anschauen.

Klaras Körper sah schon kurze Zeit nach der Entbindung wie früher aus. Auch das Stillen machte sie nicht fülliger. Klein und schmal, wirkte sie zerbrechlicher als vor dem Kind. Die Hebamme hatte zur Vorsicht geraten. Klara solle ihre Kräfte schonen. Das aber ließen die Verhältnisse nicht zu.
Karl bekam keinen Aufschub, musste kurze Zeit nach der Einberufung in den Krieg ziehen. Er wurde der Infanterie zugeteilt und musste einrücken. Er umarmte seine Frau und blickte auf die schlafenden Kinder. „Hoffentlich, hoffentlich", flüsterte er, „sehe ich euch wieder." Nach Hymnen auf den Kaiser und nach Angriffslust war ihm nicht zu mute.

Unter Tränen sah Klara ihm nach. Karl, der sonst weit ausschritt, ging mit zögerlichen Schritten. Sie blieb am Fenster stehen, bis sie ihn nicht mehr sehen konnte.
Klara wartete lange auf Nachricht von ihrem Mann. Wochen waren vergangen, seit er in Richtung Frankreich gebracht worden war. Tagsüber hatte sie durch die Kinder genug Ablenkung. Aber wenn sie abends allein in ihrem Bett lag, hatte sie Karls Bild vor sich. Dann betete Klara, dass ihr Mann gesund heimkehren möge. Als der Brief endlich kam, konnte sie sich nicht wirklich freuen. Das Datum am Ende der Zeilen weckte in ihr mehr Zweifel als Hoffnung. Längst konnte ja schon wieder alles anders sein. Wer weiß, wie es ihm jetzt ging, ob er überhaupt noch lebte.
Als Rita am Abend weinte, weil sie ihren Vater vermisste, tröstete sie das Kind mit den Worten: „Vor Weihnachten ist der Krieg bestimmt vorbei. Der Kaiser hat's versprochen." Dass sie bis dahin noch vier Monate durchstehen musste, schob Klara vorläufig beiseite.

Wochen und Monate vergingen. Längst war das Versprechen des Kaisers gebrochen. Täglich nahm Klara ihre Kinder mit, um nach Lebensmitteln anzustehen. Nur der Herd in der Küche wurde beheizt. Holz und Kohle waren knapp. Der Heilige Abend, der immer voller Geheimnisse und Fröhlichkeit war, machte alle noch trauriger. Früher hatte Rita auf dem Schoß des Vaters gesessen und den Liedern gelauscht, die er an diesem Abend anstimmte. Bei diesem Fest war nun alles anders. Die Mutter sang mit dünner Stimme. Das Kind spürte, dass sie keine Freude am Gesang hatte. Heini machte sich auf dem Schoß der Mutter breit. Rita lehnte sich an den Großvater, der auf dem Sessel des Vaters saß. Als Weihnachtsbaum diente eine Zimmerpflanze, an der ein paar Kugeln hingen. Das Lametta wollte an den glatten Blättern nicht halten. „Stille Nacht, Heilige Nacht ...", sang das Mädchen. Die Großmutter stimmte mit ein. Klara war nicht zum Singen zu mute. Rita, die schon ein wenig lesen konnte, bekam ein Buch mit Bildern und Geschichten. Heini musste sich mit einem kleinen Soldaten aus Holz begnügen.

Es war Ostern und Rita sollte in die Petrischule kommen. Aber so, wie die Mutter es sich vorgestellt hatte, konnte die Einschulung nicht vonstatten gehen. Es fehlte an allem. Niemand dachte an's Feiern – an Ostereier erst recht nicht. Gerne hätte Klara Gäste eingeladen. Nur Sophia kam und brachte selbst den Kuchen mit. Sie schenkte Rita einen Ranzen, der Spuren von den Raufereien ihrer Kinder hatte. Eine kleine Schiefertafel und ein Griffelkasten waren das ganze Inventar des Ranzens. Das Kind war enttäuscht. Wo waren die Bücher für die Schule und die Stifte? „Später, das brauchst du später", tröstete Tante Sophia.
Auch die Zuckertüte, die schon Sophias Kindern gehört hatte, war nur mäßig gefüllt. Klara staffierte ihre kleine Tochter aus, so gut es ging. Das Aussehen ihrer Rita war das einzige, was die Mutter an diesem Tag zufrieden stellte.
Zum ersten Mal saßen die Mädchen im Klassenraum auf den Holzbänken, die wie aus einem Guss mit den Tischen verbunden waren. Hinter ihnen standen die Mütter und vor ihnen die Lehrerin.

Rita erschien sie alt und grau. In ihrem Bilderbuch sah die Lehrerin doch jung und fröhlich aus. Die Frau, die vor ihr stand, hatte nichts von der Lehrerin, die sie sich vorgestellt hatte. Rita sah auf den schmallippigen Mund der Frau. Beim Sprechen bildeten sich um ihn viele kleine Falten. Die Mundwinkel zog sie beim Sprechen herunter. Es sah aus, als wollte sie damit den Kindern klarmachen, dass keines von ihnen Nachsicht von ihr erwarten könne. Mit aufrechtem Gang lief sie vor den Mädchen hin und her. Sie sprach von Ordnung und Gehorsam. Ihre Stimme wirkte trotz beachtlicher Lautstärke tonlos. An der Wand hing das Bild des Kaisers, auf das sie mehrmals mit einem Stock deutete. Dem Blick der Lehrerin versuchte das Kind auszuweichen. Traurig trat Rita an der Seite der Mutter den Heimweg an. „Ich möchte nicht wieder in die Schule gehen", klagte sie, „ich habe Angst vor der alten Frau." „Das wird sich schon geben", sagte die Mutter ungeduldig. Ihre Sorgen waren anderer Art. Lange schon hatte sie nichts von Karl gehört. Längst konnte sie den kleinen Heinrich nicht mehr stillen. Sie wusste nicht, wo sie Milch für ihre Kinder herbekommen sollte.
Ritas Enttäuschung hätte größer nicht sein können. Wie hatte sie sich auf die Schule gefreut. Was hatte sie sich alles ausgemalt. Stunden, in denen viel erzählt, gemalt und gesungen wurde. Von alledem hatte die strenge Lehrerin nichts gesagt. Sie sprach nur von Pünktlichkeit und anderen Sachen, die Rita fremd waren.
„Du wirst doch nicht krank werden?", fragte die Mutter am Abend, als sie mit dem Kind das Abendgebet sprach. Die Kleine war blass. Schon am Nachmittag ging sie in ihr Zimmer, hatte kein Buch und keinen Stift in der Hand. Der Kuchen konnte sie nicht trösten, den Sophia mit viel Liebe gebacken hatte. Sie saß nur auf ihrem Stühlchen und blickte vor sich hin. „Ich bring dich morgen in die Schule", sagte Klara, und hoffte damit, Rita ein wenig trösten zu können. Die Mutter dachte an ihre Schulzeit. Sie erinnerte sich daran, dass sie vom Lehrer mit einem Stock auf die Finger geschlagen wurde. Unmut von damals wollte wieder in ihr

aufkeimen. Ich musste mich ja auch daran gewöhnen, sagte sie sich dann. Aufkommendes Mitleid versuchte sie zu unterdrücken. Um das Kind abzulenken rief Klara: „Vielleicht kommt morgen Post vom Vati. Komm, wir beten noch für ihn!"
Heftiges Zahnweh riss Klara aus dem Schlaf. Ach du lieber Gott, auch das noch, dachte sie und erschrak über ihr Spiegelbild. Eine Wange war angeschwollen. Für Minuten fühlte sie sich hilflos. Was sollte sie bloß machen? Rita musste ja zur Schule. Es half nichts. Klara musste zum Arzt. Trotz der Schmerzen kehrte ihre Tatkraft zurück. „Du musst zu Hause bleiben und auf Heini aufpassen. Ich gehe zum Zahnarzt!", rief sie in das Zimmer des Mädchens. Noch wusste Klara nicht, ob der Arzt noch praktizierte oder ob er an der Front war. Nachdem sie den Zahn schon seit Tagen mit Kamillespülungen und kühlen Lappen zur Ruhe gezwungen hatte, konnte sie sich nun nicht mehr selbst helfen. Schon das Schild am Haus des Zahnarztes flößte ihr Angst ein. „Dentist: Füllungen, Wurzelbehandlungen, Zahnziehen, Zahnersatz", las sie. Sie kannte den Zahnarzt, hatte ihm früher die Wäsche gebracht. Er war ein großer, grobschlächtiger Mann. Wie einer vom Bau wirkte er, aber nicht wie jemand, der sich mit Feingefühl und zarten Händen ihrem schmerzenden Kiefer nähern sollte. „Der Nächste bitte!" Als sich die Tür zum Wartezimmer öffnete, versagten Klara fast die Beine. „Meine ..., meine Kinder, sie sind allein zu Hause. Könnten Sie mich gleich drannehmen?", brachte sie zögerlich, ganz gegen ihre sonstige Art, heraus. Der Arzt sprach mit angenehmer Stimme beruhigend auf sie ein. Die Spritze verursachte einen letzten großen Schmerz. Bald hielt er Klara den Störenfried mit der Zange entgegen. „Zu lange gewartet", sagte Dr. H. und drohte mit dem Finger. „Ja, ja, jedes Kind kostet einen Backenzahn. Schaffen Sie sich nur nicht zu viele Kinder an. Die Zeiten sind schlecht genug." Die Rechnung zahlte Klara in kleinen Raten ab.
Von lauten Worten wurde Rita geweckt. Das klang doch wie Onkel Edi! Wieder vollzog sich hinter dem Türspalt Seltsames. Edgar,

der jüngere Bruder der Mutter, lief aufgeregt hin und her. Er ließ sich von der Schwester nicht beruhigen.
Ganz anders kannte Rita den Onkel. Er war viel größer als die Mutter, hatte welliges dunkles Haar. Edi war im Männerturnverein, ließ gerne seine Muskeln spielen. Zu Scherzen war er immer aufgelegt. Öfter hatte Rita ihn schon mit einer jungen Frau gesehen, stets mit einer anderen. Jetzt klang es so, als hätte Onkel Edi Sorgen und wüsste nicht weiter. „Pssst", mahnte die Mutter einige Male, „leise, die Kinder schlafen." Die Erwachsenen gingen in die Küche. Sprachfetzen drangen an das Ohr des Mädchens. „Die Eltern – es geht nicht mehr – Wohnung geräumt – Wäscherei – Einberufung."
Heini begann zu weinen. Auf leisen Sohlen schlich Rita in das Schlafzimmer der Eltern. Bisher beschäftigte sie sich mit ihrem kleinen Bruder meist nur auf Geheiß der Mutter. Doch sie spürte, jetzt musste sie helfen. Behutsam nahm sie den Kleinen aus seinem Körbchen und trug ihn zu ihrem Bett. Heini war schwerer als sie vermutet hatte. Er hörte auf zu weinen. Rita hatte sich neben den Bruder gelegt. Sie betrachtete sein weiches Profil und die kleinen Ohren. Durch den Türspalt drang nur spärliches Licht. Heini gab Laute von sich, die an Sprechen und Singen erinnerten. Mit seiner kleinen Hand hielt er Ritas Zeigefinger fest. Auch als er schon schlief, gab er ihn nicht frei.

Vor dem Haus standen einige Stühle, ein Schränkchen und ein Tisch. Rita nahm die Möbel kaum wahr, als sie am Mittag aus der Schule kam. Verwundert schaute sie auf den großen Koffer im Korridor. Onkel Edi saß verschwitzt auf einem Küchenstuhl. „Vom Floßplatz bis zur Hohen Straße geht's immer nur bergauf. Ich kam mir vor wie ein Riebeckgaul", versuchte er zu scherzen. Rita wunderte sich. Was war denn mit dem Onkel los? Kein weißer Kragen, kein Anzug und erst recht kein Hut, den er immer etwas schief auf dem Kopf trug. Klara folgte ihrer Tochter ins Kinderzimmer. „Wir müssen uns jetzt einschränken. Oma und Opa wohnen ab heute bei uns", sagte sie in einem Ton, der klingen sollte, als hätte sie etwas Selbstverständliches verkündet. Rita erkannte am Gesicht der Mutter, dass sie anders dachte, als sie sprach. Das Kind ahnte, dass schwierige Zeiten kommen würden. Die Möbel, die Onkel Edi hochgetragen hatte, wurden nun in der Wohnung verteilt.

„Die Wäscherei habe ich geschlossen. Es gab sowieso keine Kunden mehr", rief Edi seiner Schwester zu.

Klara umarmte den Bruder. Jetzt, wo er in den Krieg ziehen sollte, merkte sie, wie sehr er ihr ans Herz gewachsen war.

Dann kam er noch einmal in die Wohnung und brachte die Großeltern mit. Sie waren Rita nicht sehr vertraut. Nur zu Weihnachten waren sie zu Besuch gekommen. Zum Großvater fühlte sich das Kind hingezogen. Seine Geduld mit ihr und dem kleinen Heini schien endlos zu sein. Für ein freundliches Lächeln brauchte er keinen Anlass.

Klara führte ihre Eltern ins Schlafzimmer. Dort sollten sie wohnen, dorthin brachte sie auch den großen Koffer mit ihren Habseligkeiten. Äußerlich glich die Mutter bis auf das weiße Haar in vielem ihrer Tochter Klara. Sie war ebenso klein und zierlich. Dem Blick aus ihren blauen Augen konnte man sich nur schwer entziehen. Tatkräftig und regsam wirkte sie gern im Stillen. Im Gegensatz zur Tochter hielt sich die Mutter aus Streitigkeiten meist heraus. Dem Vater hatte die schwere Arbeit in der Wäscherei den Rücken gebeugt. Trotz des hohen Alters war sein Haar dunkel geblieben. Mit einer harten Bürste versuchte er es morgens nach hinten zu striegeln. Aber schon gegen Mittag sah er stets ungekämmt aus. Früher störte ihn selbst diese kleine Unzulänglichkeit. Doch das Vergessen hatte in den vergangenen Monaten seinen klaren Blick für das Leben gelöscht. Er lebte wieder in der unbeschwerten Welt eines Kindes. Sanftmut und Freundlichkeit blieben ihm erhalten. Doch alle Last, die die Mutter früher mit ihm zusammengetragen hatte, die Sorge um die beiden Kinder, die Sorge um das tägliche Brot, sie ruhte nun allein auf ihren Schultern. Die Wäscherei hatte Edi zum Glück geschlossen. Zu schwer war die Arbeit dort für sie allein geworden.

Die Großmutter verschwand sofort in der Küche. Sie schenkte Rita nur einen kurzen Gruß. Mit kleinen Schritten kam der Großvater auf das Kind zu. Er balancierte mit dem Gehstock seine schiefe Körperhaltung aus. Rita reichte er die unruhige Hand und streichelte ihr über das Haar. „Unsere kleine Klara", sagte er lachend. Fasziniert sah das Kind auf seine obere Zahnreihe, die beim Sprechen herunter klappte. Als der Großvater das letzte Mal bei uns war, dachte Rita, ging er ohne Stock.
„Ich muss morgen früh einrücken", hörte Rita den Onkel sagen. „Schreib nur bald", sagte die Großmutter mit trauriger Stimme und umarmte den Sohn.
Am Küchentisch wurde es eng. Die kleine schmale Großmutter brauchte nur wenig Platz. Sie war ohnehin beim Essen die meiste Zeit in Bewegung, räumte hin und räumte weg. Sie hatte alle am Tisch im Auge. Aber der Großvater beanspruchte eine Breitseite, weil er sich mit den Ellenbogen aufstützen musste. Mit Mühe bekam er das Essen in den Mund. Die Oma wischte ihm mehrmals mit einem Tuch übers Kinn. Das tat sie beiläufig, während sie sich auch um anderes kümmerte. Sie sprach nicht viel mit dem Großvater, der gelassen alles hinnahm, was um ihn herum geschah. Rita glaubte, er blinzelte ihr manchmal zu, als teile er ein Geheimnis mit ihr. Aber bald wurde ihr klar: Dass der Opa blinzelte vor allem, wenn er seine Brille vermisste. Er suchte sie mehrmals am Tage. So kam es, dass er schon sehnsüchtig auf Rita wartete, wenn sie aus der Schule kam. Es bedurfte keiner Worte mehr. Stand der Großvater an der Korridortür, begann sie nach der Brille zu suchen. Meist fand das Kind sie als erste. Die Suche entwickelte sich zu einem Spiel, war heiter und für Rita durchschaubar. Im Großvater

war der Schalk wieder wach geworden. Mühsam auf den Stock gestützt, suchte er die Brille absichtlich immer am verkehrten Ort. Die kleine Enkelin spielte das Spiel mit.
Für Klara wurde das Leben schwerer. Es gab kaum etwas zu kaufen. Das Essen war knapp und reichte nicht für den täglichen Bedarf. Von Karl kam nur selten Post. Klara hatte nicht nur für ihre Kinder, auch für die Eltern zu sorgen. Es schmerzte sie, wenn sie ihre Kinder betrachtete, wenn sie sich wuschen. Rita, die in die zweite Klasse ging, war viel zu dünn. Ihre dunklen Augen in dem schmalen Gesicht sahen größer aus als früher. Das schwarze Haar ließ sie noch blasser wirken. Bei dem kleinen Heinrich war der Babyspeck verschwunden. Seine dünnen Beinchen guckten Mitleid erregend unter den Hosen hervor. An sich selbst dachte Klara nicht. Sie sah nicht mehr in den Spiegel, sah nicht ihre hohlen Wangen und den Körper, der fast durchsichtig erschien. Ein Husten, der sie seit Tagen quälte, nahm ihr den Atem. Klara erhoffte sich Hilfe von einem Arzt am Floßplatz. Bei ihm war sie schon in ihrer Kindheit mit der Mutter gewesen. Dr. G. sah sie durchdringend über den Brillenrand an. „Hier ist Ruhe geboten, viel Ruhe", sagte er, „es gibt keine Medizin mehr. Am ehesten helfen noch Butterflöckchen auf der Brust verteilt. Und inhalieren." Aus Respekt vor dem weißen Kittel verkniff sich Klara die Worte, die ihr auf der Zunge lagen. Aber sie sandte dem Arzt einen Blick, der sagte: „Wollen Sie mich veralbern? Hätte ich Butter, ich würde sie meinen Kindern geben." Aber der Arzt sah auf seine Papiere und entging Klaras Zurechtweisung.
Klaras Vater ging es immer schlechter. Die Mutter kümmerte sich um ihn, so gut sie es vermochte. Auch für Klara war sie Halt und Stütze geworden. Während sie täglich ihre Zeit an langen Warteschlangen verbringen musste, versorgte die Großmutter die Kinder.
Die wässrige Suppe aus der Volksküche war knapp bemessen. Jeder bekam nur eine Kelle voll ins Essgefäß. Klara musste es

lernen, statt aus Kartoffeln mit Kohlrüben ein Mittagessen zuzubereiten. Hin und wieder verkaufte ihr die Nachbarin einen halben Liter Milch. Deren Tochter hatte in einen Bauernhof hinein geheiratet. Damit ein Liter daraus wurde, streckte Klara die Milch mit Wasser.
Die Angst vor Bombenangriffen auf Leipzig war groß. Auf Freiburg und Karlsruhe waren Bomben gefallen. Viele Menschen glaubten nicht mehr an den Sieg des deutschen Heeres. Wer abends Straßen- und Wohnungsbeleuchtungen anschaltete, hatte mit Strafe zu rechnen. Hoffnungslosigkeit und Resignation lähmten die Menschen.

Rita hatte für all ihre Geschichten, die sie las und die sie erzählen wollte, einen Zuhörer gefunden. Der Großvater war geduldig. Er saß am Nachmittag auf dem Sessel, in dem der Vater immer gesessen hatte. Auf einem Fußbänkchen neben ihm saß das Kind. Die Augen des alten Mannes waren geschlossen. Er lächelte, und manchmal nickte er, wenn Rita ihm etwas vorlas. „Die Wäscherei ist nun zu", sagte er oft mitten hinein in ihr Vorlesen. Streichelte er ihr das Haar, war es das Signal, dass er aufstehen und zur Toilette musste. Anfangs führte ihn das Mädchen bis zur Tür der Örtlichkeit. Sie befand sich im Treppenhaus. Aber bald schaffte der Großvater den Gang bis dorthin nicht mehr. Rita machte nun vor der Schlafzimmertür halt. Dort steuerte er auf den Nachttopf zu. Manchmal überraschte er das Kind mit der Frage: „Hast du was zu essen für mich?" Bald hatte Rita begriffen, dass er keine Antwort erwartete. Klara nächtigte nun mit Heinrich im Wohnzimmer. Abends kostete es sie Kraft, ihren Vater aus dem Sessel und ins Bett zu bugsieren. Zusammen mit der Mutter gelang es ihr. Abgeschlagen und frierend kam sie an einem kalten Winterabend nach Hause. Sie breitete die Ausbeute ihres Handels mit den Bauersfrauen aus, die neben dem Bayrischen Bahnhof gestanden hatten. „Hast du mit den Kindern gebetet?", fragte sie die Mutter, die Rita und Heini ins Bett

gebracht hatte. Die Mutter winkte ab, als wollte sie sagen, natürlich habe ich das getan. Bei Kerzenlicht betrachtete die alte Frau, was Klara mitgebracht hatte. Ein halbes Brot, Schmalz und ein paar Kartoffeln. „Was hast du dafür hingegeben?" „Deine zwei Tischdecken und eine Blumenvase." Die Mutter wiegte mit dem Kopf. Es fehlte der Tochter an Kraft, den Handel zu rechtfertigen.
Sie wies zur Wohnzimmertür. „Komm, der Vater muss ins Bett."
In der Dunkelheit versuchten beide Frauen, den alten Mann zu wecken, ihn aus dem Sessel hochzubringen. Heini wurde wach. „Meine Güte, Vater, hilf mal ein bisschen mit", sagte Klara gereizt. Doch sie erschrak, als sie bemerkte, dass er nicht mehr helfen konnte. Die Mutter war fassungslos.
Klara sah wie immer, was jetzt getan werden musste. Sie deckte ein Tuch über den Vater und führte die Mutter ins Schlafzimmer. Erst dann wurde ihr bewusst, dass der Vater die Welt verlassen hatte. Schlaf fand sie in dieser Nacht nicht. Immer wieder tauchte das Bild des Vaters in ihr auf. Nie hatte sie ein böses Wort von ihm gehört. Immer hatte er nur das Wohl der Familie im Sinn gehabt. Klara hätte viel dafür gegeben, wenn sie dem Vater dafür noch hätte danken können.

Als Rita am nächsten Tag aus der Schule kam, fand sie den Sessel leer. Die Großmutter lag mit rotgeweinten Augen auf dem Sofa. Sie, die sonst kaum ein Wort mit Rita gewechselt hatte, zog das Mädchen zu sich heran und sagte, jedes Wort betonend: „Der Opa ist von uns gegangen. Er hat dich lieb gehabt." „Wohin ist er denn gegangen?", fragte das Kind. Die Großmutter wies mit dem Finger zur Zimmerdecke. „Er ist jetzt im Himmel." Dann drückte sie ihr Gesicht ins Kissen.
Rita sah, dass die Großmutter wieder weinte. Sie blickte zu dem Sessel, auf dem der Großvater gesessen hatte. Das konnte doch nicht sein, dass er dort nie mehr sitzen würde.
Schlaflos lag das Mädchen nachts in seinem Bett. Es fragte sich,

wie es dem Großvater nun im Himmel ergehen würde. Und es hoffte, dass alle dort so freundlich mit ihm wären, wie er es hier auf Erden gewesen war.

Noch immer war die Schule in mancher Hinsicht für Rita enttäuschend. Den Unterricht hatte sie sich viel interessanter vorgestellt. Die Turnstunden bei Fräulein Seliger liebte sie. Auch, wenn ein Aufsatz geschrieben wurde, war sie in ihrem Element. Aber die ewigen Wiederholungen, die Schönschreibstunden und das sture Auswendiglernen im Religionsunterricht langweilten sie. Der Herr Jesus, über den Fräulein Maurer etwas vorlas, war nicht der selbe, von dem Tante Sophia erzählt hatte. Was gab es über ihn für Geschichten, über die man staunen konnte! Sie waren wie die Märchen, die sie so gerne las.

Mit ihren Aufgaben war Rita meist vor den anderen Mädchen fertig. Dann begab sie sich in Traumwelten, dachte an den Großvater und an den Vater. Sie stellte sich vor, dass er nach Hause käme. Märchen und Geschichten, die sie nun schon selbst lesen konnte, zogen durch ihre Gedanken. Auch an die lustigen Nachmittage mit Tante Sophia erinnerte sie sich. Erst, wenn Fräulein Maurer mit dem Stock auf das Pult schlug, kehrte sie in die Wirklichkeit zurück. „Für Träumereien haben wir hier keine Zeit", tadelte die Lehrerin mehr als einmal.

In der Mädchenklasse galt Rita als Einzelgängerin. Verfeindet war sie mit keiner der Schülerinnen. Es lag wohl an ihr selbst, dass die Klassenkameradinnen sie mit ein wenig Abstand betrachteten. In den Großen Pausen wurde trotz strenger Regeln auf dem Schulhof mancher Unsinn getrieben. Rita bekam davon nichts mit, weil sie stets ein Buch vor der Nase hatte. Sie vergaß dann alles um sich her. Das Zeugnis, das Rita am Jahresende bekam, hätte besser nicht sein können. Dennoch stand mit steiler akkurater Schrift darauf geschrieben: „Rita muss sich das Träumen abgewöhnen."

„Zu Hause träumste auch immer!", schimpfte die Mutter. Dieser Satz im Zeugnis ging Klara gehörig gegen den Strich. „So was will ich nie wieder auf deinem Zeugnis lesen!" rief sie, und ihre Augen traten dabei bedrohlich hervor, wie immer, wenn sie empört war. Rita grübelte lange, wie sie von der Träumerei lassen könnte. Sie kam zu keinem Ergebnis.

Die eisigen Wintertage waren endlich dem warmen Frühling gewichen. Gerade wollte Klara aufatmen. Wenigstens das Wetter wurde besser. Doch da erhielt sie eine Aufforderung, sich beim Reichswirtschafts- und Arbeitsamt zu melden.

„Na, was wollten die denn von dir?", fragte die Großmutter, als Klara erschöpft von dort nach Hause kam. Heini und Rita legten die Löffel beiseite. „Esst, Kinder", mahnte Klara, „wie wollt ihr bloß wachsen.?!" Ihre Empörung in den Worten galt vor allem der dürftigen Kohlsuppe. Sie legte einen Schein auf den Tisch. und Rita las – Schraubenfabrik Köhler und Co. – war darauf zu lesen. Dass Klara ihre Kinder ins Feld geführt habe, berührte den Beamten nicht. Es gäbe viele Mütter, die ihren Dienst für's Vaterland leisten würden. „Jeden Tag drei Stunden. Um acht muss ich morgen dort sein", klagte Klara. „Ja, die Frauen müssen jetzt die Männer ersetzen. Frauen in der Schraubenfabrik, das hätte es früher nicht gegeben", sagte die Großmutter kopfschüttelnd. Rita spürte die Verzweiflung der Mutter. Sie sann nach, wie sie helfen könnte. „Mutti, mach dir keine Sorgen. Ich stelle mich morgen an die lange Schlange an. Ich hole Brot für uns." In Klaras Natur lag es nicht, Rührung zu zeigen. Aber jetzt traten ihr die Tränen in die Augen, und sie streichelte das Mädchen. Die Großmutter sah mit starrem Blick auf den Tisch, als fände sich dort eine Möglichkeit, ihre Sorgen loszuwerden. Heinrich blickte abwechselnd in die Gesichter der Frauen und sah, dass sie traurig aussahen. Seit Wochen schon kränkelte der Kleine. Und nun begann er zu weinen.

Vor vielen Tagen war die Mutter so froh gewesen, sie hatte sogar gelacht und Rita ans Herz gedrückt. Eine Karte war vom Vater angekommen. Dass er in der Schweiz im Lazarett läge und verletzt sei, schrieb er. Das von der Verletzung hatte die Mutter nur einmal vorgelesen. Aber dass er lebte und noch dazu in der Schweiz, das sagte sie mehrmals am Tag. Nun war die gute Stimmung wieder dahin. Die Großmutter hatte jetzt eine noch größere Last zu tragen. Sie versorgte die Kinder. Aber ihre Kraft verließ sie mehr und mehr. Die stille, verträumte Rita wuchs ihr ans Herz. Sich mit Worten auszudrücken war nicht die Stärke der alten Frau. Sie handelte im Verborgenen. Klara lernte es, ihre Mutter täglich mehr zu schätzen. Dass sie sich in jungen Jahren oft gegen sie aufgelehnt, sie auch verletzt hatte, bereute sie jetzt. „Ich bin dir sehr dankbar, Mutter. Hoffentlich kann ich das wieder gutmachen", sagte Klara unter Tränen zu ihr. Doch die Mutter winkte ab, wie sie es oft tat, wenn sich jemand bei ihr bedankte. Für Selbstverständlichkeiten müsse man sich nicht bedanken. Sie glaubte, das hätte sie oft vor Enttäuschungen bewahrt.

Zu ihrer großen Freude sah Klara die Tochter am Nachmittag mit einer Häkelarbeit bei der Großmutter sitzen. Endlich entwickelte sie sich so, wie die Mutter es sich wünschte und wie es gut und richtig war. Manchmal hätte sie am liebsten Ritas Bücher und ihre Schreibutensilien versteckt. Es schmerzte sie, wenn sie zusehen musste, dass das Kind kein Interesse an der Hausarbeit, an Handarbeiten und anderem zeigte. Für ein Mädchen war das doch unabdingbar. Ja, sie tat schon, was man von ihr verlangte. Sie wischte Staub, goss die Blumen, schaffte den Ascheeimer herunter. Aber sie tat es nicht von selbst. Das war keine aussichtsreiche Grundlage für eine gute Hausfrau, die ein Mädchen nun mal werden musste. Stattdessen las sie viel zu viel in Büchern. Selbst die Zeitung war vor Ritas Wissensdurst nicht sicher. So kam es, dass Klara die Zeitung abbestellte. Seit langem hatte sie sowieso nicht mehr hineingesehen. Und nun saß Rita da und häkelte. Dass es dem Mädchen nur darum ging, der Mutter eine Freude zu machen, erfuhr Klara nicht. Die Stimmung zu Hause war in letzter Zeit allzu düster.

An den Sonntagen durfte Rita allein zur Patentante gehen. Zum Ärgernis ihrer Mutter kam sie zwar mit immer neuen Büchern und Ideen von dort nach Hause, aber sie brachte auch immer etwas Essbares mit. Sophia und Richard ging es besser als vielen anderen. Die Möbeltischlerei, die Richard gehörte, warf noch immer gutes Geld ab. Er hatte jetzt Aufträge für das Heer zu erfüllen und musste oft bis in die Nacht hinein schuften.
Doch der Krieg machte auch vor Richards Familie nicht Halt. Er hatte geglaubt, mit seiner Hände Arbeit genug für Kaiser und Vaterland getan zu haben. Aber er hatte sich getäuscht. Richard musste einrücken. Die alte Wirtschafterin nahm die beiden Kinder in ihre Obhut. Sophia musste sich im Krankenhaus melden. Dort sollte sie nun Verletzte und Sterbende pflegen. Dabei verlor sie schnell den Mut und ihr unbeschwertes, fröhliches Wesen. Täglich hatte sie den Tod und das Leid der Menschen vor Augen. Sie besaß nicht Klaras Zähigkeit. Immer wieder brauchte Sophia Zuspruch und Hilfe. Ihr größter Kummer war, dass Richard so fern war.
Am späten Nachmittag, wenn für die Frauen der Dienst fürs Vaterland beendet war, trafen sie sich bei Klara. Sophia brachte mit, was ihr an Lebensmitteln geblieben war. Bis in die Abendstunden hinein gaben sie sich und ihren Kindern ein wenig Trost und Geborgenheit.

Der Frühsommer des Jahres 1917 war heiß und trocken. Schon am frühen Morgen kochte die Großmutter einen großen Topf Tee, damit genug zu trinken im Haus war. Die Gärten sahen traurig aus, weil auch mit dem Wasser gespart werden musste. Doch dann, im Juli, kam der Regen, reichlich und heftig.
In den Schulferien hatte Rita keine Langeweile. Endlich hatte sie Zeit, sich mit den Büchern zu beschäftigen, die sie von Tante Sophia bekommen hatte. Das Realwörterbuch gab sie kaum noch aus der Hand. Sie fand darin viele Erklärungen, die ihr Großmutter und Mutter nicht geben konnten.

Rita hatte begonnen, ein Tagebuch zu schreiben. Tante Sophia hatte einige Seiten aus dem Buch, das auf der Vorderseite goldbedruckt war, herausgerissen. Sie hatte es aufgegeben, darin zu schreiben. Rita nahm es voll Freude entgegen. Lange suchte sie nach einem sicheren Versteck dafür. Den Augen der Mutter entging selten etwas. Doch gerade denen sollte das Buch verborgen bleiben. Hinter der Bücherreihe in ihrem Zimmer fand sie die geeignete Stelle. Zu den Büchern griff ihre Mutter nicht!
„Was schreibst du denn dauernd!", rief Klara verärgert, „ kümmere dich mal um Heini." Rita versteckte ihr Buch und ging in die Küche. Mutter und Großmutter wuschen dort in einer Zinkwanne die Wäsche. Sie setzte den kleinen Bruder auf ihr Bett. Bald hörten die Frauen in der Küche, wie Rita ihm mit heller Stimme Kinderlieder vorsang. Einen Moment lang war Klara betroffen. Es kam ihr in den Sinn, dass sie mit ihren Kindern nie gesungen hatte. Hatte ihre eigene Mutter je mit ihr gesungen? Aber lange hielt sie sich bei dem Gedanken nicht auf. Die Frauen schleppten den schweren Wäschekorb auf den Trockenboden. „Wie soll ich bloß den Feiertag heiligen", sagte Klara beim Wäscheaufhängen zur Mutter. „Der Pfarrer hat gut reden, er muss nicht in der Schraubenfabrik arbeiten. Bei der Predigt heute früh bin ich eingeschlafen." „Hättest lieber zu Hause schlafen sollen. Musst doch nicht noch in die Kirche rennen." Verstört sah Klara die Mutter an. „Hast du mir doch beigebracht", antwortete sie spitz und wischte sich mit der Schürze über das schweißnasse Gesicht.

Heinrich hatte Freude am Malen gefunden. Mit seiner Schwester saß er am Kindertisch und malte auf alte Zeitungsränder. Noch immer litt der Kleine an hartnäckigem Husten.
Rita hörte ein Klopfen an der Wohnungstür. Dann klingelte es anhaltend. Sie wusste, dass die Mutter auf dem Wäscheboden war. Bestimmt hat sie den Schlüssel vergessen, dachte Rita. Zögerlich öffnete sie die Tür. Ein Mann stand vor ihr, grau, zerlumpt

und auf zwei Holzkrücken gestützt. Sie warf die Tür zu und spürte ihr Herz bis zum Hals schlagen. Es klingelte wieder. Nein, nein, ich mache nicht auf, hämmerte es in ihr. Sie lauschte, das Ohr an der Tür. Rita hoffte, dass der Mann die Treppe herunter ginge. Aber sein schwerer Atem war noch hinter der Tür zu hören. Dann polterte etwas und sie glaubte zu träumen. Der Mann rief sie beim Namen! „Rita, lass mal deinen Vati rein!" Die Stimme war ihr vertraut. Sie sah das Bild ihres Vaters vor sich. Vor langer Zeit hatte sie ihn das letzte Mal gesehen. War das ihr Vater, der vor der Tür stand? Noch war sie vorsichtig. Nur durch einen kleinen Türspalt sah sie auf ihn. Der Mann hatte die Mütze vom Kopf genommen und nun erkannte ihn das Kind an seinen dunklen Haaren. Mit einer Hand drückte der Vater gegen die Tür. Rita wich zurück. Sie sah, dass er sich mühsam auf seinen Krücken bewegte. In der Küche ließ er sich so, wie er war, stöhnend auf einen Stuhl fallen. Wie erstarrt stand das Mädchen in der Küchentür. Plötzlich spürte es die Mutter hinter sich. Klara stieß einen Schrei aus. Sie schlug die Hände vors Gesicht, und durch ihren Körper lief ein Zittern. Endlich war es ihr möglich, auf ihren Mann zuzugehen. Karl erhob sich und umarmte seine Frau. Das Gesicht vergrub er in ihrem Haar. Beide sprachen kein Wort. Mit großen Augen blickten die beiden Kinder auf das Geschehen.

Als die Großmutter sah, dass Karl zurückgekommen war, lief sie ins Wohnzimmer. Die brauchen jetzt erst mal Zeit für einander, dachte sie. Sie nahm das Foto ihres Sohnes von der Kommode und betrachtete es lange. Wie sie es an jedem Tag tat, betete sie dann für ihn: „Herr, bring ihn gesund zurück. Bestraf uns nicht für böse Taten. Verschone meinen Edi."

Karl breitete die Arme aus und nickte seinen Kindern zu. Heini hängte sich an die Schürze der Mutter. Er besah den Fremden argwöhnisch. Als Rita an den Vater herantrat, kam es ihr vor, als hätte er geweint. Behutsam nahm er die Hand seiner Tochter. „Wir müssen uns erst wieder aneinander gewöhnen", sagte er und streichelte sie. In dem Kind kämpfte die Freude über die Rückkehr des Vaters gegen die Enttäuschung. Er glich keinem strahlenden Helden, sondern dem armen Bettler, der in einer ihrer Geschichten vorkam.

Tage voller Anspannung vergingen für Rita, für die Familie. Was hatte sich das Kind alles ausgemalt und erträumt, wäre erst der Vater wieder zu Hause!
Doch der Mann, der aus dem Krieg zurück gekehrt war, schien in einer anderen Welt zu leben. Er saß auf seinem Sessel, hielt meist die Augen geschlossen und ließ sich auf kein Gespräch ein. Seine langen Holzstützen lagen neben ihm. Manchmal nahm er sie auf. Er lief damit nicht los. Es schien, als wollte er nur kontrollieren, ob sie vorhanden seien. Die Wiedersehensfreude der ersten Stunden nach seiner Rückkehr war vorüber. Sie hatte sich bei Karl in Teilnahmslosigkeit gewandelt. Für Rita war das schwer zu ertragen. Sie bemerkte, dass auch ihre Mutter darunter litt. Sie kannte sie nur zu gut. Rita wusste genau, wenn die Mutter still wurde, dann wurde es bald ungemütlich. Leise konnte Klara in diesem Moment nicht mehr sprechen. Wie immer traten ihre Augen dann ein wenig hervor, sodass ihr Blick etwas Forderndes bekam. Sie schrie heraus, was sie nicht mehr ertrug.
„Seit Tagen sitzt du nur da. Beim Essen sagst du keinen Ton, kümmerst dich um nichts!", hörte Rita die Mutter laut klagen. Der Vater schwieg. Schon früher hatte er geschwiegen. Aber jetzt war es ein anderes, ein bedrohliches Schweigen. Die Großmutter schob Rita und Heini ins Kinderzimmer. „Lies uns mal was vor", sagte sie und hielt dem Mädchen ein Märchenbuch hin. Heini saß auf ihrem Schoß und lauschte den Worten seiner Schwester. Die Mutter ließ ihrem Zorn freien Lauf. Ihre Worte waren weithin zu hören. Doch der Vater schwieg. Was sich in seinem Inneren vollzog, konnte er anderen nicht mitteilen. Das Lächeln, das früher zu seinem Gesicht gehört hatte, war einem harten Zug um den Mund gewichen.

Als der Sommer vorüber war, erhob sich Karl wieder öfter aus seinem Sessel. Er humpelte zum Arzt am Floßplatz. Auf ein Mittel gegen die Schmerzen an seinem Bein war seine Hoffnung gerichtet. Der Arzt verkaufte ihm ein Pulver. Zu viel durfte er davon nicht nehmen. Es verursachte Schwindel und Durchfall. Doch Karl fand schnell heraus, wie viel er davon in den Tee geben durfte.

Und eines Abends, als das klägliche Abendbrot verzehrt war, begann er zu erzählen, erst zögernd, aber dann ohne Unterlass. Von seinem Aufenthalt in der Schweiz berichtete er, vom Lazarett und dass der Arzt dort ihm den Fuß abnehmen wollte. Karl hatte sich geweigert, seine Zustimmung dazu nicht gegeben.

„Und ich habe doch recht behalten", sagte er, sah die Mutter an und wies auf sein Bein, „mein Bein ist noch dran."

Alle waren still. Selbst der kleine Heini, der oft vor sich hin plapperte, sah seinen Vater mit offenem Mund an. Klara legte ihre Hand auf die ihres Mannes.

„Hast du im Krieg auch auf jemanden geschossen?", fragte Rita.

Die Großmutter schüttelte den Kopf und sah Rita an.

Das Kind spürte, dass es diese Frage nicht hätte stellen dürfen. Der Vater stand auf und setzte sich wieder in den Sessel. Rita wagte nun nicht mehr, ihn nach derartigen Erlebnissen zu fragen.

Oft richtete Karl den Blick in die Ferne. Es hatte den Anschein, als sei er weit weg. Dann beachtete er auch nicht, was um ihn herum geschah.

Stumm und teilnahmslos war der Vater nicht mehr. Aber es brauchte eine lange Zeit, bis er seiner Tochter die Frage beantworten konnte.

Immer öfter zog es Karl in den Keller. Dort bastelte und werkelte er. Er hatte eine Therapie gefunden! Bald sprach es sich herum, dass er aus Altem Neues machen konnte. Vieles reparierte er, was schon aufgegeben worden war.

Rita saß oft bei ihm und las ihm bei der Arbeit etwas vor. Auf diese Weise lernte Karl Märchen kennen, für die es in seiner Kindheit keinen Platz gegeben hatte.

Der Hunger und das Elend wollte für die Menschen in der Stadt kein Ende nehmen. Immer mehr Todesnachrichten erreichte Ehefrauen, Mütter und Kinder. Karls Familie ging es, trotz aller Schwierigkeiten, etwas besser. Klara atmete wieder auf. Karl ließ sich Reparaturarbeiten mit Nahrungsmitteln bezahlen. Die Kunden kamen meist aus den umliegenden Dörfern. Sophia hatte ihm vorgeschlagen, wieder in der Tischlerei zu arbeiten. Vielleicht würde er wegen seines zerschossenen Beines manches im Sitzen bewältigen können. Er sollte es wenigstens versuchen. So humpelte Karl nun an jedem Wochentag in die Werkstatt. Nach und nach fand er sich wieder hinein in die Arbeit und in das Leben, das noch schwer genug war. Bei allem Tun konnte er seinen Gedanken nachhängen. Nach langer Zeit dachte er auch wieder an Margarita, die er so geliebt hatte. Seine Tochter wurde ihr immer ähnlicher. Die schrecklichen Ereignisse des Krieges ließen Karl manchmal aus dem Schlaf hochschrecken. Dann versuchte er sich abzulenken, dachte an seine Kinder, an seine Frau und auch immer öfter an seine Mutter. Er nahm sich vor, zu ihr zu fahren, sobald es ihm möglich wäre. Seine Briefe hatten sie offenbar nicht erreicht. Von ihr kam kein Brief und keine Karte bei ihm an. „Das liegt sicher an der Post", schimpfte Klara „was funktioniert denn überhaupt noch."

Für Rita und Heinrich war das Weihnachtsfest in diesem Jahr schon dadurch schöner, dass der Vater wieder da war. Ein Kunde bezahlte für eine Reparatur mit einem Huhn. Klara zauberte daraus einen Braten, der die Kinder in Staunen versetzte. Dergleichen gab es nicht in ihrer Erinnerung.

Die Großmutter zog sich während der Feiertage zurück. Edgar war aus dem Krieg nicht zurück gekommen. Mit ihrer Trauer um den Verlust wollte sie allein sein. Die Familie sollte durch sie nicht belastet werden. Zu viel Arbeit, zu viel Kummer und zu viele Sorgen, zu viele Verluste hatten an ihren Kräften gezehrt. Sie kam zum Liegen. Trotz der Pflege und Fürsorge durch Klara und Karl schwand ihr Lebensmut von Tag zu Tag. Rita und Heinrich saßen an den Nachmittagen am Sofa, auf dem die Großmutter lag. Sie wollte nicht, dass die Kinder ihr etwas vorsangen oder erzählten. Sie wollte nur, dass sie da waren, dass sie in ihrer Nähe saßen. Bald schlief die Großmutter für immer ein.

Der Tod der Großmutter hatte in Rita den schmerzlichen Gedanken wach gerufen, dass das Leben einmal zu Ende geht. Als der Großvater starb, war er eines Tages nicht mehr da. Aber die Großmutter lag auf dem Sofa, war plötzlich leblos und unheimlich. In dem Raum, in dem sie lag, herrschte eine unerträgliche Stille. Klara schickte Rita und Heinrich ins Kinderzimmer. „Sie wird bald geholt", sagte sie mit tonloser Stimme. „Warum weint die Mutti?" fragte Heinrich die Schwester. Als er sah, dass auch sie weinte, gab er das Fragen auf und begann zu malen.

Nur der Gedanke, dass sie für ihre Kinder da sein müsste, hielt Klara aufrecht. Der Verlust ihres Bruders nagte noch an ihr. Er war so ganz anders gewesen als sie selbst. Sein Wesen glich dem des Vaters. Edi war eine Frohnatur gewesen, nahm sich vom Leben, was ihm gefiel. Darum hatte Klara ihren Bruder insgeheim oft beneidet. Wie sehr sie ihn geliebt hatte, spürte sie erst, seit er aus dem Krieg nicht zurückgekehrt war. Klara war der Mutter ähnlicher. Sie ließ sich vom Ernst des Lebens leiten, sah oft nicht, dass es auch Leichtigkeit und Unbeschwertheit geben konnte. Obwohl ihr Ehemann und die Kinder um sie waren, fühlte sie sich, nachdem auch die Mutter gestorben war, verlassen. Alles, was Klara seit ihrer Kindheit gestützt und begleitet hatte, war nicht mehr da. Niemand konnte ihr, die sonst bei allem Kummer und Leid immer wusste, was zu tun war, Trost spenden. Wochenlang funktionierte sie nur. Klara bemerkte nicht, dass Karl ihr in dieser Zeit vieles abnahm, dass die beiden Kinder immer wieder von ihm angehalten wurden, leise zu sein, die Mutter nicht zu verärgern. Es dauerte lange, ehe Klara in ihr gewohntes Leben zurückfinden konnte.

Eine bessere Botschaft hätte der betagte Schuldirektor der vierten Mädchenklasse nicht überbringen können. „Fräulein Seliger wird nun eure Klassenlehrerin", sagte er und blickte über den Rand seiner Brille erst auf die achtundzwanzig Kinder, dann auf die junge Lehrerin. Er bemerkte, dass die Mädchen freudig überrascht waren, sich gegenseitig mit dem Ellenbogen knufften. „Euer liebes Fräulein Maurer ist leider schwer erkrankt. Wir wünschen ihr gute Besserung." Mit einer kurzen Verbeugung gegen die Lehrerin verließ der Direktor den Raum. Rita hoffte, dass nun in der Schule alles anders würde. Sie hatte nicht vergebens gehofft. Keine herablassenden Bemerkungen mehr gegen schwächere Schülerinnen, keine boshaften Worte, kein Stock, der auf das Pult und auf kleine Hände schlug.

Fräulein Seliger hatte längst bemerkt, dass in Rita etwas schlummerte, das Förderung verdiente. Nach einigen Wochen, in denen sie sich ein Bild über alle Schülerinnen der Klasse machen konnte, lud sie drei Mütter zum Gespräch in die Schule ein.

„Hast du was ausgefressen?", fragte Klara gereizt, als die Tochter ihr die Einladung übergab. Der Vater legte den Arm um das Kind. „Unsere Rita weiß doch, wie sie sich zu benehmen hat", sagte er beschwichtigend. Das Mädchen sah ihn dankbar an. „Nicht zu glauben, dass ich in die Schule bestellt werde, wo ich so wenig Zeit habe", schimpfte Klara, und ihre Augen funkelten bedenklich. Karl nahm ihr diesen Weg ab und die Stufen im Schulhaus in Kauf. Er war überrascht, auf eine freundliche junge Lehrerin zu treffen. Erinnerungen an seine eigene Schulzeit wurden in ihm wach, als er das Klassenzimmer betrat. Nie war er gern in die Schule gegangen. Nie hatte er dort große Erfolge erreicht.

Sie hielt die drei Mädchen für begabt, mehr als die übrigen Schülerinnen, erklärte Fräulein Seliger den beiden Müttern und Karl. Erstaunt und ungläubig hörten sie auf die Worte der Lehrerin. Die Eltern sollten möglichst bald einen Antrag für die Aufnahme ins Lyzeum stellen. Fräulein Seliger würde dann alles weitere in

die Wege leiten. „Das können wir doch gar nicht bezahlen!", rief eine der Mütter, „acht Schuljahre reichen doch!" „Für Kinder wie Ihre reichen sie nicht", sagte die Lehrerin mit Festigkeit in der Stimme. Offenbar hatte sie derartige Worte schon erwartet. „Lernen die dort auch Haushalt?" „ Natürlich, das lernen sie auch." Und nun erfuhren die Eltern, welcher Unterschied zwischen der Volksschule und der höheren Mädchenschule bestand. „Die Kinder lernen dort viel intensiver, werden besser gefördert. Sie haben dort bessere Entfaltungsmöglichkeiten. Die Pädagogen haben eine Ausbildung nach dem neuesten Stand", erläuterte die Lehrerin. Ohne Gruß verließ eine der Mütter den Raum. Diskret sah Fräulein Seliger darüber hinweg. Beim Abschied versprach sie, sich für ein Stipendium für die Kinder einzusetzen.
„Ich hab's immer gewusst", sagte Klara erfreut, als Karl ihr die Botschaft brachte. „unsere Rita ist was Besonderes." Die guten Anlagen des Kindes, die die Lehrerin beschrieben hatte, seine Phantasie, sein Interesse an Geschichten und der Literatur, seine guten Leistungen auch in den anderen Fächern, schrieb Klara allein ihrer Erziehung zu.

Rita hatte eine Freundin gefunden. Nicht, dass sie danach gesucht hätte. Aber plötzlich entdeckte sie viele Gemeinsamkeiten mit Elisabeth, die mit ihr den Primusplatz in der Klasse teilte. Bisher waren ihr die Familie und Tante Sophia genug gewesen. Doch mehr und mehr vermisste sie die Freundschaft zu Gleichaltrigen. Zu Elisabeth fühlte sie sich hingezogen. Im Rechnen war Elisabeth die Beste. In Rita löste das keine Begeisterung aus. Sie fühlte sich nur in den sprachbetonten Fächern wie Deutsch und Geschichte zu Hause. Die Mädchen wurden bald unzertrennlich. Es gelang keinem, sich zwischen sie zu drängen.

Die blonde Elisabeth wohnte in der Kaiser-Wilhelm-Straße. Die große Wohnung mit riesigen Fenstern und hohen Flügeltüren versetzte Rita in Erstaunen, als sie ihre Freundin das erste Mal besuchen durfte. Aus einem der Räume klang Musik. „Meine Mutter ist Pianistin", flüsterte Elisabeth. Rita erfuhr, dass die Mutter der Freundin mit dem Gewandhausorchester in die Schweiz fahren würde. Dort war ein großes Konzert geplant. An der Wand in der Diele hing ein großes Foto des Orchesters.

Das ist doch seltsam, dachte Rita am Abend, mein Vati war in der Schweiz im Lazarett. Er hat doch erzählt, wie schlecht es ihm ging, wie viele Verwundete dort lägen. Es ist doch Krieg! Wieso können die vielen Männer des Orchesters dort ein Konzert machen? Müssen die nicht auch in den Krieg ziehen?

Klara konnte sich wieder mehr um ihre beiden Kinder kümmern. Die Arbeit in der Schraubenfabrik hatte für sie ein Ende gefunden. „Das Deutsche Reich hat nun genug Schrauben", sagte sie zu Karl. Der lachte. „Vielleicht verlieren wir auch den Krieg, weil du keine Schrauben mehr drehst."

„Wann wird das ganze Elend endlich ein Ende haben? Ich glaube auch, dass wir den Krieg verlieren", sinnierte Klara. Karl wunderte sich über die Worte seiner Frau. Sie hatte doch früher nichts auf den Kaiser kommen lassen. Aber auch Klara war inzwischen klar geworden, dass das Volk für den Kaiser keine Bedeutung hatte.

Der große Tag für Rita war gekommen. Zusammen mit ihrer Freundin Elisabeth war sie ins Lyzeum aufgenommen worden, das sich nahe bei der Peterskirche befand. Das Stipendium wurde für sie bewilligt, weil ihr Vater ein Kriegsversehrter war. Nun zählte sie zu den Schülerinnen der fünften Klasse einer höheren Mädchenschule. Zur feierlichen Eröffnung des Schuljahres wurden auch die Eltern eingeladen. Ritas Eltern fiel es nach langen Jahren der Entbehrung schwer, die geeignete Kleidung für diesen Anlass zu finden. Klara sah in den Schrank, auf die Kleider und Hüte. Sie wusste nicht, was sie auswählen sollte. Hatte sie früher, vor dem Krieg, immer eine sichere Hand für das, was zum Anlass passte, so zögerte sie jetzt. Angemessen fand sie es nicht, sich schön anzuziehen. Sie hatte ja auch einige Kleidungsstücke gegen Brot und Speck eingetauscht. Aber die schwarze Trauerkleidung der letzten Monate wollte sie ablegen. An dem teuren Hut, den Karl ihr einmal geschenkt hatte, fand sie keine Freude. Sie setzte den schlichten dunklen auf, der sie noch schmaler und blasser erscheinen ließ. „Soll ich mein Verwundetenabzeichen anstecken?" Karl sah auf das schwarze runde Abzeichen in seiner Hand. Doch dann dachte er, die Leute würden auch ohne das Abzeichen sehen, dass der Krieg ihn nicht verschont hatte. Als er seine Frau und seine Tochter vor sich her gehen sah, beschloss er, in Zukunft besser darauf zu achten, dass Klara mehr aß und dass sie mehr Ruhe bekäme. Sie, die ohnehin zierlich war, füllte ihr Kleid nicht aus. Im Moment unterschied sie sich kaum von ihrer Tochter, die trotz der schlechten Zeiten tüchtig gewachsen war. Heini, an der Hand der Mutter, wollte die langen Hosen nicht tragen, die sie ihm noch in der Nacht fertig genäht hatte. Klara drehte sich nach ihrem Mann um. Er lief nur noch mit einer Stütze. Es schmerzte sie, wie er sich beim Gehen abmühen musste, wie sein guter Anzug an ihm hing. Sie wusste, dass er noch immer Schmerzen hatte. Andererseits war sie dankbar, ihren Mann wieder bei sich zu haben. Klara war froh, dass er für kriegsuntauglich erklärt worden war.

Während der Direktor in der Aula redete und redete und dem Kaiser und den tapferen Kriegshelden huldigte, gingen Karl Zweifel am Sinn des Krieges durch den Kopf. Während wir hier sitzen, dachte er, sterben Tausende in den Schützengräben für nichts. Dieser Wahnsinn muss endlich aufhören.
Er ahnte nicht, dass das Ende des Krieges schon besiegelt war. Aber der Tod hatte schon zum nächsten Schlag ausgeholt. Eine Krankheit, die schon viele Opfer in den Nachbarländern gefordert hatte, machte sich nun auch in Deutschland breit. Noch hielten die Behörden die Schreckensmeldungen zurück. Aber bald sprach es

sich herum: Die Spanische Grippe war im Anmarsch. Bei Strafandrohung war es verboten, einander die Hand zu reichen. Abstand sollte gewahrt bleiben. Bei weiterer Ausbreitung der Grippe drohte die Schließung der Schulen, der Theater, die ohnehin kaum geöffnet hatten, und anderer öffentlicher Einrichtungen.
Kurz nach dem Beginn des neuen Schuljahres wurden die Schulen geschlossen. Klara wachte mit Argusaugen über ihre Familie. Sie vermied Kontakte zu anderen Menschen, versuchte, zu den Ersten in den Lebensmittelschlangen zu gehören, stellte sich dort abseits und hielt sich stets ein Taschentuch vor den Mund. Selbst Sophia, die eine Nachricht bringen wollte, wies sie zurück und ließ sie nicht in ihre Wohnung. Richard war elend und krank nach Hause gekommen. Ein Granatsplitter hatte ihn an der Schulter getroffen. Er konnte noch nicht entfernt werden.
Klaras Kinder durften die Wohnung nicht verlassen. Sie beschwor ihren Mann, die Kunden in der Tischlerei auf Distanz zu halten. Es schien, als habe sie den richtigen Weg gewählt, denn ihre Familie blieb verschont. Aber Elisabeths Mutter, die gerade aus der Schweiz zurückgekehrt war, hatte der Grippe nichts entgegen zu setzen. Sie starb nach drei Tagen. Dabei hatte sie sich impfen lassen. In der Bevölkerung verbreitete sich die Behauptung, die Geimpften seien scharenweise gestorben. Die Nichtgeimpften hätten häufiger überlebt.
Die Grippe ließ in ihrer tödlichen Wirkung ein wenig nach, aber sie peinigte die Menschen noch viele Monate. Nach Wochen wurden die Schulen für wenige Stunden am Vormittag wieder geöffnet.
Karl arbeitete nun allein in der Tischlerei und Rita saß an dem Tischchen in der Ecke. Sie machte ihre Schularbeiten. Da trat Richard ein. Seinen rechten Arm hatte er in einer Schlinge. Blass und abgemagert stand er im Raum. Den stämmigen urwüchsigen Richard gab es nicht mehr. Seine einst wilden blonden Locken waren zu grauen Strähnen verkommen. Der Krieg hatte aus ihm ein Wrack gemacht. Er wolle Karl nicht zu nahe kommen, rief er

von der Tür her. Dann erzählte er von seiner Kriegsverletzung. Schon wieder im Gehen sagte er zu Karl: „Gut, dass du arbeiten kannst." Rita winkte er zu und deutete einen Handkuss an. Einen Rest seines früheren Charmes ließ Richard hin und wieder noch spielen. Im selben Moment begann er zu schwanken, musste sich auf die Stufe an der Tür setzen. „Um Gottes Willen, was ist mit dir!", rief Karl. Richard winkte ab. Er wollte nicht wahrhaben, was mit ihm geschah. Er rang nach Luft. Hoffentlich ist das Postamt geöffnet, war Karls einziger Gedanke. Mit dem Taschentuch vor dem Mund lief er an seinem Freund vorbei zur Post. Er dachte nicht an sein Bein, hinkte, so schnell er konnte, um Richard zu helfen. Er humpelte die Stufen hinauf zum Telefon, das in einer Zelle im Postraum hing. „Ja, ja!", rief er in den Hörer. Er bemerkte, wie seine Stimme sich fast überschlug. „Es ist bestimmt die Grippe. Bitte kommen Sie schnell!"

Als Karl wieder bei der Werkstatt angekommen war, lag sein Freund auf dem Boden. Offenbar hatte die Krankheit ihn fest im Griff. Von einem solchen Verlauf der Grippe hatte Karl schon zur Genüge gehört. Von einer Minute auf die andere brachen die Menschen zusammen.

Rita sah voller Angst auf das Geschehen. Sie blieb in der Ecke sitzen. Der Onkel wurde von zwei Sanitätern, die Tücher vor dem Gesicht trugen, weggetragen. Die Mutter hatte es ihr eingeschärft: Erkrankten darf man nicht nahe kommen.

Das Schicksal meinte es in diesem Fall gut mit Richard. Er entkam dem Schlimmsten. Auch seine Familie blieb von der Krankheit verschont.

Doch Rita hatte noch in vielen Nächten Albträume. Den Onkel so auf dem Boden liegen zu sehen, war für sie ein beängstigender Gedanke. Er war doch früher so stark und heiter gewesen. Sobald Kinder in seine Nähe kamen, hatte er Zauberkunststücke vollführt und Bonbons verteilt.

Nur dieses Bild wollte sie von Onkel Richard im Herzen tragen.

Die Ereignisse im Land jagten einander. Karl las in der Zeitung, dass selbst den oberen Kreisen der Durchblick fehle. Die Reserven der Menschen im Großen und im Kleinen seien aufgebraucht. Arbeiter und Soldaten revoltierten gegen die Obrigkeit. Die Ratlosigkeit ihrer Eltern übertrug sich auch auf Rita. „Was ist denn nun mit dem Kaiser los?", wollte sie wissen. Sie hatte ihn doch früher geliebt. Und immer hatte sie geglaubt, er sei ein Held und Beschützer des Volkes. Vom Vater hörte sie plötzlich ganz andere Töne. Die Mutter schimpfte: „Abgehauen ist er einfach, der Feigling." Nicht nur Ritas, auch Klaras Weltbild war zusammengebrochen. Beim Abendbrot erklärte der Vater, dass es kein Kaiserreich mehr gäbe. Deutschland sei jetzt eine Republik. „Wer bestimmt denn jetzt, was gemacht wird?", fragte Rita. Karl überlegte, wie er dem Kind sagen könnte, was er selbst kaum verstand. Heinrich sang: „Kaiser, Kaiser" und warf seine Tasse um. „Hört doch auf!", rief Klara erbost, „wir können doch sowieso nichts ändern. Ihr Kinder müsst doch das alles nicht wissen!" Karl überhörte den Einwurf seiner Frau. Es gäbe jetzt Beauftragte vom Volk, die würden regieren. Rita tröstete sich mit dem Gedanken, dass sie in der Schule sicher mehr von dem Geschehen erfahren würde. Von ihren Eltern hatte sie heute keine Erklärungen mehr zu erwarten. Das war sicher. Sicher war auch: Der Krieg war endlich vorüber.

„Elisabeth!", rief die Lehrerin ungeduldig, „du schläfst schon wieder. Wir behandeln die Deutsche Geschichte!" Das Mädchen fuhr zusammen und sah um sich, als wüsste es nicht, wo es gerade war. „Fräulein Schlichting", meldete sich Rita und verbarg nur mit Mühe ihre Empörung, „Elisabeths Mutti ist doch an der Grippe gestorben." Die Lehrerin sah irritiert auf das Pult. Röte stieg in ihr Gesicht. Sie blätterte im Klassenbuch, als stünde dort, was sie nun sagen könnte. „Ja, also ..., es ist ..., ich habe auch Verwandte verloren. Wir müssen alle dankbar sein, dass wir selbst verschont geblieben sind." Mit diesen Worten lief sie langsam auf Elisabeth zu und strich ihr über den Kopf.

Obwohl Elisabeths Mutter an der schrecklichen Krankheit gestorben war, ließ es Klara geschehen, dass das Mädchen ab und zu ihre Wohnung betrat. Allerdings musste es sich weitab von den anderen setzen. Wenn Elisabeth sich wieder verabschiedet hatte, säuberte sie den Stuhl, auf dem sie gesessen, und die Klinken, die sie angefasst hatte. Klara hatte sich in den schweren Zeiten ein dickes Fell zugelegt. Und doch tat ihr Elisabeth leid. Die Mutter tot, der Vater vermisst, nur eine strenge Hausdame kümmerte sich um das Kind. Klara nahm sich vor, sich mehr um Elisabeth zu kümmern. Vor allem aber fand sie, dass Elisabeth ein passender Umgang für ihre Rita war. Sie kam aus gutem Haus. Hinzu kam noch, dass das Mädchen immer etwas Essbares aus dem Vorrat seiner Familie mitbrachte.

Ich muss wieder hamstern gehen, dachte Klara, als sie in den Küchenschrank sah. „Nichts mehr da", schimpfte sie, „wann wird das bloß anders." Dann betrachtete sie, was im Kleiderschrank noch hing und lag. Sie überlegte, was sie davon hergeben könnte, damit wenigsten die Kinder satt würden. Es war weniger geworden, was ihr Mann an Nahrung mit nach Hause brachte. Auf Karls Seite im Schrank fand sie nur die dunkelblaue Strickjacke. Die Großmutter hatte sie für ihn gestrickt. „Nein", ermahnte sie sich selbst, „die kann ich doch nicht hergeben. Der Karl hat doch sonst nichts, was ihn im Winter wärmt." Rita beobachtete, wie die Mutter ein Stück nach dem anderen aus dem Schrank nahm. „Nicht das hübsche Kleid mit den Pünktchen!", rief sie beschwörend, „da siehst du immer so schön drin aus!" Klara war überrascht, dass ihre Tochter sie jemals schön fand. „Ach Kleine, was soll ich denn mit dem Kleid, wenn wir hungern müssen. Es passt mir ja doch nicht mehr." Längst war es in der Familie zur Angewohnheit geworden, dass sich erst die Mutter und danach Rita an der Volksküche anstellten. Die Grippe wütete noch immer. Aber der Hunger hatte die Oberhand über die Angst gewonnen. An jedem Morgen bekam Rita ein dunkles trockenes Brötchen in der Schule. Es half ein wenig über den Hunger hinweg. Das Gepunktete wurde am nächsten Tag für ein Stück Butter hergegeben.

Am Morgen des 19. Januar 1919 wunderte sich Rita, dass ihre Eltern so früh schon auf den Beinen waren. Es ist doch Sonntag, dachte sie, da bleiben wir sonst immer lange im Bett. Wir müssen doch Kohlen sparen. Der Vater saß hinter der Zeitung in der Küche. Er hatte seinen Anzug an. Beim Lesen schüttelte er manchmal den Kopf, als könnte er nicht glauben, was da stand. „Nee", sagte er zur Mutter, „der das geschrieben hat, hat keine Ahnung." „Wieso denn?", fragte Rita, die Heini das Haar kämmte. „Sprecht doch nicht immer vom Krieg", mahnte die Mutter, „zum Glück ist der doch vorbei." „Wer in Verdun nicht dabei war, weiß nicht, was Krieg ist!", rief der Vater voller Empörung. Er warf die Zeitung auf den Tisch. Rita fiel wieder ein, dass sie in der Schule von der Wahl gehört hatte, die heute stattfinden sollte. Sie wollte vom Vater wissen, welche Partei er wählen würde. „Komm, Klärchen, du darfst jetzt auch wählen. Zieh dich an", sagte der Vater statt einer Antwort. Welche Wahl seine Frau treffen sollte, erklärte er ihr unterwegs. Alles, was sich unter dem Begriff Politik einordnen ließ, wirkte auf Klara unanständig und nur für Männer gemacht. Sie hatte mit den Kindern und dem Haushalt genug zu tun. Zeit, sich um Derartiges zu kümmern, hatte sie nicht. Nach etlichen Ermahnungen an die Kinder verließen die Eltern die Wohnung. Nun griff Rita nach der Zeitung und versuchte zu ergründen, was es mit der Wahl auf sich hatte. Sie verstand nicht alles, aber sie begriff, dass etwas Neues begonnen hatte. In ihr Tagebuch schrieb sie, dass der Kaiser wohl doch nicht so gütig und liebevoll gewesen war, wie sie es sooft gelesen hatte. Mit einem Rotstift unterstrich sie, dass sie sehr, sehr enttäuscht von ihm sei.

Klara lauschte, als Rita in ihrem Zimmer ein Gedicht lernte. „Ein goldner Apfel war sein Schild an einem langen Aste", hörte sie das Kind sprechen. Es kam ihr in den Sinn, dass ihre Kinder, zumindest Heinrich, gar keine Äpfel kennen. „Erinnerst du dich noch an Äpfel?", fragte sie Rita durch den Türspalt. „Ja, ja, ich weiß schon, wie Äpfel aussehen. Aber das ist nicht so wichtig." „Was ist denn wichtig?" „Na,... wie der Dichter, Ludwig Uhland, das Gedicht geschrieben hat. Die Worte eben, die er gewählt hat." „Aha", sagte die Mutter, weil ihr nichts anderes einfiel. Ihre Tochter versetzte sie in Erstaunen und gleichzeitig machte sich der Gedanke in ihr breit, dass das Kind sie in manchem überflügelt hatte. Rita freute sich über das Interesse ihrer Mutter. Sie erzählte nun alles, was sie über den Dichter wusste. Klara aber dachte im Stillen, dass das die neue Zeit sei. Sie fragte sich, ob es wichtig für das Leben wäre, wenn man über einen Dichter Bescheid wüsste.

Der erste Mai war jetzt ein Feiertag. Besonders freuten sich die darüber, die mit ihren Händen den Lebensunterhalt verdienen mussten. An diesem Tag ging Karl auf Sophias Angebot ein und begann, Richards Garten zu bestellen. Hinter der Tischlerwerkstatt lagen die Beete seit langem brach. „Richard kann vorläufig gar nicht arbeiten. Erst muss mal der Splitter raus. Der arme Kerl wandert oft die ganze Nacht herum, kann vor Schmerzen nicht schlafen", klagte Sophia halb weinend. Karl könne ja jederzeit weiter in der Werkstatt arbeiten, wenn Aufträge kämen und wenn es sein Bein mitmache. Er betrachtete Sophia einen Moment lang. Sie saß zusammengesunken auf der Gartenbank. Im Sonnenlicht sah er, dass ihr Haar grau wurde. Von ihrem früheren Schwung, ihrem Frohsinn und ihrer Schönheit war nichts mehr da. Er dachte an Klara, der er nicht sagen mochte, wie erschreckend mager sie war. Beide Frauen sind noch keine vierzig, dachte er. Was haben sie alles erleiden müssen in den Kriegsjahren, dass sie sich so verändert haben. Und das Elend geht immer weiter.

Die Stimme seiner Tochter unterbrach seine Gedanken. Sie hielt ihm zwei kleine Tütchen vor die Nase. „Hat die Mutti im Keller gefunden. Das werden Möhren und Radieschen." Alle Vorsicht wegen der Grippe vergessend, umarmte Rita ihre Patentante. Sie vermisste sie seit langem. „Meine Güte, bist du gewachsen!", rief Sophia und richtete die blaue Schleife in Ritas schwarzem Haar, „du bist ja schon eine kleine Dame."
Karl betrachtete seine Tochter und empfand ein wenig Stolz. Der Gedanke an einen barmherzigen Gott wurde wieder in ihm wach. Das Elend und der Krieg hatten den Glauben in ihm sterben lassen. Ich habe Margarita doch nicht ganz verloren, dachte er. Täglich ist sie ja vor meinen Augen. Er sah das Kind als ein Geschenk und als Trost für vieles an, was er hatte erleiden müssen.

Nachdem Karl seine Tochter wieder nach Hause geschickt hatte, begann er mit der Arbeit im Garten.
Für den kleinen Heinrich baute er einen Sandkasten. Den ganzen Sommer über waren die Kinder an den Nachmittagen im Garten. Die Grippe hatte etwas von ihrem Schrecken verloren. „An der frischen Luft wird die Gefahr nicht so groß sein für die Kinder", dachte Klara. Rita hatte fast alle ihre Bücher in ein Regal im winzigen Büro bei der Tischlerwerkstatt gebracht. Sie war nicht weit von der Wohnung entfernt, in der sie mit der Familie wohnte. Auch ihr Tagebuch war dort sicher vor den Blicken der Mutter. Nur wenige Schritte trennten sie vom Garten und den großen Obstbäumen. Unter ihrem schattigen Dach hielten sich Rita und Elisabeth am liebsten auf. Als die Beeren reif waren, mussten sie ihre Bücher beiseitelegen. „Keine Beere darf dran bleiben!", hatte die Mutter gerufen. Die Mädchen wussten, dass es klug war, sich an diese Weisung zu halten. Den Augen der Mutter entging nichts. Klara verarbeitete alles, was im Garten an Essbarem wuchs. Erdbeeren, Himbeeren Stachelbeeren, Tomaten, Möhren und Kräuter. Alles ging über Klaras Küchentisch. Einen Teil davon

bekam auch immer Sophia. Früher war der Garten auch für sie eine Quelle der Erholung gewesen. Oftmals hatte sie einen Korb voll Obst oder Gemüse zu Klara gebracht.

Richards und Sophias Söhne kamen auch hin und wieder in den Garten. Nicht, um zu arbeiten, sondern wegen der beiden Mädchen. Sie hatten über den Sommer keine verlockendere Tätigkeit gefunden, als sie zu necken und zu erschrecken. Die Freundinnen hatten schnell herausgefunden, wie sie die Jungen loswurden. Sie straften sie mit Nichtachtung. Für Rita und Elisabeth gab es an den warmen Tagen nichts Schöneres, als im Schatten neben den Büschen zu liegen. Spinnenweben schaukelten dort im Wind und Schmetterlinge segelten vorüber. Dort lasen sie sich Gedichte vor oder lernten Vokabeln. Nicht, weil es eine Aufgabe war, sondern, weil sie Freude am Klang einer anderen Sprache hatten. „Bald können wir uns in Französisch unterhalten", lachte Elisabeth, „da werden die anderen große Ohren machen." Ihre Schulaufgabe für die Ferien war von ganz anderer Art. Jedes der Mädchen sollte eine Kissenplatte gestalten. Im Stillen hoffte Rita dabei auf die Mithilfe ihrer Mutter. Als Klara ansehen musste, was ihre Tochter als Makramee-Muster angefertigt hatte, schob sie alles andere beiseite. Sie sorgte dafür, dass das Mädchen nach den Ferien eine gelungene Kissenplatte vorweisen konnte. Immer wieder schmerzte es Klara, dass Rita an solchen Dingen nur wenig Interesse hatte. Wie sollte sie jemals eine gute Hausfrau werden?

Nicht nur Klara, auch Karl machte sich Gedanken um seine Tochter. Heinrich entwickelte sich so, wie man es allgemein bei Kindern beobachten konnte. Rita aber war in mancher Hinsicht schon erwachsen. Karl glaubte, dass das für ein Mädchen nicht von Vorteil sei. Oft las sie in der Leipziger Volkszeitung, die eigentlich Karl vorbehalten war. Dann verwickelte sie den Vater in Gespräche, die das Zeitgeschehen betrafen. Sie forderte nicht selten eine Stellungnahme von ihm. Ihr Gerechtigkeitssinn stellte den Vater vor Probleme. Wie empört war sie gewesen, als Rosa Luxemburg ermordet worden war. Eine Frau, die für die Rechte anderer Menschen gekämpft hatte. Sie wurde umgebracht und in den Landwehrkanal geworfen. Tagelang hatte das Kind darüber gesprochen und seine Entrüstung auch dem Tagebuch anvertraut. Rita hatte zwei Artikel in der Zeitung „Die Rote Fahne" gelesen. Sie hatte das Blatt auf der Straße gefunden. Die Mutter schimpfte: „Beschäftige dich mit deinen Handarbeiten. Lass doch die Zeitungen, die machen dich nur verrückt. Du bist doch noch ein Kind!" Der Vater glaubte, dass er mit Verboten bei seiner Tochter nicht viel ausrichten könnte. Er verließ sich auf seine Inspiration und beschloss, in Zukunft mehr auf sie einzugehen. Er wollte mehr darauf achten, womit sie sich beschäftigte. Seine Befürchtung, dass sie Schwierigkeiten in der Höheren Mädchenschule bekommen könnte, behielt Karl erst einmal für sich. Er sah das Stipendium gefährdet, wenn sie dort linke Gedanken äußern würde. Er selbst tat sich schwer, für eine Richtung in der Politik Partei zu ergreifen. Die da oben werden's schon machen, dachte er. Von gelegentlichen inneren Zweifeln abgesehen, gab er sich damit zufrieden.

Der Herbst meldete sich mit kühlem Wind. „Ich habe es mir doch schon so lange vorgenommen. Nun kann ich's nicht mehr aufschieben", sagte Karl beim Abendbrot. „Am Sonnabend fahre ich zu meiner Mutter." Klara dachte an die Fahrkosten, und sogleich wurde klar, dass sie nicht mitfahren konnte. Heinrich brauchte noch keine Fahrkarte und durfte den Vater begleiten. Karl hatte Bedenken, dass der Fahrplan noch Gültigkeit besaß. Schon vor Monaten hatte er ihn aufgeschrieben. Mit Heinrich an der Hand stand er auf dem Bahnsteig und wartete auf den Zug. Der fast leere Koffer in seiner Hand war Klaras Umsicht zu verdanken. Er enthielt nur eine Hose zum Wechseln für den Kleinen und Karls Schlafanzug. Der Hohlraum des Koffers sollte mit Nahrungsmitteln aufgefüllt werden. Auf den Dörfern gab es sicher mehr davon als in den ausgehungerten Städten. Klara weiß doch immer, was gut ist, dachte Kar, als er mit dem leichten Koffer loszog. Sie hat immer die besten Ideen und, na ja, sie duldet allerdings auch keinen Widerspruch.

Als er endlich im Zug saß, hatte er Mühe, wach zu bleiben. Doch sein kleiner Sohn sorgte dafür, dass er nicht einschlief. Am Zielbahnhof angekommen, lagen noch zwei Kilometer Fußweg vor Karl. Seit einigen Wochen lief er ohne Stützen. Aber er hinkte, und oft genug plagten ihn Schmerzen. Nun, beim Aussteigen, schlief Heinrich und musste samt dem Koffer getragen werden. Endlich sah Karl sein Elternhaus. Geduckt stand es zwischen den großen Bäumen neben dem Dorfteich. Von weitem sah er seine Schwägerin Ursula ins Haus gehen. Das Geläut an der Tür hatte noch den gleichen Klang wie in seiner Kindheit.

Am Sonntagabend buckelte Karl den gefüllten Koffer in die Wohnung hinauf. Rita und Heini sahen zu, wie die Mutter den Koffer ausräumte. Eine Speckseite, Schinken, Eier, eine Tüte Mehl und ein Brot lagen nun auf dem Tisch. „Sieht aus, als dürfte man es nur angucken", sagte Rita, „ wenn wir es essen, ist es weg. Dann haben wir wieder Hunger." Der Vater zog, bevor die Kinder zu Bett gehen sollten, noch einen Trumpf aus der Jackentasche. Drei rechteckige Tafeln, eingepackt in Goldpapier, legte er auf den Tisch. Er tat es mit Bedacht. Es handelte sich um etwas Besonderes, mit dem man sorgsam umgehen musste. Die Augen der Kinder wurden groß und die Mutter war überrascht. Nun erzählte der Vater von seinem Besuch bei der Großmutter. Sie könne nur noch sehr schlecht sehen. Deshalb habe sie nicht geschrieben. Sein Bruder sei im Krieg geblieben. Der kleinste Bruder sei mit nur einem Arm zurückgekehrt. Zwei Brüder sind vermisst. Die Ursel müsse nun alles allein schaffen. Sie kümmere sich auch um die Mutter. Karls Schwestern lebten in der Stadt. Sie hätten mit ihren Familien zu tun. Nur ab und zu könnten sie bei der Mutter vorbeisehen.

Während er sprach, ließen die Kinder ihre Augen nicht von den geheimnisvollen Tafeln. Sie warteten sehnsüchtig auf deren Enthüllung.
Endlich griff der Vater danach. Die erste überreichte er der Mutter. „Hier, Klärchen, das wird dir schmecken." Dann gab er seinen Kindern je eine Tafel. „Teilt euch das gut ein. Nicht alles auf einmal essen." Er erzählte von der Schwester seiner Mutter, die vor langer Zeit nach Amerika ausgewandert sei. Von ihr wäre die Schokolade. „Eure Oma hat sie für euch aufgehoben, bis ich einmal zu ihr komme", sagte er zu seinen Kindern. Karl dachte dabei, dass er die Mutter nicht wieder so lange warten lassen könnte." Gerührt schaute er zu, wie Heini und Rita das erste Mal in ihrem Leben Schokolade aßen.

Klara hatte sich schon hingelegt, als Karl ihr noch ein winziges Päckchen auf das Deckbett legte. „Hat mir die Mutter für dich mitgegeben." Wie immer, wenn sie ein Geschenk bekam, wurde Klara verlegen. „Ein Stück Seife!", rief sie dann hocherfreut, „das werde ich nur sonntags benutzen!" Es musste mindestens zwei Jahre her sein, dass sie das letzte Stück Seife kaufen konnte. Und das hatte sie fast nur für ihre Kinder verwendet.

Heute war Klara verstimmt. Und nicht nur das, sie war verletzt bis ins Innerste. Da sie mit ihrer Familie ganz gut über den Winter gekommen war, hätte sie zufriedener sein können. Zwar wurden die Lebensmittel immer noch rationiert und der Schleichhandel blühte. Trotz des dauernden Mangels an Grundnahrungsmitteln ging es Rita und Heinrich einigermaßen gut. Aber kein freundlicher Gedanke wollte sich bei Klara einstellen. Ein Dorn saß in ihrer Seele, der Zufriedenheit nicht zuließ.
Karl war dazu übergegangen, Reparaturen in Häusern von wohlhabenden Bürgern durchzuführen. Dort kannte er sich aus. Hatte er doch lange in der Villa in der Karl-Tauchnitz-Straße gearbeitet.

Er vertraute dabei auf Mund-zu-Mund-Propaganda. Es lief gut für ihn. Karl hatte ein Auskommen, das der Familie das Überleben ermöglichte. Wäre nicht der ärgerliche Zwischenfall gewesen, der sein und vor allem Klaras Leben durcheinander gebracht hatte. Hätte er doch den Mund gehalten!

Am Montagmorgen fand er sich in dem großen Anwesen am Palmengarten ein. In einem kleinen Salon der Villa sollte er den Fußboden reparieren. Die Dame des Hauses irritierte ihn und brachte ihn aus der Fassung. Karl kniete auf dem schadhaften Parkettboden, um Abmessungen vorzunehmen. Sie trat ein. Zuerst sah Karl nur das Tablett, das sie, beladen mit Geschirr und Gebäck, in den Händen hielt. Doch dann bemerkte er mit dem Blick von unten zu ihr hinauf, dass sie ihr Negligé nicht geschlossen hatte. Er sah, dass sie ihre weiblichen Reize zur Schau stellte. Noch glaubte er an ein Versehen und wandte sich wieder seiner Arbeit zu. Er spürte Wärme im Gesicht und ärgerte sich darüber. Die Dame nahm auf einem zierlichen Sessel Platz und schlug die Beine übereinander. Karl hatte nur ein verlegenes „Guten Morgen" gegrummelt, während sie versuchte, ihn in ein Gespräch zu ziehen. Sie forderte ihn auf, öfter zu kommen. Er müsse ja nicht jedes Mal etwas reparieren. „Ich dachte, Sie frühstücken mit mir!", rief die Frau, als Karl sich überstürzt verabschiedete. Mit der beringten Hand wies sie auf die Köstlichkeiten, die auf dem Tablett standen. Ein Erlebnis, das er mit seinem Freund Richard in seinen Jugendjahren hatte, kam Karl plötzlich in den Sinn. Damals war ihm so ähnlich zumute gewesen. Mit großer Überredungskunst war es Richard gelungen, den Freund mit zu einem Haus zu nehmen, das in der Seeburgstraße berühmt und berüchtigt war. Doch alles Reden hatte nicht geholfen. Abgesehen von einem Fünkchen Neugier, war es Karl unmöglich, auf Angebote in diesem Haus einzugehen.

Heinrich bemerkte es als Erster. Er kam gerade aus der Schule, in die er seit Kurzem ging. Dicke Luft, dachte er, als er das Gesicht der Mutter sah. Er hatte schon Übung genug darin. In solchen Situationen machte er sich schnell aus dem Staub. Als Rita nach der Schule die Wohnung betrat, waren die Auseinandersetzungen zwischen den Eltern im vollen Gange. Mutter schleuderte Worte wie „Hure" und „so ein Flittchen" und „wer weiß, wie oft du schon ..." in den Raum. Klara nahm keine Rücksicht darauf, dass ihre Kinder Zeugen ihrer Wut wurden. Angefeuert durch Karls Ruhe und seine Arglosigkeit, wurde sie immer lauter. Die Kinder lauschten den Rechtfertigungen des Vaters: „Ich, ... also, ich habe doch gar nichts gemacht. Was, was willst du denn?" Die Worte: „Du bist doch die Einzige für mich" oder „ich will gar keine andere", brachte er nicht über die Lippen. Dabei hätte er damit viel mehr ausrichten können. Er sah Klara als eine Verbündete im Kampf gegen die Schwierigkeiten des Lebens. Mit ihr wollte er durch Dick und Dünn gehen. Nur in günstigen Momenten für Klara sah er sie als weibliches Wesen. Zärtliche Schmeicheleien zwischen ihm und Klara hatte es nie gegeben. Ohne einen Hintergedanken hatte er ihr haarklein das Erlebnis mit der Dame aus der Villa erzählt. Nein, niemals würde er die Frauen verstehen! Eigentlich hatte er doch anerkennende Worte verdient. Er hatte sich schließlich standhaft ein Abenteuer vom Leib gehalten.

Rita hatte andere Sorgen und zog sich in ihr Zimmer zurück.
Es ging ihr nicht gut. Schon in der Schule, in ihrem Lieblingsfach, der Literatur, wurde ihr schwarz vor Augen. Sie legte sich auf ihr Bett. Die Mutter erschrak, als Rita fiebrig und kraftlos vorfand. „Ach, nun hast du dich doch erkältet. Ich sage doch immer Schal um und Mütze auf." „Aber es ist doch schon warm draußen!", rief Heini. Die Mutter strafte ihn mit einem Blick, der ihn schnell das Weite suchen ließ.
Der Ärger und die Eifersucht hatten plötzlich keine Bedeutung mehr für die Eltern. Sorgenvoll sahen sie auf das Kind. Zum Abend hin stieg das Fieber. Karl kam immer wieder mit einer Schüssel voll

kaltem Wasser an Ritas Bett. Klara machte Wadenwickel und legte ihrer Tochter kalte Umschläge auf die Stirn. Am nächsten Morgen holte Karl den Arzt. Schon am Vormittag hatte Rita starkes Fieber. Apathisch lag sie im Bett. Auf die Worte der Eltern reagierte sie nicht. Nein, es könnte nicht die Grippe sein, die würde anders verlaufen, hatte der Arzt nach dem ersten Blick auf das Mädchen gesagt. Heinrich dürfe nicht mit Rita in Berührung kommen. Die Eltern sollten sich immer gründlich die Hände waschen. Er legte ein Tütchen auf den Tisch. „Versuchen Sie, das Pulver in etwas Wasser aufgelöst zu geben", sagte der Arzt im Gehen. Er käme heute Abend noch mal vorbei. Vielleicht müsse das Kind ins Krankenhaus.

Klara konnte sich nicht mehr auf den Beinen halten. Sie warf sich auf's Bett und starrte an die Decke. Nichts hatte sie in der Vergangenheit so schwer getroffen wie die letzten Worte des Arztes. Was hatte sie nur falsch gemacht? Sie hatte sich doch so bemüht, ihre Kinder über die schweren Zeiten zu bringen. Keine Mühen hatte sie gescheut, oft bis in die Nacht hinein. Rita hatte sie so ausgestattet, dass viele sie dafür bewunderten. Und nun das! Karl stand noch immer am Bett der Tochter. Er sprach leise auf sie ein. Das Kind lag wie bewusstlos da. Doch er war fest davon überzeugt, dass es seine Worte hörte.

Erst am frühen Morgen kam der Arzt wieder. Er habe zu einer Entbindung gemusst, hätte nicht eher kommen können. Karl hatte seinen Sessel an Ritas Bett gerückt und dort die Nacht zugebracht. Als er im Morgengrauen auf sie blickte, sah sie ihn mit blanken Augen an und lächelte. „Mach dir keine Sorgen, Vati", hörte er ihre schwache Stimme, „ich bin bald wieder gesund." „Na, mein Fräulein, uns geht's wohl wieder besser?", fragte der Arzt. Er schlug das Deckbett zurück. Mit den Fingerkuppen klopfte er auf die Beine des Kindes, tastete seinen Hals und die Leisten ab. Er wiegte den Kopf hin und her. Klara, die hinzugekommen war, vermutete Schlimmes. „Sie wird doch wieder werden?", fragte sie, als sich der Arzt verabschiedete. Der sah sie nur an und erwiderte nichts. Eine ganze Weile, nachdem er gegangen war, kam er noch einmal zurück. Er atmete hastig, offenbar hatte er in der Eile mehrere Treppenstufen auf einmal genommen. Lassen Sie das Kind nicht aufstehen, und beobachten Sie den Kleinen. Wenn Sie Ähnliches bei ihm bemerken, stecken Sie ihn ins Bett. Sagen Sie mir dann sofort Bescheid."

Die Zeit der Ungewissheit wollte nicht enden. Stundenweise ging es Rita besser. Doch das Fieber stieg immer wieder. Die Eltern teilten sich in die Betreuung der Kinder, so gut es ging. Karl sollte ein Auge auf Heinrich haben. Klara verbrachte die meiste Zeit am Bett ihrer Tochter. „Mit einer Erkältung hat das nichts zu tun", hatte der Arzt bei seinem letzten Besuch gesagt. Die Eltern waren verzweifelt. Rita hatte dunkle Augenringe bekommen und sah ausgezehrt aus. Sie aß kaum noch etwas. Die dünnen Süppchen, die Mutter für sie kochte, musste meist Heinrich essen. Sie war zu kraftlos geworden, um auf den Nachttopf zu gehen. Die Mutter musste ihr Windeln anlegen.

Gerade war das Fieber wieder gesunken und Klara wollte Mut schöpfen, als Rita jämmerlich zu weinen begann. Sie klagte über Schmerzen in den Beinen, die nicht auszuhalten wären. Sie könne die Beine nicht bewegen. „Ich komme gleich nach", sagte der Arzt zu Karl, als der ihn um einen Hausbesuch bat. „Gehen Sie schnell nach Hause. Sagen Sie Ihrer Frau Bescheid. Das Mädchen muss sofort ins Krankenhaus. Es hat offenbar Poliomyelitis. Beeilen Sie sich!", rief er Karl zu, der schon wieder im Gehen war. Auf dem Weg wurde der Vater von dunklen Gedanken geplagt. Ständig sah er sein krankes Kind vor sich und fühlte sich hilflos. Er hatte schon von der Krankheit gehört, wusste aber nichts über ihren Verlauf und über die Folgen.

Als er seine Wohnung erreichte, kamen zwei Pfleger, die der Arzt telefonisch gerufen hatte. Sie legten Rita auf eine Trage. Klara war außer sich. Sie hielt die Trage fest und wollte sich nicht von ihr lösen. „Sie können sie doch nicht einfach wegbringen!", schrie sie. Die Pfleger setzten ihren Weg ungerührt fort. Klara hatte nicht bemerkt, dass sie ihnen drei Etagen abwärts gefolgt war. Sie wunderte sich, dass sie plötzlich neben dem Krankenwagen stand. „Lassen Sie mich mitfahren, bitte", flehte sie. Ein Pfleger forderte sie mit einer Bewegung des Kopfes auf, einzusteigen. Vor der Kinderklinik hielt der Wagen. „Morgen, morgen können Sie Ihre Tochter besuchen", hörte Klara wie aus der Ferne. Dann stand sie allein vor dem Gebäude. Erst jetzt bemerkte sie, dass sie noch die Schürze um hatte.

Beim Betreten der Wohnung hörte Klara die Stimme ihres kleinen Sohnes. Er übte das Lesen. Karl saß neben ihm am Küchentisch. Mit dem Kopf lehnte er an der Wand und hatte die Augen geschlossen. „Kannst Schluss machen", sagte er zu dem Kleinen, als Klara eintrat. Der Arzt sei noch einmal da gewesen, hätte Heini untersucht. Mit ihm sei alles in Ordnung. Er sah seine Frau an und wusste, dass sie seine Worte nicht aufgenommen hatte. Sie strich ihrem Sohn über die Wange. Dann ließ sie sich kraftlos auf den Stuhl fallen.
Karl nahm den Kleinen und ging mit ihm ins Wohnzimmer. „Sag uns gleich, wenn es dir nicht gut geht", mahnte er das Kind. Heinrich, der nicht sonderlich begeistert von der Schule war, klagte sofort über Bauchschmerzen. Aber der Schalk in seinen Augen verriet ihn. Karl brachte das Kind ins Bett. Dann sah er wieder nach Klara, die noch immer reglos in der Küche saß. So behutsam, wie er es vermochte, führte er seine Frau zum Sofa. Karl setzte sich neben sie und nahm sie in den Arm. So saßen sie lange beisammen. Karl bemerkte, dass sie eingeschlafen war. Er deckte Klara zu und legte sich selbst aufs Bett. Nun, wo er allein war, stürmten all die schrecklichen Gedanken wieder auf ihn ein. Im Traum sah er Margarita, die Rita umschlungen hielt. Ihre vorwurfsvollen Blicke verfolgten ihn noch tagelang.

Auf der Bank vor dem Zimmer des Professors sollten sie Platz nehmen. Nun harrten Karl und Klara dort schon eine ganze Weile aus. Sie kamen sich hilflos, klein und ohnmächtig vor.
Der alte weißhaarige Herr mit beachtlichem Schnauzer saß hinter seinem Schreibtisch, als sie eintraten. Er bot ihnen mit einer Handbewegung einen Platz an. Zögerlich setzte sich Klara auf die vordere Kante des Sitzes. Sie sah den Professor hilfesuchend an. Karl drehte seinen Hut in den Händen und wusste nicht recht, ob er das Gespräch beginnen oder auf die Worte des Arztes warten sollte. Der las die Aufzeichnungen, die vor ihm lagen. Dann klemmte er das Monokel vor sein rechtes Auge und sah zuerst Karl, dann Klara an. „Ja, es tut mir leid für Sie", sagte er mit tiefer Stimme, „Ihre Tochter hat diese böse Krankheit Kinderlähmung." Aber so, wie es sich darstellte, handelte es sich sicher nicht um die schwere Form, wo die Atmung und auch andere Organe versagen könnten. Klara wagte kaum zu atmen. Sie sah zu Karl, der wie versteinert dasaß. „Wie lange?", brachte er heraus. Er hätte noch viele Fragen gehabt. Aber er hatte Angst vor dem, was er noch erfahren würde. Das Kind bliebe drei Wochen in der Isolationsabteilung. Eventuell könnte es dann nach Hause, wenn gute Pflege möglich wäre. Klara nickte eifrig und drückte die Hände gegen die Brust. „Wir werden sehen." Der Professor verabschiedete sich und wies mit der Hand zur Tür.
Durch eine Glasscheibe sahen sie Rita liegen. Obwohl sie schlief, winkte Klara ihr zu. Sie wurde mir doch geschenkt, dachte sie immer wieder. Warum werde ich nur so bestraft?

Der Besuch im Krankenhaus gehörte nun für mehrere Wochen in das Leben der Eltern. Durch die Arbeit war es Karl nicht immer möglich, in die Klinik zu gehen. Aber Klara stand an jedem Tag vor der Scheibe. Sie sah zu dem Kind, das sie als ihr eigenes betrachtete, das sie sooft mit Freude und Stolz erfüllt hatte. In den ersten Tagen war Rita nur schlafend zu sehen. Doch heute sah sie

mit großen Augen zur Scheibe hin, wo sich auch andere Eltern drängten. Als sie den Vater erkannte, lachte sie. Ihm schien es, als hätte sie wieder ein wenig Farbe in dem schmalen Gesicht.
Ein Blick auf die anderen Eltern sagte Karl, dass er sich seiner Tränen nicht zu schämen brauchte.
An jedem Tag gab Klara etwas für ihre Tochter ab, einen Apfel oder Stammbuchbildchen, die Rita liebte. Auch kleine Briefe von Elisabeth waren täglich dabei.
Nie hatte sich die Mutter so darüber gefreut, dass Rita versessen auf Bücher war und nicht genug davon bekommen konnte. Heute machte es ihr wieder Mut, als das Mädchen Bücher verlangte. Wenn sie schon wieder liest, dachte sie, dann geht es sicher aufwärts mit ihr.

„Wir nehmen eine Droschke", entschied Karl, als er Rita endlich nach Hause holen durfte. Die Mutter vergaß ihren Hang zur Sparsamkeit. Wie sollten sie auch sonst das Kind nach Hause bekommen?
Geduld sei jetzt das Wichtigste, hatte der Arzt gesagt. Rita müsse das Laufen wieder erlernen. Tägliches Üben wäre unerlässlich.
Er hatte Klara unterwiesen, wie sie ihre Tochter pflegen sollte. Heinrich wunderte sich, dass der Vater Rita auf dem Arm zur Droschke trug. Es war eng im Auto, aber glücklicher hätte die Familie nicht sein können, als es nach Hause ging. Auf dem Rücken trug Karl seine Tochter drei Etagen hoch. „Huckepack", rief Rita, „so wie früher!" Rechts und links fasste er ihre Beine mit seinen Armen. Sein Blick fiel auf ihre Füße, an denen sie der Wärme wegen keine Strümpfe trug. Der Arzt hatte doch gesagt, dass sie nur geringe Schäden davongetragen hätte. Aber die Füße waren ja völlig verformt, sahen klein und klumpig aus.
Worte, die ihm beinahe entfahren wären, schluckte er hinunter. Klara trug die Armstützen, mit denen die Tochter wieder auf die Beine kommen sollte.

Rita stieß einen Schrei der Verwunderung aus, als sie nach vielen Wochen wieder in ihr Zimmer kam. Der Vater hatte für sie ein Regal gefertigt. Eine Platte war darin eingebaut, die schwenkbar als Esstisch und zum Schreiben genutzt werden konnte. Wie alles, was er baute, war das neue Möbelstück solide und standfest. Alles, was dem Mädchen wichtig war, seine Bücher, seine Stifte, die Aufzeichnungen, lag bereit. Dankbar sah Rita auf das Werk des Vaters. Freudig nahm sie davon Besitz.
„Ich will auch ein Zimmer und so ein Regal!", rief Heinrich, der in den letzten Wochen ins Hintertreffen geraten war. „Sei froh, dass du gesund bist", wies ihn die Mutter zurecht.

Karl nahm jede Arbeit an, die sich ihm bot. Er wollte für seine Familie aufkommen, so gut er es konnte. Oft ging er dabei an seine Grenzen, denn er bewirtschaftete auch den Garten. Reparaturen gab es überall. Viele Männer waren im Krieg geblieben. Es fehlte an Handwerkern, überhaupt an Männern. Richard konnte nicht mehr in der Tischlerei arbeiten. Der Granatsplitter, der ihm vor kurzem entfernt worden war, hatte Muskeln und Nerven in seiner Schulter zerstört. Er war froh, dass Karl die Tischlerei aufrecht hielt. Der hatte noch zwei gesunde Arme. Doch sein Bein zwang ihn oft, sich zu setzen. Von den Schmerzen, die ihn immer wieder heimsuchten, sprach er nicht mehr.
Die großen Streikwellen, der Generalstreik im Land, gingen an Karl vorüber. Als er in der Zeitung las, die Deutsche Republik sei in Gefahr, schüttelte er mit dem Kopf. Er fragte sich, was die Menschen eigentlich wollten. Er regte sich nicht auf über den Versailler Vertrag. Schließlich hatte Deutschland ja den Krieg mit angefangen. Die Zeitung, die er am Morgen nur überflog, las Rita nach den täglichen Übungen. Am Abend hatte sie dann Fragen an den Vater, die er oft nur mit Mühe beantworten konnte: Ist der Versailler Vertrag gerecht? Karl wusste, dass es nicht so war. Aber hatten Empörung oder Ablehnung je etwas gebracht?

Klara gab ihre ganze Energie in die Pflege der Tochter. Nach anstrengenden Wochen für sie und das Kind versuchte Rita die ersten Schritte. Holzstützen, die sie in die Achselhöhlen klemmte, halfen ihr, die Balance zu halten. Jetzt, wo es wieder aufrecht stand, sah Klara, wie groß das Mädchen geworden war, wie erschreckend mager seine Beine waren. Die verformten Füße hielt es beim Stehen nach innen gekehrt. Zuerst müsse Rita wieder lernen, die Füße geradeaus zu stellen. Das erwähnte der Arzt mehr als einmal. In Rita hatte sich Unmut gegen die Mutter angesammelt.

Klara ließ keine Nachlässigkeit zu. Sie drangsalierte das Kind regelrecht mit schmerzhaften Übungen. „Du musst doch laufen, wieder laufen", peitschte sie die Tochter an. Rita wusste im Innersten, dass es nicht anders ging. Es hing von ihr selbst ab, wann sie wieder laufen würde. Das bewies ihr jeder noch so kleine Erfolg.

Heinrich, der sich von den Eltern vernachlässigt fühlte, hatte indessen manchen Unsinn angestellt. Aus der Schule kam schon der zweite blaue Brief. Zu Hause hatte er Ritas Holzstützen versteckt. Den Schlüssel von der Toilette im Treppenhaus suchten alle Benutzer, einschließlich die der Nachbarwohnung.

Für Klara stand fest, dass nur eine gehörige Tracht Prügel ihren Sohn zur Vernunft bringen konnte. Von anderen Erziehungsmaßnahmen hatte sie nie gehört. Auch ihr Vater hatte sie bei ihrem Bruder Edgar angewendet. Allerdings ging es ihr gegen die Natur, selbst zuzuschlagen. Ihrer Meinung nach war das die Sache des Vaters. Sie redete und schimpfte so lange, bis Karl genug davon hatte. Nach erneutem Schabernack versohlte er seinem Sohn den Hintern.

Karl hoffte, dass nun wieder Ruhe einkehren würde. Heini weinte den ganzen Abend, sodass er dem Vater schließlich leidtat. Karl musste daran denken, wie er sich gefühlt hatte, wenn in seiner eigenen Kindheit der Vater mit dem Ledergürtel auf ihn und seine Brüder einschlug.

Am Heiligen Abend hatte Rita für ihre Eltern ein besonderes Geschenk. Zum ersten Mal lief sie ohne Stützen durch das Zimmer. Klaras Freudentränen flossen. Die Tochter freute sich über die hübschen Schuhe, Maßschuhe, die der Vater aus Schuhen der Mutter hatte anfertigen lassen.
Rita war wieder zu Kräften gekommen. Der Arzt kam nun zum letzten Mal, um nach ihr zu sehen. Er lobte Klaras gute Pflege und ihre Strenge mit der sie die Übungen der Tochter überwacht hatte. Im nächsten Monat könnte Rita vielleicht wieder zur Schule gehen. Allerdings brauche sie für den Weg eine Begleitung.
In den Wochen, als Rita wieder zu Hause war, kam Elisabeth an fast allen Tagen. Sie brachte ihr die Schularbeiten und ging mit Rita den Stoff in den einzelnen Fächern durch. Einige Male schlief sie auch auf dem Sofa im Wohnzimmer, weil es für den Heimweg zu spät geworden war.
Ritas Wissensdurst hatte während der Krankheit nicht abgenommen. Im Gegenteil. Die Energie, die ihrem Körper während der Krankheit entzogen worden war, wirkte in ihrem geistigen Bereich mehr denn je. Schon im Krankenhaus hatte sie so viele Bücher um sich herum liegen, dass Ärzte und Schwestern sich wunderten. Da ihr die Freundin täglich den wichtigsten Lernstoff vermittelte, für den Klara als Kurier gedient hatte, war Rita auf dem Laufenden. Sich mit Literatur und mit Sprachen zu beschäftigen, bereitete ihr mehr und mehr Freude. Der Tag hatte für sie keinen Sinn gehabt, wenn sie nichts gelesen oder etwas geschrieben hatte. Sie schrieb kleine Texte über sich und wie sie das Leben sah. Ihr Tagebuch hatte einen zweiten Teil bekommen.
Klara und Karl behielten ihren inneren Widerstand gegen das, was ihre Tochter bewegte, für sich. Sie selbst waren mit den Sorgen des Alltags beschäftigt. Sie sahen keinen Sinn in geistiger Nahrung. Wenn Rita über allem Lesen und Schreiben und Lernen das Essen vergaß, ärgerten sie sich. In ihren Familien hatte es Derartiges nicht gegeben. Dennoch versuchten sie, herbeizuschaffen, was

Rita sich wünschte. Das Trauma, das die schwere Erkrankung der Tochter in ihnen verursacht hatte, saß tief.

„Geht's vielleicht erst mal leihweise?", fragte Klara den Buchhändler, der zwischen Bergen von Büchern in seinem Laden kaum zu sehen war. Sie reichte ihm einen Zettel, auf dem die Titel der Bücher standen, die ihre Tochter sich erbat. Der alte Mann schlurfte den schmalen Gang entlang und verschwand für einen Moment. Mit Hölderlins „Hyperion" und einem Gedichtband von Rilke kam er zurück. Als er die Bücher ablegte, wischte er mit dem einst weißen Ärmelschützer noch einmal darüber. „Gute Frau, ich muss auch leben", murmelte er und verzog sein Gesicht, das von Falten übersät war. Er verkaufe Bücher und verborge sie nicht. In dieser Zeit, wo alle nur andere Sachen im Kopf hätten und nicht die Literatur, könne er sowieso seinen Laden bald zu machen. Es war nicht das erste Mal, dass Klara mit Eindringlichkeit und auch ein wenig Mitleid heischend, ihr Gegenüber überzeugte. Sie nahm die Bücher leihweise mit. Dass Rita sie sorgfältig behandeln würde, stand für sie außer Frage.

Zwischen dem alten Buchhändler und Klara entstand eine Verbindung, die Klara sonst bei fremden Menschen nicht so schnell zuließ. Bald kannte er Ritas Geschichte. Er freute sich, dass ein so junger Mensch Interesse an der Literatur hatte. Die traurige Geschichte, die er von seinem Sohn erzählte, weckte Mitgefühl in Klara. Sah er sie von weitem kommen, winkte er hinter der großen Scheibe. Dieses Mal hatte er einen Tee gebrüht und Klara einen Platz auf dem fragilen Korbstuhl angeboten. Nachdem er einem Kunden lang und breit den Inhalt eines Werkes erklärt hatte, versuchte er, Klaras Interesse für die Literatur zu wecken. Er hatte genügend Erfahrung, um die richtige Richtung anzusteuern. Mit dicken Bänden der Weltliteratur konnte er bei ihr nichts ausrichten. Das war ihm schnell klargeworden. Aber eine Abonnentin für das Familienheftchen „Die Gartenlaube" hoffte er gefunden zu haben.

Nach anfänglichem Zögern war Klara entzückt über manche Beiträge in dem Heft. Sie befassten sich mit Haus und Garten oder mit der großen Liebe. Selbst Karl fand Anregungen für den Garten darin. Rita freute sich, denn ihre Eltern ließen nun ebenfalls einen Hauch von Literatur in ihr Leben. Dass auch hin und wieder Anspruchsvolles in dem Heftchen erschien, war vor allem für sie ein Gewinn.

Als Elisabeth das Zimmer betrat, sah Rita sofort, dass ihre Freundin großen Kummer hatte. Das Mädchen, das sonst immer guter Dinge war, wirkte verstört und traurig. Es dauerte einen Moment, ehe Elisabeth hervorbringen konnte, was sie bedrückte. Die Wirtschafterin, die bisher noch im Haus der Eltern gewohnt hatte, gab die Vormundschaft über sie auf. Sie wollte in ein Stift gehen. Das Haus müsse verkauft werden. Elisabeth sollte zum Bruder ihres Vaters nach München ziehen.
Rita stockte der Atem. Sie wollte nicht glauben, was sie hörte. Sie wollte sich nicht vorstellen, dass sie die Freundin, die sie so lieb gewonnen hatte, nicht mehr sehen sollte. „Wann, wann...?" fragte sie. „Wenn das neue Schuljahr beginnt, muss ich fort."
In den letzten Wochen hatte Elisabeth sie an jedem Schultag abgeholt, sie untergehakt und zur Schule gebracht. So konnte Rita, wenn auch hinkend, wieder längere Wege gehen. Was sollte denn jetzt werden, wie sollte es weiter gehen? Nie würde Rita wieder eine solche Freundin finden!
Klara wunderte sich, dass es in Ritas Zimmer so still war. Sonst hörte sie die Mädchen immer lachen und laut sprechen. Leise öffnete sie die Tür und sah die beiden sitzen. Sie verstand sofort, dass etwas Unvorhergesehenes geschehen war und unterdrückte ihre Neugier.
Bis in die Nacht hinein versuchte der Vater, seine Tochter zu trösten. Er versprach, sich mehr um sie zu kümmern, wenn Elisabeth weg sein würde. Doch er ahnte schon, dass es kaum möglich war. Karl

wusste wohl, dass er der Vertrautheit zu einer Freundin, die in Jahren entstanden war, nichts entgegen setzen konnte.
Der Tag des Abschieds wog für Rita schwerer als die Krankheit, die sie durchlitten hatte. Mit dem Vater brachte sie Elisabeth zum Bahnhof. Er trug den großen Koffer. Auf dem Weg sprachen sie kein Wort. Das Tuch, mit dem die Freundin ihr einen letzten Gruß zuwinkte, konnte Rita nicht sehen. Tränen lassen einen klaren Blick nicht zu.

Im Sommer saß sie nun allein im Garten. Nicht ganz allein, denn sie sollte ein Auge auf Heini haben, der immer Unsinn im Kopf hatte. Er bettelte um immer neue Geschichten, die Rita ihm vorlesen sollte. Seine Vorliebe galt Seeräubern und Ungeheuern, von deren Abenteuern er nicht genug bekam. Selbst zu lesen, lag ihm nicht. Er bastelte gerne in Richards Werkstatt unter Aufsicht seines Vaters. Aber er probierte sich nur aus. Nie brachte er etwas zu Ende. Karl konnte sich dann nicht auf seine Arbeit konzentrieren. Nicht selten trug Heini eine Verletzung davon, die am Abend für Vorhaltungen der Mutter sorgte. Um Heinrich unter Kontrolle zu halten, musste auch Rita ihren Teil beitragen. „Von den anderen Jungen lernt er nur Blödsinn", meinte die Mutter. Sie glaubte, dass die Erziehung eines Kindes leichter würde, wenn sie es von seinen Altersgenossen fern hielt.

Jede Woche kam ein Brief von Elisabeth. Während des Unterrichts dachte Rita oft über einen Antwortbrief an ihre Freundin nach. Ihre Aufmerksamkeit, die bisher als vorbildlich galt, ließ nach. Die Lehrerin richtete mahnende Worte an sie. Sie war sich aber sicher, dass Rita sich fangen würde, denn sie ahnte den Grund für das Nachlassen ihrer Schülerin.

Auch der Sommer 1921 ging vorüber. Es gab wieder mehr Aufträge für die Tischlerei. Richard beschäftigte sich mit der Buchführung,

was ihn ermüdete und zunehmend schwieriger wurde. Das Papiergeld galt nichts mehr. Keiner wollte es annehmen. Aber oft wollten die Kunden gerade damit bezahlen, um es loszuwerden. Die Inflation hatte schleichend begonnen und weitete sich aus.
Sophia litt seit langem an Schmerzen. Eine Ursache dafür konnte nicht gefunden werden. Sie war zu schwach, um sich um ihre heranwachsenden Jungen zu kümmern. Ihre Mutter zog zu ihr, um ihr beizustehen. Einige Male besuchte Rita ihre Patentante, zu der sie noch immer ein inniges Verhältnis hatte. Ihre Traurigkeit und ihr Entsetzen konnte sie kaum verbergen, als sie Sophia das letzte Mal sah. Der Schock saß tief in beiden Familien, als Sophia starb. „Nur der Krieg ist schuld", weinte Klara, „der verdammte Krieg. Die arme Sophia war zu schwach." Karl nickte. Was ist nur aus uns allen geworden, dachte er, wie würde es uns heute gehen, wenn der Krieg nicht gewesen wäre?
Alle dunklen Gedanken brachte Rita in ihrem Tagebuch unter. Nach Sophias Beerdigung schrieb sie hinein: Es gibt nichts Traurigeres, als zu wissen, ein so lieber und treuer Mensch ist nicht mehr da.
In Ritas Seele hatte sich eine Tür geschlossen. Der Weggang ihrer Freundin und Sophias Tod ließen es nicht zu, dass sie sich anderen Menschen anschließen konnte. Sie vergrub sich in ihren Büchern und fühlte sich allein am wohlsten. Die griechische Mythologie beeindruckte sie mehr und mehr. Doch stand dort etwas von Trennung und Tod, überblätterte sie die Seiten.

Äußerlich wuchs Rita zu einem jungen Mädchen heran, das viele bewundernd ansahen, wenn es saß. Die Form ihrer Füße und ihr leicht schaukelnder Gang ließen es nicht zu, dass sie selbst ihre Krankheit vergessen konnte. Den Spott hinter vorgehaltener Hand, der von Mitschülerinnen wie Gift versprüht wurde, hatte sie längst bemerkt. Er nagte an ihrem Selbstvertrauen. Mit einem Spruch ihrer Patentante Sophia versuchte sich Rita zu trösten: „Merk dir, hinter allen bösen Worten versteckt sich oft Neid." Bei ihrer

Konfirmation in der Peterskirche trug sie einen langen Rock, den die Mutter ihr genäht hatte. Und sie bestand darauf, dass ihre Schuhe davon bedeckt wurden. Ihr langes schwarzes Haar hatte wieder seinen früheren Glanz. Ritas Körper hatte das Kindliche verloren, und Rundungen zeigten sich. Das sicherste Zeichen, dass aus ihr eine Frau geworden war, offenbarte sich ihr an einem Sonntagmorgen. Blutflecke kannte Rita aus dem Krankenhaus, sie hatten für sie etwas Beängstigendes. Verunsichert lief sie zur Mutter. Klara erkannte nicht die Not des Mädchens. Sie ließ ihren eigenen Befürchtungen freien Lauf: „Ach du meine Güte, das auch noch!", rief sie und schlug die Hände vor die Brust. „Nun wird alles schwieriger!" Nach Klaras Meinung war das Aufklärung genug. Im Übrigen müsse man darüber kein weiteres Wort verlieren.

Rita selbst wurde nun die beste Kundin des alten Buchhändlers. Im letzten Jahr in der Höheren Mädchenschule wurden die Schülerinnen vor die Frage gestellt, ob sie noch zwei Jahre lang eine Haushaltschule besuchen wollten. Klara, hocherfreut über diese Aussicht, sah ihre Tochter schon als perfekte Hausfrau die Schule verlassen. Mit einem kleinen Widerstand von Ritas Seite hatte sie gerechnet. Mit ihrer Überzeugungskraft hoffte sie jedoch, ihn besiegen zu können. Aber es kam anders. An Ritas Geburtstag war Richard zu Gast. Nach Sophias Tod kam er wieder öfter zu Besuch. Klara stellte einen Kuchen auf den Tisch. „Klara, du kannst ja aus nichts was zaubern, heje!", rief Richard erfreut, denn Kuchen stand in dieser Zeit selten auf dem Tisch. „Bald wird Rita auch zaubern können", sagte Klara, „sie geht doch bald in die Haushaltschule." Dabei sah sie wohlgefällig auf die Tochter und strich die Tischdecke glatt. Rita starrte auf ihren Teller. Röte schoss ihr ins Gesicht. Sie sah die Mutter mit einem Blick an, der Klara in den letzten Wochen oft zur Weißglut gebracht hatte. Die versuchte, darüber hinweg zu sehen. „Ja, die Haushaltschule, das ist was für's Leben", sagte sie mit Pathos und goss Richard Kaffee ein.

Mit einem Ruck stand Rita auf. Sie blickte erst den Onkel, dann den Vater und zuletzt die Mutter an. „Haushaltschule? Ich gehe in keine Haushaltschule, das habe ich gleich gesagt. Ich will Buchhändlerin werden." Beim letzten Wort schlug sie mit der flachen Hand auf den Tisch. Richard, der das Lachen verlernt hatte, lächelte und sah bewundernd auf das Mädchen. Klara saß mit offenem Mund da und blickte von einem zum anderen. „Na, wir werden schon einen Weg finden", ließ Karl versöhnlich verlauten. Er fürchtete ein weiteres Donnerwetter. Jede Art von Auseinandersetzungen zwischen seiner Frau und der Tochter störten sein Harmoniebedürfnis. Er betrachtete es als seine Aufgabe, Frieden zwischen ihnen zu stiften, ganz gleich, mit welchem Ergebnis. Ruhe war sein einziges Ziel. Schließlich hatte er auch noch die erzieherischen Konflikte mit Heinrich auszuhalten. „Nein, kein anderer Weg!", rief Rita empört, „ich gehe zur Buchhändler-Lehranstalt und frage nach!" Auch Karl war verwundert über die Bestimmtheit, mit der das Mädchen auftrat. „Also, das ist ja..," Klaras Blick verriet den Zorn, der gerade in ihr wütete. „Karl, nun sag doch mal was!", rief sie empört. „Vielleicht ist das wirklich das Beste für sie", wandte sich Richard an Karl, der Heinis Hand vom letzten Stück Kuchen fernhielt. „Das haben wir nun von den vielen Büchern, die wir ihr besorgt haben. Das ist doch nichts für ein Mädchen." Klaras Ton klang weinerlich bei diesen Worten und ihre Augen waren bedenklich hervorgetreten.
Gleich morgen, beschloss Rita innerlich, gleich morgen gehe ich zum Buchhändler und frage ihn um Rat.

Geldscheine mit schönen Bildern und Zahlen hatte Klara jetzt zu Hauf. Ja, 1923 war sie Millionärin und bald darauf Milliardärin geworden. Die Scheine sorgten überall für Erheiterung, aber auch für zunehmende Verärgerung. Wer über keine Lebensmittel zum Bezahlen verfügte, hatte das Nachsehen. Unruhe war überall zu spüren. Felder wurden geplündert und Läden ausgeraubt.

„Der Stresemann müsste doch nun mal was unternehmen", sagte Karl am Abendbrottisch zu Klara. Müde und abgekämpft saß sie am Tisch. Den ganzen Tag war sie auf den Beinen gewesen, um das Geld, was ihr Mann verdient hatte, unter die Leute zu bringen, Nahrung zu beschaffen. „Vielleicht schafft ja der Hitler bessere Verhältnisse, der will doch den Umsturz", sagte sie resigniert. Sie glaubte aber nicht daran. „Wieso haben wir denn plötzlich so viel Geld?", fragte Heinrich, der einen Zweimilliardenschein auf dem Tisch glatt strich. „Weil sie drucken und drucken. Der Krieg hat zu viel gekostet." Heini gab sich mit der Erklärung des Vaters zufrieden. Verstanden hatte er sie nicht.

Dem kalten Winter folgte ein milder Frühling. Rita saß in dem großen kühlen Raum der Buchhändler-Lehranstalt in der Ritterstraße. Nur hin und wieder konnte sie sich einen Blick auf die Knospen des Kastanienbaumes im Hof gönnen. Auf langen Listen musste sie Bücher registrieren, durfte dabei keinen Fehler machen. Der Hauptlehrer wollte am Nachmittag ihre Arbeit und die der fünf anderen Lehrlinge kontrollieren. Er war sehr genau bei der Überprüfung. Jedes Mal ließ er dabei die Brille, die sonst auf seinem kahlen Kopf klemmte, auf die Nase gleiten. Als sie sich für die Ausbildung zum Buchhändler beworben hatte, glaubte Rita, alle ihre Wünsche gingen nun in Erfüllung. Sie könne nun in Büchern schwelgen und vieles Neue über die Literatur hören. Aber der alte Buchhändler vom Petersteinweg hatte nicht hinter dem Berg gehalten: „Klein, ganz klein musst du anfangen, um an dein Ziel zu kommen."
Der Vater hatte sie bei ihrem Bewerbungsgespräch begleitet. Letzten Endes hatte er die Mutter überzeugen können, dass Rita nun mal für die Bücher geboren sei. Das gute Abschlusszeugnis der Höheren Mädchenschule sprach für sich. Die Lehrerin hatte darin hervorgehoben, dass Ritas Leistungen im Fach Literatur überdurchschnittlich wären. Zugestimmt hatte Klara nicht. Aber sie

stellte sich nicht mehr gegen den Willen der Tochter. Es hätte sie mehr Kraft gekostet, als sie noch hatte.

„Uns liegt mehr an männlichen Bewerbern", brummte der beleibte Leiter der Lehranstalt. Er musterte das junge Mädchen, das vor seinem Schreibtisch stand. Was sie sich vorstelle unter dem Beruf des Buchhändlers, hatte er sie gefragt. Er hatte Zweifel angemeldet, dass ein solcher Beruf günstig für eine Frau sei. Rita war vorbereitet. Ihr Freund, der alte Buchhändler, hatte dafür gesorgt, dass sie keine Illusionen hatte. Sie wisse, erklärte sie bestimmt, dass sie sich immer wieder bilden, immer lernen musse. Altes und Neues im Buchbestand müssten ihr vertraut sein. Und vor allem über die Autoren müsse sie Bescheid wissen. Der Leiter der Lehranstalt unterbrach das junge Mädchen. Nein, von einem weiblichen Anwärter für den Beruf hatte er nicht so viel Engagement erwartet. Dann wollte er wissen, welche Bücher Rita kenne, womit sie sich schon beschäftigt habe. Sein Erstaunen wurde größer, als sie aufzuzählen begann, was sie allein in der letzten Zeit gelesen hatte. Hugo von Hoffmannsthal und Thomas Mann waren für sie keine Unbekannten. Von Rilkes Gedichten zitierte sie einige. Bei der Griechischen Mythologie unterbrach er sie wieder. Auch Karl, der dabei saß, war verwundert. Erst jetzt begriff er, wie klar die Vorstellungen seiner Tochter von ihrem künftigen Leben waren. Zu Hause war nur selten davon gesprochen worden. In seinen vier Wänden galt allein Klaras Wort. Das hatte Karl immer hingenommen – der Ruhe wegen.

Mit Bedenken sah der Hauptlehrer, wie sich Rita mühte, die große Leiter empor zu steigen. Dabei war ihm das erste Mal aufgefallen, dass ihre Füße etwas verformt waren. „Um Gottes Willen, komm runter von der Leiter. In Zukunft steigt Georg hoch, wenn du was von oben brauchst." Die Brille war ihm auf die Nase gerutscht, und mit angehaltenem Atem sah er zu, wie Rita herab stieg. Er winkte dem jungen Mann zu, der beflissen hereneilte und Rita einen Stoß

Bücher abnahm. Mit 18 Jahren war er der älteste der Lehrlinge. Die zwei vorangegangenen Lehrjahre hatte er durchgebummelt. Nur der Bekanntschaft seines Vaters mit dem Leiter der Lehranstalt hatte er es zu verdanken, dass er erneut einen Abschluss versuchen durfte. Doch Georg hatte sich andere Ziele gesteckt. Längst hatte er ein Auge auf Rita geworfen. Seinem Blick aus den blauen Augen konnte kaum ein Mädchen widerstehen, denn er versprach Treue und Liebe. Trotz seiner jungen Jahre war er ein Herzensbrecher. Die große schlanke Gestalt und das blonde lockige Haar machten Georg zum Traum vieler junger Frauen. Dazu kam noch die vorteilhafte Kleidung, die er allein seiner Mutter zu verdanken hatte. Sie putzte ihren Sohn nur allzu gern heraus. Längst hatte Rita sie wahrgenommen, seine Blicke, seine kleinen Aufmerksamkeiten und sein Lächeln. All das verunsicherte sie ein wenig. Doch sie tat, als bemerke sie das alles nicht. An den drei Unterrichtstagen in der Woche saß sie neben dem einzigen Mädchen in der Klasse. Im Fach Literatur war Rita allen anderen voraus. Die Buchführung zu erlernen, fiel ihr schwer. Nicht, dass sie in diesem Fach nichts begriff, aber sie fand es öde und langweilig. Das vertrocknete Fräulein Priese, das diese Stunden zu halten hatte, sprach leise und monoton. Die Aufmerksamkeit in diesen Stunden war gering. Die Lehrerin beachtete es nicht. Zettel gingen herum. Die Lehrlinge warfen mit Papierkügelchen und fanden alles andere als die Buchführung interessant. Kurt war für seine Frechheiten bekannt. Er saß hinter Rita und hatte es sich zur Angewohnheit gemacht, ihr langes Haar zu flechten oder daran zu ziehen. Aber gerade das Haar war Ritas Stolz. Sie war froh, wenn man auf ihr Haar und nicht auf ihre Füße sah. Deshalb drehte sie sich heute plötzlich um und gab dem überraschten Jungen eine schallende Ohrfeige. Fräulein Priese sah auf, als sei sie erwacht. Sie lächelte. Das einzige und erste Mal lächelte sie und erwähnte den Vorfall mit keinem Wort.
Nach dem Unterricht bot Georg seine Dienste als Träger von Ritas

Tasche an. Er brachte das Mädchen bis zur Haustür. Rita wurde immer anziehender für ihn. Dass die Kleine etwas komisch lief, machten ihr hübsches Gesicht mit den dunklen Augen, das schöne Haar und ihr Wesen wieder wett. Außerdem hatte er ja keine ernsten Absichten. Er wollte nur sehen, wie weit er es bringen würde bei ihr. Rita war auf der Hut. Es verging kaum ein Tag, an dem die Mutter sie nicht warnte: „Nimm dich in acht. Pass auf, dass dir keiner zu nah kommt. Die wollen alle nur eins. Und dann sitzt du da." Ihre Warnungen bestanden meist nur aus Andeutungen. Sie wollte nicht aussprechen, was ihr unangenehm war. Rita hörte kaum noch auf diese Worte und machte sich selbst einen Reim darauf. Schließlich gab es Bücher. Sie hatte schon des Öfteren gelesen, was geschieht, wenn Männer und Frauen sich nahe kommen. Davor scheute sie sich selbst, auch ohne die Mahnungen ihrer Mutter. Dennoch konnte sie sich nicht erklären, dass Georg ihr nicht aus dem Sinn ging. Es schmeichelte ihr, wenn er sie begleitete. Rita stimmte zu, als er sie zum Kinobesuch am Sonntagnachmittag einlud.

„Dass wir nun die Rentenmark haben, heißt ja nicht, dass wir im Geld schwimmen", antwortete der Vater, als Rita ihn um Geld für das Kino bat. Sie wollte auf keinen Fall auf Georgs Kosten gehen. Bei Karls Frage, wer sie begleiten würde, vollführte Heini eine Art Indianertanz. In seiner Phantasie gehörte er gerade dem Stamm der Irokesen an und sang: „Rita ist verliebt, Rita ist verliebt, hu,hu,hu." Er hatte sie mit Georg vor dem Haus stehen sehen. Klara blickte ihre Tochter an, als wollte sie sie durchbohren. „Wie bitte?" Sie hielt Rita am Arm fest. „Hiergeblieben, Fräulein. „Eine Erklärung – sofort!" Karl sah das Gewitter kommen, das sich über ihm zusammenballte. „Ruhe, Ruhe"; sagte er betont langsam. „Was kann denn schon sein."
„Was sein kann!", rief Klara spitz, „das sagst ausgerechnet du!" Dann schickte sie Heinrich aus dem Zimmer. Rita musste nun ihr

Geheimnis mit dem schönen Georg offenbaren. Warum fühlte sie sich ertappt und so schlecht? Sie hatte doch nichts verbrochen, nichts Unrechtes getan. Der Kinobesuch fiel ins Wasser. Trotz Georgs heftigem Werben ließ sich Rita auf kein Treffen mehr mit ihm ein. Sie befürchtete Ärger.

Nach dem ersten Lehrjahr legte Rita ihr Zwischenzeugnis auf den Tisch. „Na siehste", sagte Karl zu seiner Frau, „unsere Rita macht ihre Sache gut." Die Mutter wischte sich die Hände an der Schürze ab und nahm das Blatt in die Hand. In der Buchführung hätte sie auch lieber eine Eins gesehen, nörgelte Klara. Doch als Rita erklärte, dass sie ihre Ausbildung bereits nach zwei Jahren abschließen wollte und nicht, wie geplant, nach drei Jahren, wurde die Mutter versöhnlicher. Dann konnte ja Rita schon Geld verdienen. Es lastete schwer auf der Familienkasse, dass für die Lehranstalt jeden Monat ein Betrag abgeführt werden musste – keine große Summe, aber Klara schmerzte sie.

So bitter und betrüblich der Weggang ihrer Freundin Elisabeth für Rita war, so sehr wirkte auch die Zeit. Es tat nicht mehr so weh, wenn sie an das Mädchen dachte. Die Briefe zwischen ihnen wurden seltener. Jetzt kam nur noch hin und wieder eine Karte an. Zaghaft entwickelte sich eine Freundschaft zwischen Luise, dem zweiten Mädchen in der Berufsschulklasse, und Rita. Sie hatten sich beide geschworen, die Lehre nach zwei Jahren zu beenden. Bei guten Leistungen war das möglich. Beide nahmen sich vor, viel zu lernen, viel zu lesen und wenig Zeit für anderes zu verschwenden. Spaß hatten sie dabei immer noch genug.

Der Hauptlehrer legte den Lehrlingen einen Zettel auf das Schreibpult. „Morgen wieder mitbringen", sagte er, „die Eltern müssen unterschreiben." Er sprach von einer Freizeit, die im Sommer stattfinden sollte. Um Literatur und um nichts anderes sollte es dabei gehen. Für Rita erfüllte sich ein Traum. Nichts wünschte sie

sich mehr. Aber sie wusste, dass es mit einer Erlaubnis der Eltern schwer werden würde. Sie überlegte hin und her, wie sie die Mutter gnädig stimmen könnte. Noch nie war Rita von zu Hause weg gewesen. Als sie im Krankenhaus lag, waren die Eltern fast täglich bei ihr.
Am Spätnachmittag auf dem Heimweg kam sie aus dem Grübeln nicht heraus. Dass Onkel Richard in der Küche saß, als sie die Wohnung betrat, betrachtete Rita als glückliche Fügung. Von ihm erhoffte sie sich Beistand. Sie legte den Zettel so auf den Tisch, dass er ihn lesen konnte.
Verständnislos sah Klara darauf. „Du bist doch noch viel zu jung für so was. Außerdem kostet's Geld", sagte sie und wollte das Thema damit beenden. Aber Richard griff es wieder auf. Er wolle die Kosten für die Freizeit übernehmen, wenn Rita sich dort so verhalten würde, wie die Eltern es erwarten.
Natürlich wusste sie, was die Eltern von ihr erwarteten. Der Vater vertraute ihr, das wusste sie. Er machte darum nicht viele Worte. Doch die Mutter sah hinter allem etwas Bedrohliches.

Die Tage und Wochen vergingen viel zu langsam. Rita dachte nur noch an die bevorstehende Freizeit. Die Mutter hatte unterschrieben. Seither verging kein Tag, an dem sie die Tochter nicht vor dem Bösen in der Welt warnte. Luise hatte ihren Eltern so lange in den Ohren gelegen, bis sie einwilligten.
Die Mädchen berieten und verwarfen nun täglich, welche Bücher sie mitnehmen würden. Sie sollten ihre Lieblingsbücher mitbringen und darüber sprechen. Noch immer beschäftigte sich Rita am liebsten mit der Griechischen Mythologie. Am meisten liebte sie die Geschichten um Aphrodite. Sie glaubte der Version, dass die Göttin der Schönheit und der Liebe in Zypern als Schaumgeborene aus dem Meer gestiegen sei.
Irgendwann, wenn ich genug Geld verdiene, sagte sie sich immer wieder, irgendwann werde ich dorthin fahren.

Endlich war der Tag gekommen. Die kleine Gruppe junger Leute stand auf dem Bahnsteig und wartete auf die Einfahrt des Zuges. „Na, wo soll's denn hingehen?", rief ein Gepäckträger, der seinen Wagen vorbei schob. „Nach Bad Lauchstädt!", riefen die Jugendlichen. Sie waren voller Vorfreude und Erwartungen. Natürlich war es bis Bad Lauchstädt keine Weltreise. Aber einmal ohne Eltern sein! Für vier Tage ohne Aufsicht und Kontrolle, das war eine neue Erfahrung für sie. Der Hauptlehrer fuhr allerdings mit. Noch ehe der Zug kam, erteilte er etliche Belehrungen an die Schüler und setzte sich dann allein in die erste Klasse. Dadurch gewann er bei den Lehrlingen an Sympathie. Nun trieben sie ihre Späße, über die Schule und über die Lehrer. Der Schaffner kam und forderte Ruhe ein. Schon in Merseburg war ein Teil ihrer Fahrt zu Ende. Mit der Kleinbahn ging es weiter.

Rita, die nur Leipzig kannte, bewunderte das beschaulich kleine Bad Lauchstädt. Sie sah die kleinen Häuschen und die Straßen, die teilweise nicht gepflastert waren. Hier sollen Goethe und Schiller gewesen sein, fragte sie sich, hier war die Dichtkunst zu Hause?

„Betten und Waschraum sauber halten, nichts runterwerfen!", rief eine dicke Frau mit einem Häubchen auf dem Kopf. Um den umfänglichen Bauch hatte sie eine weiße Schürze gebunden. „Die Mädchen dort rein!" Ihr nackter Arm wies den Weg zu einem Raum, in dem sich schon mehrere Mädchen eingerichtet hatten. „Ihr seid hier in einem Wander-Jugendheim", ließ die Frau ihre Stimme noch einmal ertönen, „hier kann nicht jeder machen, was er will. Das Licht wird um neun ausgemacht. Frühstück um acht. Mittagessen gibt's im Saal von der Gaststätte nebenan. Also benehmt euch!" Sie sandte noch einen Blick in die Runde, der als Ermahnung schon gereicht hätte.

Die Mädchen waren froh, ihre Koffer abstellen zu können, denn die Bücher darin wogen schwer.

Trotz der Müdigkeit konnten sie nur wenig Schlaf finden. Rita dachte an ihr schönes Bett zu Hause und wagte kaum, sich in dem brettharten Lager umzudrehen. Das Lachen und das Getuschel im Schlafraum wollten kein Ende nehmen. Aus dem Raum der Jungen waren laute Geräusche zu hören. Das Klopfen mit dem Besenstiel auf den Steinboden war die einzige Waffe, die die dicke Aufseherin einsetzen konnte.

Hinter dem Jugendheim zog sich ein grüner Hügel mit großen alten Bäumen hin, die bei der Wärme Schatten spendeten. Dort saßen die jungen Leute im großen Kreis. Rita hielt nach dem Hauptlehrer Ausschau. Er blieb für die vier Tage unsichtbar und tauchte erst bei der Abreise am Bahnhof wieder auf. Ein junger schlanker Mann trat aus dem Haus und kam auf die Jugendlichen zu. Er lehnte sich an den Stamm einer Buche. „Erich", sagte er kurz und knapp und legte die Hand auf seine Brust. „Aus Dresden", fügte er hinzu und lächelte, was sein scharf geschnittenes Gesicht aufhellte. Mit wachen Augen sah er in die Runde. Er blickte in jedes Gesicht, als suchte er dort etwas Vertrautes. Alle zog er in seinen Bann. Es war unmöglich, ihm nicht zuzuhören. Er sprach leise und doch unüberhörbar. Jeden der Jugendlichen befragte er nach seinem literarischen Interesse und ging darauf ein. Als endlich Rita an der Reihe war, zeigte es sich, dass Erich bewandert war in der Griechischen Mythologie. Er kannte die Beinamen der Aphrodite, die Attribute für ihre Schönheit waren. Rita war begeistert. Keiner der jungen Leute störte, alle hörten zu, alle beteiligten sich. Stunden vergingen. Am Ende forderte Erich seine Zuhörer auf, selbst zu schreiben, mit kleinen Texten anzufangen, Tagebuch zu schreiben. „Schreiben Sie selber auch?", fragte ihn einer der Jungen. „Ja, ich bin drauf und dran." „Ist es nicht furchtbar schwer, etwas so zu schreiben, dass es gut ist, dass es kunstvoll ist und dass es doch alle verstehen?", fragte Rita. Erich sah sie einen Moment lang an. „Ja, es ist schwer. Aber man muss immer daran denken, die Literatur und das Leben sind nicht zweierlei, sie sollten, sie müssen sich ergänzen."

Viel zu schnell gingen die Tage vorüber.
Während der Rückfahrt dachte Rita darüber nach, was sie in den letzten Tagen gehört und erlebt hatte. Der junge Erich hatte sie mit seinen Worten beeindruckt. Auch die Erinnerung an Emma Adler, eine Schriftstellerin aus Österreich, würde nicht so schnell erlöschen.
Hier hat Goethe gearbeitet. Hier ist vielleicht Schiller entlang spaziert, hatte Rita gestern gedacht. Noch einmal tauchte der schlichte Bau des Goethe-Theaters vor ihr auf und die schönen Parkanlagen hinter dem Theater.
Der letzte Abend brachte Rita jedoch noch eine schmerzliche Erkenntnis, die sie längst in ihrem Inneren trug: Sie war nicht wie die anderen.
In dem Saal, wo die Jugendlichen das Mittagessen einnahmen, war am Abend Tanz angesagt. Die Freude bei allen war groß. Nur Rita zog sich zurück. Die meisten in ihrem Alter hatten die Tanzstunde besucht. Für sie, die froh war, wenn sie keine mitleidigen oder erstaunten Blicke auf sich zog, lag das Erlernen von Tanzschritten außerhalb des Möglichen. Das war ihr klar geworden, als sie versucht hatte, sich nach den Klängen des alten Grammophons zu drehen. In der Hinterlassenschaft des Onkels auf dem Dachboden hatte sie es gefunden. Plump und unsicher kamen ihr die eigenen Bewegungen vor. Nie wieder würde sie es versuchen zu tanzen.
Luise, die ihre dicken Zöpfe aufgelöst, sogar ein wenig Puder auf die Sommersprossen gegeben hatte, trat plötzlich gegen die Konkurrenz im Kreis der Mädchen an. Ausgelassen sprang sie mit wehendem Haar auf dem Gang hin und her. Sie freute sich auf die Damenwahl. Einer der jungen Männer hatte es ihr angetan.
Doch sie sah, dass ihre Freundin mit einem Buch in der Hand hinter das Haus zur Wiese lief. Schnell wurde ihr bewusst, dass sie als Freundin handeln musste. „Lauf doch nicht weg!", rief sie dem Mädchen nach. „Warum hast du denn nichts gesagt. Ich muss

nicht zum Tanz gehen, kann mit dir hier sitzen und lesen." Rita sah verlegen auf ihre Füße. Sie umarmte Luise. „Danke, du bist eine echte Freundin. Aber bitte geh zum Tanz, geh ruhig. Ich weiß doch, wie sehr du dich darauf gefreut hast. Bitte geh."
Noch bei der Rückfahrt im Zug war Luise die Enttäuschung anzusehen, die sie am Tanzabend hinnehmen musste. Sie wollte nicht darüber sprechen und sagte zu Rita: „Wäre ich doch bei dir auf der Wiese geblieben, dann ginge es mir besser." Im Stillen dachte sie, dass es ihrer Freundin, die so eigenartig lief, gar nicht so schlecht ginge. Zu Enttäuschungen beim Tanz könnte es bei ihr erst gar nicht kommen.

Was ist plötzlich so anders zu Hause? Rita kam nicht gleich zu einer Antwort auf ihre Frage. Erfüllt mit neuen Gedanken und Erlebnissen kam sie wieder in der Wohnung der Eltern an. Äußerlich fand sie alles beim Alten. Bruder Heinrich wartete schon auf das versprochene Mitbringsel. Allerdings hatte er nicht mit einem Bildchen von Goethe gerechnet. Den Eltern berichtete Rita, dass alles bei der Freizeit sittsam zugegangen sei. Als sie die Mutter näher betrachtete, fand sie es heraus. S i e hatte sich verändert. Leiser war sie geworden, ging über manches hinweg, wo sie früher nachgebohrt hätte. Regelrecht nachgiebig war die Mutter geworden. Wie war das möglich, dass ein Mensch sich innerhalb weniger Tage so verändern konnte? Dann fiel ihr ein, dass sie die Mutter schon vor ihrer Fahrt etwas fülliger fand. Bist du wieder guter Hoffnung?", fragte sie die Mutter ohne Umschweife am Frühstückstisch. Klaras Gesicht und ihr Hals röteten sich. „Nicht vor dem Kind!", schrie sie in alt gewohnter Art und schickte Heini ins Wohnzimmer. Der Vater nickte ohne spürbare Gemütsbewegung. „Wie wir nun noch einen satt kriegen sollen, wissen wir auch nicht. Aber der liebe Gott hat's so gewollt, der wird's schon richten." Weitere Worte verlor Klara nicht über ihre Schwangerschaft. Zum Glück bereitete sie ihr nicht so viele Beschwerden wie die vorangegangene.

Über die ganze Nacht hinweg mühte sich Rita, in ihrem Bewusstsein einzuordnen, dass sie noch ein Geschwisterkind bekommen würde. Ein wenig Groll hatte sie dabei auf ihren Vater, aber er verflög schnell. Schließlich gehören immer zwei dazu, dachte sie.
Selbst fast erwachsen, sah sie ihre Eltern als älteres Paar. Sie sah sie als Menschen, für die körperliche Liebe keine Bedeutung hatte, eben als Familienmenschen. Bei Heinrichs Geburt war sie noch zu klein und hatte sich um Derartiges keine Gedanken gemacht.

Auch das zweite Lehrjahr war vorüber. Rita arbeitete als Buchhandelsgehilfin und wurde nun mit „Fräulein" angesprochen. Sie durfte noch keine Entscheidungen treffen, hatte auszuführen, was ihr die Vorgesetzten sagten. Aber bei aller trivialen Arbeit hatte sie doch öfter die Gelegenheit, in ein altes oder neues Buch zu sehen. Der Leiter der Verlagsbuchhandlung hatte ihr beim Einstellungsgespräch in Aussicht gestellt, dass sie es mit Fleiß zu etwas bringen könnte. Private Interessen müsse sie allerdings hinten anstellen. Ihre Arbeit im Verlag sei zu ende, wenn eine Heirat anstünde. Bei guter Arbeit könne sich Rita nach einem Jahr Buchhändler nennen. Nein, Buchhändlerin heiße es nicht. Es gäbe diesen Beruf nur mit maskuliner Bezeichnung.

„In diesen unruhigen Zeiten kannst du doch abends nicht mehr weggehen", sagte die Mutter, die mit dem Baby auf dem Arm hin und her lief. Dieses Mal hatte sie ein Mädchen bekommen. Mit einem Krankenwagen war sie in die Frauenklinik gefahren worden. Dort hatte sie entbunden. Eine Woche war die Mutter nicht zu Hause. Als sie mit der kleinen Johanna wieder in ihren vier Wänden angekommen war, wunderte sich Klara, dass alles in der Wohnung seine Ordnung hatte. Aber Rita ließ sich von ihrem Vorhaben nicht abbringen. Die Französischstunden seien nun mal von sieben bis acht abends. Sie müsse ihre Sprachkenntnisse verbessern. Nur so könne sie im Verlag weiterkommen.

Klara hatte es längst aufgegeben, ihre älteste Tochter auf andere Wege lenken zu wollen. Wenigstens am Sonntag könnte sie kochen oder etwas im Haushalt tun, hatte sie noch vor kurzem gedacht. Aber über den Abwasch ging es bei Rita nicht hinaus. Stets hatte sie noch etwas zu lesen, zu schreiben oder zu lernen. Rita und ihre Mutter lebten in zwei verschiedenen Welten. Unterhaltungen zwischen ihnen waren meist kurz. Ihr ihrem Denken und Fühlen gab es nur wenig Gemeinsames. Kümmerte sich Rita um ihre Geschwister Heinrich und Johanna, dann hatte sie oft das Gefühl, die Zeit für sich selbst, für ihr Fortkommen ginge ihr verloren.
Luise, mit der sie noch immer befreundet war, sprach bei ihrem letzten Treffen von ihrer baldigen Verlobung. Sie wollte vor allem einen Mann haben und abgesichert sein. In Ritas Welt hatten solche Gedanken keinen Platz. Und doch gab es Momente, in denen sie eine eigenartige Sehnsucht danach verspürte, geliebt und begehrt zu werden.

Heini hatte wieder einmal eine Tracht Prügel heraufbeschworen. Rita sah es ihrem Vater an, dass er selbst darunter litt, wenn er den Halbwüchsigen schlug. Aber er bekam sonst keine Ruhe vor dem Lamentieren der Mutter. Der Bruder, gerade in die Flegeljahre gekommen, war aus völlig anderem Holz geschnitzt als Rita. Nicht einmal hatte sie ein böses Wort von ihrem Vater gehört, nicht einmal hatte er die Hand gegen sie erhoben. Heini tat ihr auch ein wenig leid. Rita sah, was ihre Eltern nicht sahen. Er war ihretwegen oft benachteiligt worden. Und nun bekam die kleine Johanna die meiste Aufmerksamkeit der Eltern. Heini stand wieder hinten an. Klara wies schroff zurück, was ihre Tochter ihr zu verstehen gab: „Heini braucht auch ein Zimmer für sich. Wir sollten umziehen, damit wir mehr Platz haben." „So ein Unsinn", regte sich die Mutter auf, „woher sollten wir das Geld für noch mehr Miete nehmen. Der Vater schuftet mehr, als ihm gut tut. Wir kommen trotzdem auf keinen grünen Zweig."

Doch was selten genug geschah, der Zufall ließ sich bei diesem Problem der Familie nicht lumpen. Er kam in Gestalt eines Frontkameraden daher, gerade, als Karl an einer Haustür im Süden Leipzigs klingelte. Er käme zum Ausmessen der Treppe, gab er dem Mann zu verstehen, der ihm die Tür öffnete. „Mensch,...also Karl, dass du kommst, hätte ich nicht gedacht!", rief der Mann freudig überrascht. Auch Karl erkannte ihn. „Na, das ist ja ... wir haben doch zusammen im Dreck gelegen, bei Verdun, weißt du noch, im Schützengraben. Du bist doch der Hans."

Nach dem Schulterklopfen und Händeschütteln war mehr als eine Stunde vergangen, ehe Karl sich verabschiedete. Er trug einen Zettel in der Tasche, der vielversprechend war. Einen anderen Auftrag ließ er für heute unerledigt. Klara musste unbedingt die Neuigkeit erfahren. Er sah schon ihre Augen vor sich. Weit geöffnet, wie immer, wenn sie Neues erfuhr.

Erschrocken sah Klara ihren Mann an, als er in die Wohnung stürmte. Er hätte ein Angebot bekommen, erzählte er seiner Frau, das gut überlegt sein müsste. Beim Finanzamt in Leipzig würden Leute gesucht. Er könnte dort sofort anfangen.

Klaras Augen wurden kleiner. „Du und beim Finanzamt?"

Sie wusste, dass Karl keine Ambitionen für jegliche Büroarbeiten hatte. Wenn er überhaupt schrieb, tat er es nur sehr langsam.

„Nein, nein, nicht am Schreibtisch, bei der Poststelle, dort soll ich arbeiten."

Nun zeigte ihr Blick Interesse. Sie fragte nach dem Verdienst. Die Aussicht, dass ihr Mann Beamter werden könnte, fand sie sehr verlockend. Sogleich sah sie sich in einer besseren Wohnung und glaubte an ein sorgenfreies Leben für sich und ihre Familie.

„Ich habe den Hans F. aus dem Schützengraben gezerrt. Bis zur Sani-Baracke habe ich ihn gebracht. Der wäre sonst glatt verblutet. Nun sagt er, er will sich dafür erkenntlich zeigen."

„Ein feiner Zug", sagte Klara und stellte sich innerlich auf ein neues Leben ein.

Für Rita hätte es beruflich nicht besser kommen können. Ihre Zielstrebigkeit zahlte sich aus. Längst durfte sie sich Buchhändler nennen und wurde im Verlag als leuchtendes Beispiel allen genannt, bei denen es nicht vorwärts gehen wollte.
Dank ihrer guten Französischkenntnisse leitete sie die kleine Abteilung der französischsprachigen Literatur. Die meiste Zeit des Tages war sie im Verlag, dort fühlte sie sich fast zu Hause. Für eigene vier Wände sah Rita keine Notwendigkeit. In der neuen Wohnung ihrer Eltern bewohnte sie wieder ein Zimmer. Dort hielt sie sich fast nur zum Schlafen auf.
Klara war einerseits stolz auf ihre Tochter, denn alles was sie erreicht hatte, schrieb sie ihrem eigenen Wirken zu. Aber andererseits war sie unzufrieden, ja empört darüber, dass Rita am Familienleben so gut wie nicht mehr teilnahm. „Ihre Tochter sieht man ja so selten", hatte die Nachbarin geäußert. Diese Bemerkung löste in Klara das ungute Gefühl aus, die Nachbarn könnten schlecht über Rita und über die ganze Familie denken. Eine Tochter Anfang zwanzig sollte eigentlich etwas für ihre Aussteuer tun. Sie sollte im Haushalt helfen, sich um die Geschwister kümmern und nicht abends spät nach Hause kommen. Dass die Tochter nun einen schönen Satz Geld zur Haushaltkasse beisteuerte, nahm die Mutter als Wiedergutmachung hin. Zu selten war Rita zu Hause. Zu selten scherte sie sich darum, was der Mutter wichtig war.
Für Karl war die Welt nur bedingt in Ordnung. An geregelte Arbeitszeiten hatte er sich gewöhnt. Bei der Arbeit in der Poststelle des Finanzamtes war er, wie früher auch, den ganzen Tag auf den Beinen. Aber er verspürte keine Freude bei dem, was er tat. Er vermisste den Umgang mit Holz und mit seinen Werkzeugen. Er sah nicht mehr, was er mit seinen Händen geschaffen hatte, konnte nicht mehr stolz darauf sein. Auch die Anerkennung durch die Kunden fehlte ihm. Trotz der Unruhen in Deutschland, trotz Krisen und schwerer Zeiten war die Arbeitslosigkeit bisher an ihm vorüber gegangen. In seinem Kopf hatte sich schon die Idee eingenistet,

das Finanzamt hinter sich zu lassen. Richard, der enttäuscht über Karls Berufswechsel war, fand keinen, der so arbeitete wie sein Freund. Er versuchte ihn bei jeder Gelegenheit umzustimmen. „Überall brodelt es, heje. Ob du beim Finanzamt bleiben kannst, fragt sich noch. Komm doch zur Vernunft, Karl. Komm wieder in die Tischlerei."
„Nein", sagte Klara mit einer Bestimmtheit, die keinen Widerspruch duldete, „ du wirst doch nicht wieder als Tischler arbeiten. Wie fein siehst du jetzt immer aus, wenn du zur Arbeit gehst. Im Haus sind bestimmt manche neidisch auf uns." Also blieb es bei der Poststelle. Vorläufig.

„Lass doch das Mädchen, die ist doch tüchtig", brummte Karl mit der Pfeife im Mund, als Klara auf die Tochter schimpfte. Immerhin war es Sonnabend und Heinrich hatte Geburtstag. Die Mutter hatte den Kaffeetisch gedeckt. Aber selbst an den Wochenenden war Rita selten zu Hause. Für die ständigen Klagen der Mutter gab es für Rita nur eine Möglichkeit: Sie ignorierte sie.
Der siebzehnjährige Bruder geriet völlig aus dem Häuschen, als Rita endlich kam und ihm das Geschenk überreichte. Konnte er doch nun eine schicke und auffällige Jacke sein Eigen nennen. Über die tadelnden Worte der Mutter hörte Rita hinweg. Und Heini beachtete sie längst nicht mehr.
Gerade ging es der Familie durch das passable Gehalt des Vaters und durch Ritas Verdienst besser. Gerade war Klara innerlich zum Bürgertum aufgerückt, als die Verhältnisse sich wieder verdunkelten. Richards Unkenrufe wurden Wirklichkeit. Karl bekam für eine Zeit kein Gehalt mehr. Er glaubte, dass der Bankenkrach in Österreich schuld sei an der Krise in Deutschland. Die Banken schlossen für mehrere Tage. Klara nannte das Ganze nicht Weltwirtschaftskrise, sie nannte es eine Sauwirtschaft von denen da oben. Wieder mal zogen sie den Kleinen den letzten Sparpfennig aus der Tasche. Dass der Verlag, in dem Rita arbeitete, kurz vor

dem Zusammenbruch stand, verheimlichte sie ihren Eltern. Noch hoffte sie auf eine Verbesserung der Lage. In ihr machte sich Weltuntergangsstimmung breit. Rita wusste, wenn sie ihre Arbeit im Verlag verlieren würde, fände sie keine mehr. Sechs Millionen Arbeitslose sprachen eine deutliche Sprache.

Wozu nur die ganze Woche arbeiten, warum nicht auch das Schöne, das Leichte im Leben suchen, dachte sie. Eine junge Kollegin hatte sie auf diese Gedanken gebracht. Mit ihr verabredete sich Rita zum Stadtbummel, der im Kaffeehaus Felsche endete. Den Verhältnissen zum Trotz hatten sich beide Frauen schön gemacht, das Beste angezogen, was ihr Kleiderschrank hergab. Rita legte ohnehin großen Wert auf modische und gediegene Kleidung, so, als wollte sie den schweren Zeiten trotzen. Beide zogen die Blicke auf sich, als sie nach einem Tisch im Kaffee suchten. „Guck mal unauffällig zur Seite", flüsterte Ritas Begleiterin, „der Blonde hat's auf dich abgesehen." In Rita stritten gegensätzliche Gefühle. Zweimal schon war sie mit einem Mann ausgegangen, hatte geglaubt, es könnte sich etwas entwickeln zwischen ihr und dem Mann. Sie schob es auf ihre verformten Füße, auf ihren Gang, dass sich zweimal eine Sympathie in Luft auflöste. Vorsichtig wollte sie sein, sich nicht zu weit vorwagen bei neuen Bekanntschaften. Sie blickte nicht zur Seite, spürte aber den Blick des Fremden neben sich. „Darf ich Ihnen das geben?", sagte plötzlich eine angenehm weiche Männerstimme. Ritas Schaltuch war auf den Boden geglitten. Der Mann legte es auf ihren Arm. Sekunden nur sah er in ihre Augen. Sie wusste sofort, dass dieser Blick eine Bedeutung für sie haben würde. Ich werde jetzt nicht so tun, als interessierte er mich nicht, ging es ihr durch den Kopf. Sie lächelte den Mann an, sprach mit ihm übers Wetter und über das spärliche Angebot im Kaffeehaus. Er erzählte, woher er käme und dass er seine Meisterprüfung in Leipzig ablege. Eigenartige Augen hat der, dachte Rita, so hell und auffällig. Ich kenne auch keinen, der so blond ist und so gebräunte Haut hat.

Ritas Kollegin fiel plötzlich ein, dass sie noch einen Weg zu erledigen hatte. Schnell nahm der Fremde ihren Platz am Tisch ein. Rita und der Fremde achteten nicht mehr auf die Zeit. Er könnte sich bald Müllermeister nennen, erzählte der Mann. Gerade hätte er eine Mühle bei Kamenz übernommen, eine Turmholländer, bei der er auch wohne. Er beschrieb seine Mühle und seine Arbeit. Der Mann sprach langsam und mit einer Aussprache, die Rita faszinierte. Was er erzählte, verstand sie nur zum Teil. Wie er sprach, zog sie in seinen Bann.
Als sie sich verabschiedeten, gab es für beide keinen Zweifel. Sie würden sich wiedersehen, bald schon.
Beim Abschied ließ Rita ihre Ängste, die sie sonst ihres Ganges wegen plagten, gar nicht erst aufkommen. Sie hatte die schwere Krankheit, die sie als Kind erlitten hatte, im Gespräch erwähnt. Sie hatte sogar davon gesprochen, welche Schwierigkeiten ihr das Laufen bereitet hatte. Heute sei sie froh, wieder gehen zu können. Ihr Gegenüber hatte mit Interesse zugehört, und Rita glaubte sogar Anteilnahme zu spüren.
Wilhelm war verzaubert. Noch wusste er nicht viel über die junge Frau, die er am Freitag kennengelernt hatte. Aber er hatte sofort gespürt, dass sie klug war und dass sie nicht für ein Abenteuer taugte. Würde sie wiederkommen wie vereinbart?
Ihre großen dunklen Augen geisterten dauernd in seinem Kopf herum. Immer wieder sah er ihr schwarzes Haar und ihre schlanke Figur mit dem hübschen Dekolleté vor sich.

„S' Essen wird kalt!", rief Klara ihrer Tochter zu. Die saß am Tisch und sah in die Ferne, als sehe sie dort etwas, für das es sich zu träumen lohnte. Die Mutter konnte nicht ahnen, dass Rita das Bild des blonden Wilhelm schon seit Tagen in ihren Gedanken mit sich herum trug. Keine Frage, ob sie am Freitag wieder zum Stelldichein ginge. Aber sie wollte es stilvoll tun, nicht zu früh dort erscheinen und gelassen wirken.

Der Tag vor dem Wochenende wurde nun der wichtigste Tag für die beiden. Den Eltern hatte Rita noch nichts von ihrer Bekanntschaft gesagt. Sie wusste, dass der Vater sich mit einem Problem herumschlug, das ihm viele Kopfschmerzen bereitete. Sie wollte ihm kein weiteres zumuten. Denn ohne Probleme, das wusste sie, ginge es von Seiten der Mutter nicht ab, wenn sie von ihrem Freund erzählen würde. Vorläufig war sie für ihre Eltern freitags immer mit einer Freundin aus. Doch für das Liebespaar wurde es schwierig. Die kalten Tage waren nicht geeignet für eine Bank im Park. Das Kaffeehaus bot keine Gelegenheit zu engem Zusammensein. Rita überlegte, ob sie Wilhelm einfach mit in die elterliche Wohnung nehmen sollte. Schließlich bezahle ich Miete und bin längst volljährig, dachte sie in einem Anflug von Entschlossenheit. Doch der Gesichtsausdruck der Mutter, wenn ihr Freund die Wohnung betreten würde, könnte ihn abschrecken. Immer nach seinem Meisterkurs traf sich Wilhelm nun mit Rita. Den letzten Zug nach Kamenz musste er nachts erreichen. Dort auf dem Bahnhof hatte er ein Fahrrad stehen und fuhr damit zu seiner Mühle. All das machte ihm nichts aus. Wilhelm war ein kräftiger Mann, von untersetzter Statur. Sein blondes Haar war ein Familienerbe. Die drei Schwestern und die Brüder, alle waren sie blond. Er entsprach einem Mann aus dem Hannoverschen, woher seine Familie stammte, in jeder Hinsicht. Wilhelm redete langsam und handelte meist überlegt. Die erste spontane Handlung in seinem Leben war die Beziehung zu Rita. Dass in einem Dorf eine andere junge Frau auf ihn wartete, schob er beiseite. Diese Beziehung hing längst an einem langen Faden. Er hatte sie eigentlich nie von ganzem Herzen gewollt. Aber seine und ihre Eltern wollten, dass sie heirateten. Wilhelm hatte sich nie viele Gedanken darum gemacht. Aber jetzt wäre es ihm am liebsten, diese Frau würde sich von ihm lossagen. Selbst den Schritt zu tun, dazu fehlte es ihm noch an der Dringlichkeit. In Wahrheit scheute er Auseinandersetzungen, Tränen und harte Worte. Er wusste auch nicht, wie er seiner Mutter gegenübertreten sollte. Sein Vater war vor einem Jahr verstorben. Karl bekam wieder sein Gehalt ausgezahlt. Er gehörte zu den wenigen, die in der Poststelle bleiben durften. Tagelang hatte er hin und her überlegt, welche Entscheidung für ihn richtig wäre. Klara ließ ihm keine Ruhe. „Ist doch egal, ob du in die Partei eintrittst oder nicht. Die Hauptsache ist doch, du verdienst was", war ihr Standpunkt. Karl wollte das nicht gefallen. Nie hatte er sich in etwas einbinden lassen, war nie in der Gewerkschaft, nie in einer Partei und nie der Kirche zugehörig. Selbst aus dem Gesangverein war er als junger Mann wieder geflohen. Und nun stellte ihn der Abteilungsleiter, sein früherer Kriegskamerad, vor eine Entscheidung. Rita hatte ihm abgeraten, in die NSDAP einzutreten. „Ja, es war mal eine Arbeiterpartei. Aber damit hat sie nichts mehr zu tun. Ihr Anführer ist mir nicht geheuer", hatte sie gesagt. Allerdings wusste sie nicht, woher das Geld zum Leben kommen würde, wenn der Vater arbeitslos wäre. Karl tat den verhängnisvollen Schritt. Er wurde Mitglied in einer Partei, der viele zujubelten. Sie versprach Ordnung und Gerechtigkeit für das deutsche Volk.

„Im nächsten Monat habe ich es geschafft", sagte Wilhelm und atmete hörbar aus. Dann wäre er Meister und wolle mit dem Bau eines Häuschens neben der Mühle beginnen.
Er lag auf dem Bett in dem kleinen Hotelzimmer, das er schon das zweite Mal gemietet hatte. In dem Hotel hinter dem Hauptbahnhof scherte sich niemand um die Gäste. Vorauszahlung war die einzige Bedingung.
Rita zuzusehen, wenn sie sich ihr Kleid anzog, wenn sie ihr Haar kämmte und ihre Halskette umlegte, war für ihn ein besonderes Vergnügen. Sie machte alles mit einer Grazie, die er von den Frauen, die er kannte, nicht gewohnt war. „Könntest du dir vorstellen, Frau eines Müllermeisters zu werden?" Trotz der Zweifel, die er in sich hatte, stellte er Rita diese Frage. Er sah ja, dass sie zart war und wusste, dass sie lieber mit dem Kopf als mit den

Händen arbeitete. In der letzten Zeit malte er sich oft aus, sie für immer bei sich zu haben. „Vielleicht könnte ich in Kamenz eine kleine Buchhandlung aufmachen", sagte Rita und Wilhelm begriff, dass sie eigentlich keine Müllersfrau werden wollte. Dennoch dachte er nicht an eine Trennung von ihr. Die Liebe zu ihr hatte Gefühle in ihm freigesetzt, die er als neu und reizvoll empfand. Er liebte Rita so, wie er es nicht für möglich gehalten hatte.

„Rita, komm raus. Der Vater muss zur Arbeit!", rief die Mutter und rüttelte an der Toilettentür. Heinrich postierte sich ebenfalls davor. Ihm war es allerdings egal, ob er verspätet zur Lehrstelle kam. Gerade wollte sich Klara von der Tür entfernen, als sie ein Geräusch hörte, dass sie kannte. „Was ist denn ..., was ist denn los, das klingt doch, als ob ..." Klara war sich sicher. Rita hatte sich übergeben. Wenn sich eine junge, dazu noch ledige Frau am Morgen übergeben musste, konnte das nach ihrem Verständnis nur eins bedeuten – nichts Gutes. Als Rita aus der Tür trat, war Klara nicht zu halten. „Hast du was Unrechtes gegessen? Bist du krank?" Karl fragte, ob er im Verlag anrufen sollte, damit Rita für heute freigestellt würde. Doch sie versicherte, dass alles in Ordnung sei. Die Sorgen der Eltern wären überflüssig.
Doch das morgendliche Erbrechen wurde fast zu einem Ritual. Klara ließ sich nicht mehr beruhigen. Die Indizien waren ausreichend. Sie brauchte keine Beweise mehr. Die Hände in die Taille gestützt stellte sie sich so vor die Tür, dass Rita nicht an ihr vorbei kam. „Was ist los?", fragte die Mutter scharf und ihre Augen traten hervor. „Hast du was Unzüchtiges getan? Hast du vergessen, was ich seit Jahren predige?" Rita konnte ihrem Blick nicht ausweichen. Was die Mutter sagte, empörte sie. Aber sie wusste längst, was geschehen war. „Ja, ich bekomme ein Kind von dem Mann, den ich liebe", versuchte sie mit Ruhe zu sagen. Sie hatte die Gewissheit durch den Arzt schon bekommen. Außer Wilhelm wusste es noch niemand. Klara ließ sich auf den nächsten Stuhl

fallen. Sie hatte die Hände vor dem Gesicht gefaltet und verfiel in den Ton, der ihre Tochter stets in Rage brachte: „Aber was soll denn nun werden?!. Was ist das für einer, der dir das angetan hat. Du musst sofort heiraten. Noch ehe man's sieht!" „Ich bin seit langem volljährig", sagte Rita mit Bestimmtheit. Es ärgerte sie, dass die Mutter voraussetzte, dass es Schwierigkeiten geben könnte. Sie konnte es aber auch nicht entkräften. Seit Tagen lebte sie selbst in der Ungewissheit, wie es weitergehen sollte. Wilhelm hatte versprochen, zu ihr zu stehen. Rita wartete täglich auf seinen Heiratsantrag. Aber nichts geschah. Er müsste erst noch etwas anderes regeln. An eine Abtreibung hatte Rita auch gedacht. Doch es war zu spät, und sie hatte Angst davor. „Was sollen bloß die Leute denken", zeterte Klara, „nee, das überlebe ich nicht!"

Heinrich, von dem alle glaubten, er habe nichts mitbekommen, zog Rita beiseite. „Rita, wenn du mich brauchst, ich helfe dir, wo ich kann", flüsterte er. Seine Schwester sah ihn dankbar an.

Am Abend wurde Karl mit den Tatsachen vertraut gemacht. Er legte die Tabakspfeife beiseite, stand auf und ging zu seiner Tochter. Sie saß am Tisch und sah alles andere als glücklich aus. Er streichelte ihr übers Haar. „Was ist das für ein Mann?", fragte er. Rita erzählte von Wilhelm, von allem, was sie über ihn wusste. Ohne auf Klara zu hören, sagte der Vater: „Bring ihn mit zu uns, sonst gehe ich zu ihm."

Klara stürzte zur Tür, als es klingelte. Den wollte sie sehen, der ihrer Tochter das angetan hatte. Wilhelm machte eine leichte Verbeugung und überreichte ihr einen Blumenstrauß. Überrascht sah sie ihn an. Einen verwegenen Kerl hatte sie erwartet, einen, dem man gleich ansah, dass er ein Verführer war. Nun stand da ein breitschultriger blonder Mann, ein wenig Unschuld vom Land und ein wenig Zuverlässigkeit ausstrahlend. Klara war irritiert. Karl hatte sich vor dem Besuch ausgebeten, allein mit dem Mann sprechen zu können. Er kannte seine Frau nur zu gut und wusste, dass sie, einmal in Rage geraten, Gift sprühen konnte. Aber in der Situation, in der sich die Familie nun befand, waren Ruhe und Besonnenheit nötig. Nur für einen kurzen Moment dachte er daran, dass Margarita in einer ähnlichen Lage wie Rita gewesen war. Er durfte das Ruder jetzt nicht Klara überlassen. Zu dieser Einsicht kam Karl zum ersten Mal in seiner Ehe. In seinem Kosmos hatte es bisher nur Gehorsam und Pflichterfüllung gegeben. Das war in seinem Elternhaus so. Das war beim Militär so. In seiner Verbindung mit Klara führte er es so fort. Seine Dankbarkeit ihr gegenüber verleitete ihn dazu. Er spielte nicht das Familienoberhaupt. Dazu machte ihn seine Frau nur außerhalb der Familie. Wenn er auf diese Weise in Ruhe leben konnte, gab er sich damit zufrieden. Aber heute handelte er anders.

An der geöffneten Küchentür versuchte die Mutter zu deuten, was die Männer im Wohnzimmer sprachen. „Mutti, lass das doch. Du hörst noch früh genug, was herauskommt." „Sei still", zischte Klara, „du hast uns doch das alles eingebrockt. Hoffentlich kommt nun eine Hochzeit raus."
Rita wunderte sich. Der Verlag und ihre Arbeit bedeuteten ihr nicht mehr so viel wie früher. Ihre Gedanken kreisten um ihre Schwangerschaft. Sie klammerte sich an die Hoffnung, dass Wilhelm zu ihr stünde und sie heiraten würde. Seit Tagen trug sie das Korsett, das ihr die Mutter angelegt hatte. Niemand im Verlag durfte von ihrem Zustand wissen. Noch stellte sie Wilhelms Liebesschwüre und alles, was er ihr versprochen hatte, nicht in Frage. Sie liebte ihn ohne Wenn und Aber. Doch in ihrem Herzen lebte die bange Frage: Warum heiratet er mich nicht? Ich bin schon lange über zwanzig. Was hat er vorher noch zu regeln?
Wilhelm blieb nicht zum Abendessen. Förmlich verabschiedete er sich von den Frauen und drückte dem Vater die Hand. Er habe es versprochen, Rita zu heiraten. Es ginge aber nicht sofort. Jetzt hieße es Geduld haben, erklärte Karl der Tochter. „Meine Geduld

reicht nicht mehr lange!", rief Klara, „wenn die Leute erst den Bauch sehen, ist es zu spät!" Karl tat, was er in letzter Zeit häufiger tat. Er ignorierte die Worte seiner Ehefrau. Dann umarmte er seine Tochter. Mit versteinertem Gesicht hatte Rita den Bericht des Vaters aufgenommen. Sie fühlte sich elend und nicht dazu gehörig. Zwischen ihr und Wilhelm gab es nicht mehr die frühere Vertrautheit.

An jedem Morgen schnürte die Mutter das Korsett um die Tochter. Auf die Idee, dass die Enge dem werdenden Kind schaden könnte, kam sie nicht. Sie hatte andere Sorgen. Täglich beobachtete sie, ob andere Menschen Verdacht schöpfen könnten. Was wäre, wenn die Nachbarn die Schwangerschaft bemerkten? Einen Ehemann konnte sie ja nicht vorweisen. Die kleine Johanna wurde aus dem Zimmer geschickt, als sie fragend auf das Korsett sah. Wieder vergingen Tage, ehe Wilhelm zu Rita kam. Vorbei war es mit den heimlichen Treffen, denen immer ein Zauber innegewohnt hatte. Bald erschien er zweimal in der Woche. Wilhelms Kommen mutete schon fast familiär an. Er aß mit, unterhielt sich meist mit dem Vater. Dann ging er wieder. Nur einmal schlief er bei der Familie, weil er am nächsten Morgen mit dem Zug zu seiner Mutter in die Altmark fahren wollte. Er musste auf dem Sofa im Wohnzimmer nächtigen.
„Wir wollen mal die Kirche im Dorf lassen", sagte Klara zu ihrem Mann, der den Kopf schüttelte. „So lange er keinen anständigen Antrag gemacht hat, spielt sich nichts ab. Der schläft nicht bei Rita!" Dabei warf sie der Tochter einen giftigen Blick zu. Karl behielt für sich, was Wilhelm ihm anvertraut hatte. Aus seiner Sicht hielt er es für eine ausreichende Begründung, dass der junge Mann erst mit der Frau ins Reine kommen musste, die er nicht mehr heiraten wollte. Um sein Leben neu zu ordnen, brauchte der junge Mann eben Zeit. Karl wollte sie ihm gewähren. Er dachte an die Zeit, als Margarita verschwunden war. Damals wusste er nicht, zu wem er

gehörte. Er dachte an die erste Nacht mit Klara, nach der er sich wie ein Verräter vorkam. Seine Liebe zu dem Mädchen aus Palermo war nicht erloschen. Allein Klara setzte alles daran, damit sie in jeder Hinsicht mit Karl eins wurde. Ja, sie forderte die drei Worte „Ich liebe dich" ein. Aber Karl wollten sie nicht über die Lippen. Wie oft hatte er sie zu Margarita gesagt. „Du bist eine gute Frau und eine gute Mutter, Klara", sagte er. Und er meinte es auch so. Das Gefühl ihr gegenüber war an einer anderen Stelle seines Herzens angesiedelt, als es die Liebe zu Margarita war. Doch das war sein Geheimnis und auch nur er wusste, dass vor Jahren sein Herz einen Schlag mehr tat, wenn er die liebenswerte schöne Frau seines Freundes sah.

Monate vergingen. Rita freute sich nicht an den schönen Frühsommertagen. Früher war sie stets mit wachen Augen durch die Welt gegangen. Jetzt nahm sie nicht die Veränderungen wahr, die sich um sie herum vollzogen. Der „triumphale" Einmarsch der Wehrmacht in die Tschechoslowakei im März neununddreißig hätte sie früher empört. Sie litt nicht darunter, dass jüdische Freunde, die sie aus dem Verlag kannte, entlassen worden waren. Diese Menschen waren eines Tages verschwunden. Nach ihnen zu fragen, hätte allerdings auch ihre eigene Entlassung nach sich ziehen können.

Nur die Enttäuschung lebte noch in Rita und die Sorge um ihre Zukunft. Die letzten Wochen ihrer Schwangerschaft musste sie zu Hause verbringen. Ihre Arbeitsstelle kündigte sie. Sie gab vor, sich um ihre Eltern kümmern zu müssen. Wilhelm sah sie immer seltener. Gerade als ihre Enttäuschung nicht größer hätte werden können, kam er. Die Miene, mit der er vor Rita trat, ließ Hoffnung in ihr aufkommen. Er habe alles organisiert, alles bezahlt. Für Ritas Niederkunft sei alles vorbereitet. Die Eltern hörten staunend, welchen Plan er gefasst hatte. Bald, schon bald sollte die Tochter nach Lübeck fahren. Dort werde sie gut untergebracht und betreut. Eine Hebamme würde sich bis nach der Entbindung um Rita

kümmern. Wenn sie sich etwas erholt hätte, könnte sie dann nach Leipzig zurückkommen. Das Kind solle sie bei der Durchreise in Stendal an Wilhelms Schwester übergeben. Die hätte selbst ein Kind und wüsste Bescheid. Er könne vorläufig noch nicht heiraten. Eine ledige Mutter zu sein, wollte er Rita nicht zumuten.
Sie konnte Wilhelms Worte nicht begreifen. War das der Mann, den sie so geliebt hatte und noch immer liebte? Sie sah in sein Gesicht, sah seine hellen Augen und den schmalen Mund. Das blonde Haar fiel ihm ins Gesicht.
Rita konnte nicht glauben, dass das derselbe Mann war. Für ihn hatte sie alles, was ihr früher so wichtig gewesen war, aufgegeben. Der Vater forderte, dass Wilhelm sich nun endlich zu seiner Tochter bekennen solle. Doch der erbat sich wieder einen Aufschub. Wenn das Kind da ist, kläre ich die Sache, sagte sich Karl im Stillen. Langsam glaubte er, dass nicht nur die Tochter, sondern auch er und Klara an der Nase herumgeführt würden. Ohne ein Wort ging die Mutter zu Bett. Am nächsten Morgen sah Rita, dass der große Koffer schon gepackt war. Die Entscheidung der Eltern war gefallen. „So ist es wirklich am besten", sagte Klara mit belegter Stimme. „Wenn du zurückkommst, ist alles wieder beim Alten." Dem Vater fehlte der Mut zu fadenscheinigen Trostworten. Er brachte seine Tochter zum Bahnhof. Dort tauchte in letzter Minute Wilhelm auf. In Rita war nach allem, was sie seit dem gestrigen Abend verkraften musste, der Widerspruchsgeist erwacht. Sie wollte nicht in den Zug steigen. Wilhelm nahm sie am Arm. Er reichte dem Vater die Hand. Dann schob er Rita zur Zugtür. „Komm, ich fahre mit. Jetzt lasse ich dich nicht allein." Wieder keimte neue Hoffnung in ihr auf. In Sekunden gingen ihr alle möglichen Gedanken durch den Kopf. Vielleicht wird doch noch alles gut. Vielleicht hat Wilhelm in Lübeck eine Hochzeit geplant.
Nun saß sie im Zug. Neben ihr war der Mann, der ihr noch immer so viel bedeutete. Er hatte ihr viele Enttäuschungen bereitet. Aber er war der Vater ihres ungeborenen Kindes.

An diesem Tag allein zu Hause versank Klara für einen Augenblick in Hoffnungslosigkeit. Konnte noch alles gut werden? Wird wieder Ruhe in die Familie einziehen? Wird alles so kommen, wie sie es für richtig hielt? Gebete, die sie sonst in kritischen tagen gen Himmel schickte, vermied sie heute. Die Schwierigkeiten, die die Tochter aufgetürmt hatte, waren groß und größer geworden.
Doch bald erwachten neue Lebensgeister in Klara. Der Hausputz, den sie nun begann, wäre nicht nötig gewesen. Sie kehrte alles um, räumte alles aus, hängte alles ab, was nur möglich war. Ins Grübeln wollte sie nicht kommen, das hatte ihr noch nie etwas gebracht.
Schließlich war sie zu der festen Überzeugung gekommen, dass sie nichts hätte anders machen können. Rita musste nun mit allem fertig werden, was sie selbst verschuldet hatte. Sie, Klara, hatte wirklich ihr Bestes getan.
Johanna kam von der Schule nach Hause. Als sie die Geschäftigkeit der Mutter bemerkte, wäre sie am liebsten umgekehrt. „Warum hast du die Zöpfe wieder aufgemacht? Du sollst das Haar nicht immer offen tragen!", rief Klara der Tochter entgegen. Sie fürchtete, dass Johannas langes blondes Haar bereits begehrliche männliche Blicke auf sich ziehen könnte. Aber bei Johanna, die sich fast erwachsen fühlte, fruchteten keine Ermahnungen mehr. Ohnehin hatte sie das Gefühl, stets an zweiter Stelle zu stehen. Sie glaubte, dass die Gedanken der Mutter immer nur um die große Schwester kreisten. Heinrich tat, was er wollte. Um ihn machte die Mutter nicht halb so viel Aufsehen. Es war Johanna nur recht, dass Rita für längere Zeit verreist war. Immer gab es Ärger und Geheimniskrämerei um sie. Warum und wohin die Schwester verreist war, behielten die Eltern für sich.
Karl, der vom Bahnhof kam, betrat die Wohnung mit einem unguten Gefühl. Als er Johanna mit offenem Haar in der Küche stehen sah, strich er ihr über den Kopf. „Mach dir Zöpfe", sagte er ohne Schärfe, denn er kannte Klaras Befürchtungen. Den Vater wollte das

Mädchen nicht verärgern, und schnell hatte es die blonden Zöpfe geflochten.
Schon vor der Tür hatte Karl das Rumoren gehört. Nichts hasste er in seinem Zuhause mehr als Unordnung und Hektik. Die Situation seiner Tochter belastete ihn. Er hätte jetzt Ruhe gebraucht, wollte sich zurückziehen. Er musste überlegen, wie er sich Wilhelm gegenüber nun verhalten wollte. „Bei der Drogerie Cohn sind alle Scheiben eingeschlagen. Die Leute holen alles raus!", rief er Klara zu, um sie von ihrem Putzeifer abzulenken. Sie verweilte einen Augenblick in ihrer Tätigkeit. „Na, ja, wir haben unsere eigenen Sorgen", sagte sie dann und forderte ihren Mann auf, ihr behilflich zu sein. Doch Karl, der sonst ihrem Willen meist nachgab, zog sich in das Zimmer seiner Tochter zurück. Um sich abzulenken, setzte er sich auf den Schaukelstuhl. Er griff nach einigen Büchern. Das Regal hatte er Jahr für Jahr erweitert. Ritas Neuanschaffungen brauchten immer neuen Platz.
Einige Namen auf den Büchern machten ihm Angst. Hatten sie nicht in den langen Listen in der Zeitung gestanden? Waren diese Bücher nicht verbrannt und aus den Büchereien und Buchläden geräumt worden? Karl kannte ihren Inhalt nicht. Aber die Namen Johannes R. Becher, Hemingway, Ringelnatz, Kästner waren ihm nicht geheuer. Er wagte es aber nicht, die Bücher wegzuwerfen. Das hätte ihm die Tochter nicht verziehen.

Die lange Fahrt nach Lübeck verlief, wie es der Fahrplan vorgesehen hatte. Aber für Rita bedeutete sie eine einzige Qual. Sie war hochschwanger und das lange Sitzen nicht mehr gewohnt. Lästige Gänge zur Toilette waren ihr peinlich, aber sie konnte sie nicht verhindern. Die Übelkeit der ersten Monate hatte nachgelassen, aber gut ging es Rita nicht. Nachdem sie mehrere Stunden gesessen hatte, schmerzten ihre Füße und schwollen an. Ohne Freude spürte sie die Bewegungen des Kindes in sich. Sie trug nun kein Korsett mehr. Aber das Kleid, das über ihrem Körper spannte, hasste sie. Stets hatte Rita eine weite Sommerjacke darüber tragen müssen, um vor Verwandten, Freunden und Nachbarn zu vertuschen, dass sie bald ein Kind zur Welt bringen würde. Sie fühlte sich nicht mehr schön. Sie tat auch nichts mehr dafür, das zu ändern. Die elegante Kleidung, die ihr Stolz gewesen war, lag im Schrank in Leipzig. Zu gerne hätte sie mit Wilhelm über das Kind, über ihre gemeinsame Zukunft gesprochen. Dann hätte sie sich vielleicht auch freuen können auf das Leben mit einem Kind und mit ihm.

Wilhelm tat alles, um sein Gewissen zu beruhigen. Er sagte sich immer wieder, sie käme ja in gute Hände. Ja, er liebte Rita noch immer. Aber ein Kind, das ginge jetzt einfach nicht. Da war ja noch die Frau in seiner früheren Heimat. Sie wartete doch noch immer auf ihn. Was sollte er nur tun? Die Eltern der Frau zählten ihn ja schon zur Familie. Von ihrem Vater hatte er einen Brief bekommen, den er bald beantworten musste. Ebenso wie Ritas Vater forderte er von ihm eine Entscheidung.

Auch für Wilhelm war die Reise quälend lang. Er wusste nicht recht, wie er Rita helfen sollte. Er sah, dass es ihr schlecht ging. Gespräche, die er mit ihr führte, waren belanglos und kreisten meist um Ritas Zustand. Wilhelm hatte Fahrkarten für die erste Klasse im Zug gekauft. Außer ihm und Rita saß eine alte Damen in dem kleinen Abteil. Die Sitze waren gepolstert und am Fenster hing ein Vorhang. Hin und wieder lief er mit Rita ein Stück den Gang entlang. Dann ließ sie sich schwer atmend auf den Sitz fallen. „Ist es nicht gewagt, dass Sie mit Ihrer Gattin noch eine solche Reise unternehmen?", fragte die alte Dame plötzlich und sah Wilhelm herausfordernd an. Er blickte zu Rita, die die Röte in seinem Gesicht bemerkte, dann zu der Dame. Seinen Worten versuchte er Festigkeit zu verleihen: „Ich bin ja da und achte auf sie." Aber im Inneren spürte er, dass die Frau Recht hatte. Was wäre, wenn die Geburt schon im Zug losginge. Erst jetzt dämmerte ihm, dass diese Reise ein Risiko war. Bisher hatte er nur daran gedacht, alles zu

arrangieren. Für sich und Ritas Eltern sollte es keine Veränderungen geben. Vater zu werden, Verantwortung zu übernehmen, dieser Gedanke war ihm bisher noch fern. Wilhelm glaubte daran, dass alles, was er im Hinblick auf Rita tat, richtig war. Allerdings bereute er, eine Schwangerschaft verursacht zu haben, was er auf seine mangelnde Erfahrung in Liebesdingen schob.
„Ich habe selbst sechs Kinder zur Welt gebracht", sagte die alte Dame, der Wilhelms Erklärung nicht reichte, „ich weiß, was man durchmacht. Die Männer haben davon keine Ahnung." Rita hatte eine Verbündete gefunden. Sie nickte der Frau freundlich zu. Im Stillen dachte sie, dass sie alles viel besser ertragen könnte, wäre Wilhelm wirklich ihr Mann.
Endlich war das Holstentor zu sehen. Lübeck war erreicht. Vor dem Bahnhof wartete eine Kutsche. Der hintere Sitz des Einspänners bot gerade so viel Platz, dass das Paar nebeneinander sitzen konnte. Auf dem vorderen Sitz saß ein junger Bursche. Er ließ die Peitsche knallen, um dem Kaltblüter einzuheizen. Der ließ sich aber nicht treiben. Er lief seinen langen Weg ohne Hast bis zu Ritas Unterkunft.

Freundlich und mit norddeutscher Gelassenheit wurde Rita von der Hebamme empfangen. Frau Gerke nahm Wilhelm den schweren Koffer ab und stellte ihn vor das Bett. Hier also sollte Rita schlafen. Sie sah sich in dem kleinen Raum um. Alles sah sauber und hell aus. Am Fenster blühten Geranien. Die weißen Gardinen blähten sich im Zugwind.
Frau Gerke bot dem Paar ein Getränk an. „Ich rate Ihnen, sich jetzt hinzulegen", sagte sie zu Rita und blickte dabei auf deren angeschwollene Beine.
„Hier ist der Rest des Geldes", hörte Rita Wilhelm sagen. Er gab der Hebamme einen Umschlag. Dann setzte er sich zu Rita auf das Bett. Er umarmte sie und flüsterte ihr zu: „Es wird noch alles gut, das verspreche ich dir. Du bist sehr tapfer." Sie sah ihm in die

Augen. Weinen konnte sie nicht. Rita fühlte eine große Leere in sich. Es fehlte ihr an Kraft, sich aufzulehnen. „Mach alles so, wie wir es besprochen haben", schärfte Wilhelm ihr noch einmal ein, „du musst in Stendal schnell machen. Steig nur aus und gib meiner Schwester das Kind. Dann steig wieder ein." „Vielleicht erkenne ich deine Schwester gar nicht", gab Rita zu bedenken. „Sie wird dich erkennen, da bin ich sicher."

Wilhelm war gegangen. Er musste den einzigen Zug, der heute noch fuhr, erreichen. Wieder blieb Rita enttäuscht zurück. Der Zuwendung, die sie durch Frau Gerke erfuhr, war es zu verdanken, dass sie nicht völlig verzweifelte.
Das kleine Haus der Hebamme stand am Rande der Stadt. Es hatte kleine, niedrige Räume und einen Garten. Eigentlich war die Umgebung dörflich. Bei schönem Wetter lag Rita lesend in einem Liegestuhl zwischen duftendem Rittersporn, Lilien und Tomaten. Schon nach kurzer Zeit fühlte sie sich zu Hause. Zu ihrer großen Überraschung entdeckte sie in Frau Gerkes Wohnzimmer einen Bücherschrank, Er nahm eine Wand des Raumes ein. Die Hebamme gestand ihr, dass sie hier nur durch die Bücher überleben konnte. Das Lesen gäbe ihr das Gleichgewicht wieder, das ihr schon manchmal abhandengekommen sei. Einmal habe sie einem jungen Mädchen geholfen, das sehr verzweifelt war. Seitdem sei sie hier in der Umgebung als Engelmacherin verschrien. In der Kirche dürfe sie nur auf der letzten Bank sitzen. Rita betrachtete die Frau. Jetzt war sie sicher über fünfzig. Sie mochte einmal schön gewesen sein. Ihr blondes lockiges Haar trug sie kurz. Die Kleidung war schlicht und passte sich ihrer fülligen Figur an. Wie konnte diese Frau so freundlich, so offen sein, nach allem, wie man sie behandelte? „Die Frauen, denen ich bei der Entbindung helfe, geben mir zurück, was ich ihnen geben kann", sagte Frau Gerke. Manche Männer, die sie als Geburtshelferin holen sollten, kämen durch den Hintereingang. Sie wollen nicht gesehen werden.

Manche, meist die Frauen selbst, kämen durch die vordere Tür. „Es kommt auch vor, dass es schwierig wird, dass der Arzt aus der Stadt mich holen lässt. Dann kommen sie immer durch den Vordereingang", sagte sie und lächelte die werdende Mutter vielsagend an.

Rita wohnte nun schon zwei Wochen bei der Hebamme. Seit langem hatte sie sich nicht so wohl, so behütet gefühlt. Sie war voller Freude, wenn Frau Gerke am Abend Zeit hatte. Meist sprachen die Frauen über Bücher und über die Zeit, in der sie lebten. So erfuhr Rita auch, dass Frau Gerke als junges Mädchen das Studium der Medizin begonnen hatte, das sie aber bald abbrechen musste. Die Eltern konnten und wollten nicht mehr an die Universität zahlen. Die Hebamme schien niemals zu schlafen. Wenn Rita erwachte, stand das Frühstück auf dem kleinen Tischchen in ihrem Zimmer. Dann flatterte schon die Wäsche im Garten. Rita hörte, wie die Frau in der winzigen Küche hantierte. Oft kamen junge Frauen, bei denen die Hebamme die Herztöne des Kindes abhörte. Das Schlafzimmer der Hebamme ähnelte einem Behandlungsraum. Es war zwar klein, aber jeder Zentimeter war genutzt. Ihr eigenes Bett stand in der Ecke und nahm den wenigsten Platz ein.
Auf dem Nachttisch neben Ritas Bett stand eine Glocke aus Metall. Die sollte sie schwingen, wenn die Wehen beginnen. „Wenn Sie aus dem Fenster läuten, höre ich sie in der ganzen Umgebung!", rief Frau Gerke, ehe sie mit ihrer großen Tasche schnell das Haus verließ..

Besonders in den letzten Tagen träumte Rita davon, wieder schlank zu sein. Nur zu gern wäre sie alles, was sie belastete, losgeworden. Die Angst vor der Entbindung wuchs zusehends in ihr. Wilhelm hatte einen Brief geschrieben und ihr seine Liebe versichert. Er hatte bessere Tage in Aussicht gestellt. Ihr kam der Gedanke, dass ihre jetzige Verfassung das einzige Hindernis für Wilhelm sein könnte, sie zu heiraten. Ihr unförmiger Körper, die angeschwollenen Unterschenkel, das Gesicht aufgedunsen, das alles musste doch für ihn abschreckend sein.

Sie war in der Mittagswärme eingedämmert. Rita träumte, sie befände sich in einem großen Wasser. Doch bald wurde ihr klar, dass unter ihr das Bett nass war. Die Fruchtblase war offenbar gesprungen. Sie erschrak selbst über den Hall der Glocke. „S' geht los!", rief Frau Gerke, die mit schnellen Schritten kam. Sie entfernte das nasse Bettzeug. Dann traf sie alle Vorkehrungen, die nötig waren. Das Kind wollte nun auf die Welt kommen. Eine kleine Wanne, ein Handtuch, die Babysachen, alles war bereit. Selbst die Geburtszange lag dabei – für alle Fälle. „Es scheint klein zu sein, da wird es nicht so schlimm", tröstete Frau Gerke die Kreißende, die schon mit schmerzhaften Wehen kämpfte. „Die Herztöne sind gut. Ich muss jetzt den Muttermund abtasten. Erschrecken Sie nicht." Die Stimme wirkte beruhigend. Rita hatte keinen Zweifel daran, dass sie in guten Händen war. Nach der Untersuchung drehte sie die Hebamme auf die Seite und massierte ihren Rücken. „Es dauert noch, halten Sie durch."
Stunden vergingen. Die Abstände zwischen den Wehen wurden kürzer. Rita sah auf die kleine Zinkwanne, die auf dem Tisch stand. Sie sah auf das winzige Jäckchen und auf das Mützchen. Mutter Klara hatte alles besorgt und eingepackt.
Nach zehn Stunden war Rita völlig entkräftet. Sie konnte nur noch leise wimmern. Ihr Körper begann, das Kind heraus zu pressen, so, wie es die Natur eingerichtet hatte. Frau Gerke nahm den Säugling auf. Dann hielt sie ihn an den Beinen mit dem Köpfchen nach unten. Das Kind begann zu schreien, erst zögernd, dann schrie es in die Welt, dass es angekommen sei.
„Ein Mädchen!", rief die Hebamme und tauchte es in das warme Badewasser.

Rita konnte die Augen nicht offen halten. Frau Gerke, die sie nach der Geburt versorgte, musste sich daran gewöhnen, dass sie keine Freude im Gesicht der Wöchnerin sah. Als hätte Rita nur darauf gewartet, dass das Kind ihren Körper verlassen würde, schlief sie nach der Entbindung sofort ein.

Bei anderen Geburten legte die Hebamme den Säugling in den Arm der Mutter. Aber sie wusste, welches Schicksal auf das Kind wartete. Wilhelm, der Vater, hatte es ihr erzählt. Hoffentlich, so dachte sie, gelingt es Rita, mit all dem umzugehen. Sie legte ihr nach der Geburt kalte Umschläge auf die Brust. Die Muttermilch musste zurück gehalten werden. Der Säugling bekam die Milch einer Amme.

Auch nach Tagen konnte sich Rita nicht an den Gedanken gewöhnen, ein Kind zu haben und Mutter zu sein. In ihr wohnten einander widerstrebende Gefühle. Sie konnte mit ihnen nicht froh werden. Nie hatte sie sich vorstellen können, Liebe zu diesem Kind zu empfinden. Und doch! Sie hatte es in sich getragen. Sie hatte es geboren. Aber es war ihr bewusst, dass sie das Baby abgeben musste. Die Eltern erwarteten sie ja ohne die Kleine zurück. Frau Gerke übernahm die Pflege des Kindes. Rita sollte sich nicht an die Rolle einer Mutter gewöhnen. So war es abgesprochen. Und wenn sie das Mädchen nun einfach mit nahm? Wenn sie es nicht Wilhelms Schwester überließ? Nein, das würde ihr die Mutter nie verzeihen. Der Vater vielleicht, aber die Mutter nicht.

Der Tag der Abreise nach Leipzig stand bevor.

Rita packte ihren Koffer. Wehmütig dachte sie an die Tage, die sie hier verbracht hatte. Trotz allem, was sie durchmachen musste, hatte sie sich bei Frau Gerke zu Hause gefühlt.

Der Einspänner stand bereit, um die Mutter mit dem Säugling zum Bahnhof zu fahren. Mit dem Kind im Arm saß sie nun allein in der Kutsche. Unter Tränen hatte sie sich verabschiedet. Sie wollten nicht versiegen. Selbst im Zug versank sie noch in tiefe Traurigkeit.

Sie reiste wieder in der ersten Klasse. Das kleine Bündel lag auf dem Sitz neben ihr. Erst nach langer Zeit erwachte das Baby. Wie die Hebamme sie angewiesen hatte, wechselte Rita die Windel und gab dem Kind die Flasche. Die Milch war noch warm, denn Frau Gerke hatte die Flasche in ein wolliges Tuch gewickelt. Die Mutter hielt das Kind in ihrem Arm. Das kleine Wesen rührte sie. Für einen Augenblick dachte sie daran, es doch für immer zu behalten. Es war ja auch das Kind des Mannes, den sie noch immer liebte. Wie schön könnte es sein, wenn sie eine Familie wären.

Die spitzen Türme des Stendaler Domes waren in der Ferne zu sehen. Ein Sommergewitter tobte über der Stadt. Der Säugling zuckte bei jedem Donnerschlag zusammen. Rita vermied es, das Kind länger zu betrachten. Stoisch sah sie aus dem Zugfenster. Erst im letzten Moment wollte sie das Baby aufnehmen, das noch immer auf dem Sitz lag. Doch der starke Regen verhinderte die Sicht nach draußen. Hastig ergriff sie das kleine Bündel und lief damit auf den Gang. Jetzt nur nichts falsch machen. Sobald der Zug hielt, musste Rita aussteigen. Niemand durfte im Gang vor ihr stehen, damit es schnell ginge. Würde sie Wilhelms Schwester erkennen? Ihr Herz klopfte bis zum Hals. Wird es mein Kind auch gut haben bei der Frau, die ich nicht kenne? Diesen Zweifel ließ sie nur kurz zu. Sie musste aufpassen, hatte keine Zeit für trübe Gedanken.

Irritiert blickte sie auf die vielen umherlaufenden Menschen auf dem überdachten Bahnsteig. Wie vereinbart, winkte sie mit einem weißen Taschentuch. Da löste sich eine kleine Gestalt aus der Menge. Sie hielt ebenfalls ein Tuch in der Hand. Die Frau trat auf die junge Mutter zu. In ihrem Gesicht erkannte Rita die Ähnlichkeit mit Wilhelm. Sie war sich sicher, das war seine Schwester. Sie mochte älter sein als Rita. Ihr freundliches rundes Gesicht flößte Vertrauen ein. „Guten Tag, Rita", sagte die Frau leise, „ich bin Ilse, Wilhelms Schwester." Sie streckte die Arme nach vorn. Rita legte

ihr Kind darauf. „Sorgen Sie sich nicht. Sie können uns besuchen, wann immer Sie wollen." Rita umfasste die Schultern der Frau und sah sie hilflos an. Es war ihr nicht möglich, etwas zu sagen. Kein Gruß und kein Dank kamen über ihre Lippen.
In der Zugtür stehend, sah sie der rundlichen Gestalt nach, die ihr Kind auf den Armen wegtrug.
Das Gefühl für die Zeit hatte Rita verloren. Als der Schaffner die Tür zu ihrem Abteil aufschob, fuhr sie zusammen. „Aussteigen, junge Frau. Weiter geht's nicht!", rief er belustigt. Ist das schon Leipzig? Den Hauptbahnhof kannte sie nur zu gut. Gerade jetzt kam ihr eine Freundin in den Sinn. Vor vielen Jahren hatte sie ihr auf diesem Bahnhof Lebewohl sagen müssen.
Ein Dienstmann, der auf dem Bahnsteig nach Kunden suchte, griff nach ihrem Koffer. Aber der Vater kam mit schnellen Schritten auf sie zu. Er nahm ihr Gepäck an sich, setzte es jedoch noch einmal ab. Karl nahm seine Tochter in den Arm. Die Enttäuschungen, der Kummer, ihr Leid, sie fanden endlich den Weg nach außen. Der Vater spürte, dass er nichts sagen musste. Er hielt seine Tochter nur fest, und sie ließ ihren Tränen freien Lauf.
Die Mutter hatte den Tisch gedeckt. Alles im Wohnzimmer war Rita vertraut. Der alte Regulator tickte wie früher. Sie hätte sich freuen können, wieder zu Hause zu sein. Doch in ihr war ein Gefühl von Leere und Trauer. Die Mutter fragte nicht nach dem Kind, fragte nicht, wie es der Tochter ergangen war. Ihre Blicke und die ungesagten Worte trieben Rita in ihr Zimmer. Johanna sah von einem zum anderen. Sie spürte die Anspannung der Eltern und die ihrer Schwester. Aber keiner erklärte ihr, worum es ging. Sie war die Einzige, die es sich schmecken ließ.
Klara war ratlos. Dass die Tochter aber auch immer alles anders machte, als sie, Klara, es erwartet hatte. Rita war doch nun wieder zu Hause. Alles war wie früher.
Leise öffnete die Mutter die Tür zu Ritas Zimmer. „War es schlimm?", fragte sie in den Raum hinein. „Ja, es war schlimm",

antwortete Rita ungehalten. Sie meinte damit alles, was sie durchlebt hatte: Die Reise, die Geburt des Kindes, die Trennung vom Kind und die Sehnsucht nach Wilhelm. „Lass doch das Mädchen in Ruhe. Es muss doch erst mal wieder zur Besinnung kommen!", rief Karl. Er wusste, dass es nun viel zu tun gab, damit Ruhe und Harmonie wieder in der Familie einziehen konnten. Nur ihm hatte die Tochter den Namen des Kindes verraten. Brigitte, sie hatte es Brigitte genannt.

Klara hatte noch viele Fragen. Aber sie hatte die frühere Kraft verloren, das, was sie wollte, auch durchzusetzen. Sie fühlte, dass ihr die Tochter mehr und mehr entglitt. Auf Karl konnte sie früher immer zählen. Aber jetzt war sich Klara seines Beistandes nicht mehr ganz sicher. Er stellte sich nicht gegen sie. Doch er schwieg zu vielem, was sie selbst in Rage brachte. Auch ihre Jüngste richtete sich nicht mehr nach ihren Worten. Johanna war ihr Ebenbild. Ihre durchdringenden blauen Augen konnten ebenso fordernd blicken wie die der Mutter. Das blonde Haar trug sie offen, nur von einer Schleife gehalten. Im Gegensatz zu Heinrich, der die drahtige Figur des Vaters hatte und ihm auch sonst ähnelte, war Johanna klein und zierlich. Heinrich ging seine eigenen Wege. Er wohnte noch bei den Eltern. Doch sahen sie ihn tagelang nicht. Auch das bereitete Klara Sorgen. Aber schließlich war er ein junger Mann. Alles, was er tat, was die Familie in Misskredit bringen könnte, war bei ihm nur halb so schlimm. Er war schließlich ein Mann. Heinrich arbeitete in einer Klempnerwerkstatt und verdiente sein eigenes Geld. Dass er bereits bei einer jungen Frau wohnte, verschwieg er den Eltern noch. Ab und zu war es ja angenehm, in den Schoß der Familie einzutauchen.

Immer mehr kam Klara zu der Erkenntnis, dass es in ihrer Familie keinen Zusammenhalt mehr gab. Was hatte sie nicht alles getan! Wie hatte sie sich aufgeopfert! Besonders für Rita hatte sie so viel von ihrer Kraft gegeben. Nein, Dankbarkeit erfuhr sie nicht, von keinem. Wenigstens war nun der Schande ein Riegel vorgeschoben. Klara hatte keinen Grund mehr, sich vor den Nachbarn zu schämen. Niemand hatte etwas von der Schwangerschaft der Tochter bemerkt. Dass Rita noch immer nicht verheiratet war, gehörte zu den geheimen Ärgernissen der Mutter. Aber eine innere Stimme riet ihr, dem Ärger keine Luft zu machen. Karl reagierte zunehmend ungehaltener auf Klaras Schimpftiraden.

In Rita war einer ihrer früheren Lebensgeister wieder erwacht. Sie brauchte wieder eine Betätigung. Vor allem wollte sie nicht mehr zu Hause sitzen und auf die Entscheidungen des Schicksals warten. Wilhelm hatte ihr geschrieben. Von seiner Sehnsucht nach ihr schrieb er und dass er bald zu ihr kommen würde. Aus dem Grübeln und Sinnieren kam Rita nicht mehr heraus. Aber irgendwann hatte sie begriffen, dass sie sich selbst aufmachen musste. Zu lange schon hatte sie den Lauf ihres Lebens anderen überlassen.

Der Verlagsdirektor saß Rita gegenüber. Er sah sie mitleidig an. „Fräulein R., in welchen Zeiten leben Sie denn? Hier können Sie nicht mehr eingestellt werden. Den Verlag wird es bald nicht mehr geben." Sie sah den Mann verständnislos an. „Ich war ja längere Zeit zu Hause, musste meinen Eltern beistehen. Aber, als ich hier wegging, stand doch der Verlag gut da." Rita schien es, als halte der Direktor nur mit Mühe großen Zorn zurück. Er erhob sich und ging zum Fenster. „Ich habe Sie immer wegen Ihrer Haltung bewundert, Fräulein R. Aber heute geben Sie mir Rätsel auf. Seit der Einverleibung von Österreich ahnen, nein, wissen wir doch, wohin hier die Reise geht. Was wir gedruckt haben, ist nicht mehr genehm. Haben Sie in den letzten Monaten nichts mitbekommen?" Ratlos trat Rita den Heimweg an. Was sollte sie nur tun? Auf einmal bemerkte sie, dass sie vor einer Buchhandlung stand.
Wie von fremder Hand geführt, trat Rita ein. Sie sah, wie sich eine alte Dame hinter einem Stoß von Büchern erhob. Trotz der sommerlichen Wärme umhüllte ein dickes Pelzcape ihren Ober-

körper. Auch die auffälligen rubinroten Ohrringe konnten ihrem faden Gesicht keine Farbe geben. Mit kleinen unsicheren Schritten kam sie auf Rita zu. „Sie wünschen?" „Ach, ich weiß gar nicht ... ich will nur schauen". Verlegen griff Rita nach einem Buch. Sie sah, die Frau wieder hinter den Büchern verschwand. Aber deren Blick blieb auf die junge Frau gerichtet.

Rita hatte nicht bemerkt, wie die Zeit vergangen war. Es müssen Stunden gewesen sein, die sie in der Buchhandlung zugebracht hatte. Lange war es ihr nicht vergönnt gewesen, auf einen solchen Menschen zu treffen. Frau Palmer erwies sich als fachkundige Buchhändlerin und als mitfühlender Mensch. Gerne hätte sie die junge Frau eingestellt. Aber die Bezahlung würde nur sehr knapp ausfallen. Ritas Herz schlug höher. Endlich fand sie wieder zu den Büchern zurück. Sie hatte das Gefühl, die alte Dame schon lange zu kennen. Ja, sie glaubte an eine Seelenverwandtschaft mit ihr.
Noch ehe sie am Morgen wieder zur Buchhandlung ging, griff Rita zur Zeitung. „Nicht-Angriffs-Pakt", las sie. Und an anderer Stelle stand in großen Lettern: Hitler-Stalin-Pakt. Die Namen Ribbentrop und Molotow stachen ihr in die Augen.
„Na, was sagste nun? Du hast immer auf Hitler geschimpft. Der will doch gar keinen Krieg", sagte der Vater zu ihr. „Ich will nichts von Politik hören!", rief die Mutter, „Karl, du kommst zu spät ins Finanzamt. Mach dich auf den Weg!"
Klara wunderte sich, dass die ältere Tochter schon mit am Frühstückstisch saß. Der jüngeren Johanna erteilte sie eine Reformante. Erst jetzt war der eingefallen, dass sie noch Schularbeiten machen musste. Heini glänzte wieder einmal durch Abwesenheit.
„Die Zeiten sind unruhig geworden. Man kann nichts mehr investieren, keine Kraft und kein Geld", hatte Frau Palmer gesagt. Wie viele andere, so hoffte auch Rita, dass es so schlimm nicht kommen würde.

Doch bald musste sie einsehen, dass ihr Hoffen naiv war. Heini wurde eingezogen. Nur für alle Fälle, hieß es, für den X-Fall. Angst und Sorge, die stets Gefährten von Kriegen sind, ergriffen wie vor Jahren auch die Mutter. Der Vater mahnte zur Gelassenheit. Nun trafen die Sorgen auch Rita. Die Mobilmachung war im vollen Gange. Es war nur eine Frage der Zeit, wann auch Wilhelm einrücken musste.

Täglich ging sie nun in die Buchhandlung. Sooft es ging, kam Wilhelm aus Kamenz zu ihr. Die Sehnsucht hatte ihn getrieben. Aber eine Hochzeit stand noch immer nicht im Raum. Über das Kind sprachen sie nicht, Rita konnte es nicht. Die Geburt und das Kind weggegeben zu haben, hinterließen mehr Wunden in ihrer Seele, als sie es sich hatte träumen lassen. Jeden Gedanken daran versuchte sie zu verdrängen. Und Wilhelm war vor allem froh darüber, dass er sein Kind in guter Obhut wusste. Auch er vermied es zu erwähnen, weil er noch immer mit der Heirat nicht im Reinen war.

Es gab genügend Raum für beide, beisammen zu sein. Hinter dem großen hohen Ladenraum befanden sich noch zwei weitere Zimmer. Eins diente als Lager für Bücher. Das andere war viele Jahre ein zweites Zuhause von Frau Palmer gewesen. Dort war Rita eingezogen. Wilhelm half, neue Farbe an die Wände zu bringen. Er half auch, dass es wohnlicher in dem Zimmer wurde. Mit dem schönen ovalen Spiegel hatte er Rita eine besondere Freude gemacht, aber das bemerkte er erst, als er den Spiegel an die Wand gehangen hatte. Frau Palmer zog wieder in ihre geräumige Wohnung an der Rennbahn. Sie hatte sie nach dem Tod ihres Mannes selten betreten. Einige ihrer Möbel nahm sie mit. Gegen den Willen der Mutter brachte der Vater Ritas Bett mit seinem Tafelwagen zur Buchhandlung. Er sah sich in den Räumen um. Immerhin war eine Toilette vorhanden und eine Waschgelegenheit gab es auch. Er fand, dass man dort gut wohnen könnte. Als er das Gitter vor dem Fenster zum Hof hin sah, hatte er eine Sorge weniger. „Mutti ist außer sich", raunte er der Tochter zu. „Vati, ich werde euch oft besuchen, es ist ja nicht weit." Rita fühlte sich in ihrem kleinen Reich so gut wie lange nicht. Um keinen Preis hätte sie ihre neu gewonnene Unabhängigkeit wieder eingetauscht. Es kamen nicht viele Kunden. Aber es gab viel zu tun. Sie brachte Ordnung in die Fülle von Büchern. Frau Palmer war froh über den Eifer der jungen Frau und ließ ihr freie Hand. Nur ab und zu kam sie für einen Plausch in den Laden.

Beim Bäcker Friedemann um die Ecke hatte Rita frische Brötchen geholt. Sie freute sich auf das Frühstück. Noch mehr freute sie sich auf den Freitagabend mit Wilhelm. Wäre da nur nicht immer wieder die Frage nach ihrer gemeinsamen Zukunft gewesen! Immer öfter sprach er plötzlich von ihrem Kind. Rita glaubte heraus zu hören, dass er es gern bei sich hätte. Sie träumte manchmal von dem kleinen Mädchen und sah es vor sich. Dann lenkte sie sich ab, mit einem Buch oder mit einer Arbeit. Wilhelms Schwester hatte geschrieben, dass es der Kleinen gut ginge. Was wollte sie mehr?

Das Telefon schrillte. Rita lief in den Laden und nahm den Hörer ab. Frau Palmer schrie förmlich in den Apparat: „Haben Sie gehört, was los ist?" Ritas Ahnungslosigkeit brachte die alte Dame in Aufregung. „Machen Sie das Radio an. Wir haben Krieg!"
Schrille Marschmusik drang aus dem Volksempfänger. Hitlers schnarrende Stimme verkündete: „Seit 5 Uhr 45 wird zurückgeschossen!" Er sprach von einer „Strafaktion."
Rita musste sich setzen. Vor dem Deutschen Reichstag brüllte Hitler später seine Rechtfertigungen ins Mikrofon: Der Sender Gleiwitz sei von den Polen überfallen worden. Dort leisteten nun Deutsche Soldaten ihren Dienst! Immer wieder kam er auf die Ergebnisse des Versailler Vertrages zu sprechen. Niemals könne das vom Deutschen Volk hingenommen werden.
Vielleicht ist Heinrich schon dabei in Gleiwitz, ging es Rita durch

den Kopf. Sie sah ihren Bruder vor sich. Er ähnelte immer mehr dem Vater, hatte dessen dunkles Haar und seine Figur. Sie spürte, wie Angst sie lähmte. Ihre Gedanken kreisten vor allem um Wilhelm. Was sollte nur werden?
Aber vielleicht würde ja alles nicht so schlimm. Sie tröstete sich mit dem Gedanken, dass der Krieg vielleicht schon in Polen enden würde.
Frau Palmer trat in die Buchhandlung. Rita war überrascht, dass die alte Dame sie mit in den Wohnraum hinter dem Laden zog. „Nehmen Sie das nicht auf die leichte Schulter, was die Nazis hier vom Zaun brechen. Ich weiß, dass Polen erst der Anfang ist."
Der fragende Gesichtsausdruck der jungen Frau brachte Frau Palmer dazu, sie in das einzuweihen, was sie wusste.
„Erzählen Sie niemandem, was ich Ihnen sage: Ein guter Bekannter leitet ein großes Museum in Berlin. Schon seit Wochen werden dort Kunstschätze verpackt und an andere Orte gebracht. Warum wohl?" Rita hob die Schultern. „Sie müssen selber drauf kommen", sagte Frau Palmer. Sie trat nahe an Rita heran. Ihre Stimme wurde leiser. „Haben Sie gehört, was mit den Juden in Polen schon lange geschieht? Auch hier ist die Verfolgung längst in vollem Gange. Haben Sie das alles nicht bemerkt?" Betreten sah Rita auf ihre Fußspitzen. „Doch, doch", antwortete sie leise, „ich kannte auch Menschen, die plötzlich verschwunden waren." „Wissen Sie, warum ich noch hier bin?", flüsterte Frau Palmer.
Erst jetzt begriff Rita, dass die Besitzerin der Buchhandlung Jüdin war. „Ein Freund sorgte dafür, dass man mich übersieht. Aber nun gehe ich."
Die alte Frau stellte ein Kästchen auf den Tisch. Geld könne sie ihr nicht mehr geben. Aber der Inhalt des Kästchens würde Rita für längere Zeit unabhängig machen. So lange wie es ginge, solle sie den Laden behalten. Sie könne auch in dem Zimmer wohnen bleiben. Schließlich gehöre ihr, Frau Palmer, das ganze Haus.
An diesem Tag sah Rita die alte Dame zum letzten Mal.

Wilhelm kam nicht. Noch in der Nacht rief er in der Buchhandlung an. Er müsse sich sofort melden. Morgen früh ginge es in Richtung Osten.
In ihrer Angst konnte Rita nicht allein sein. Als sie in die Wohnung der Eltern trat, hörte sie die vertraute Stimme von Onkel Richard. Sie erschrak, wie alt er aussah, wie sorgenvoll er sie anschaute. Die Frage nach Ritas Kind vermied er, um Klara nicht zu verärgern. „Ach, meine Hübsche. Hoffentlich wird das alles nicht so schlimm, heje. Hoffentlich lenken sie alle noch ein", sagte er zu ihr. Es klang, als spreche er sich selbst Trost zu. „Vielleicht ist alles in ein paar Tagen vorbei. Vielleicht macht Hitler kurzen Prozess mit den Polen." Karl glaubte selbst nicht an seine Worte. Aber einen Krieg, wie er ihn 1914 erlebt hatte, könnte er nicht noch einmal durchstehen. „So, nun essen wir erst mal!", rief Klara gereizt. Gespräche über Politik waren ihr seit eh und je ein Dorn im Auge. Sie wollte wenigstens in ihren vier Wänden Ruhe davor haben. Die beiden Männer ließen sich davon nicht beirren. „Uns wird es ja nicht noch einmal treffen", sagte Karl und sah seinen Freund vielsagend an, „wir sind doch zu alt." „Wir sind beide Kriegsversehrte, heje", ergänzte Richard, „aber die Jungen müssen ihre Haut zu Markte tragen. Meine beiden sind schon bei der Wehrmacht." „Unser Heinrich auch", rief die vierzehnjährige Johanna, die als einzige mit dem Essen begonnen hatte, „der verteidigt Deutschland. Auf den können wir stolz sein!"
Klara klopfte mit dem Messer auf den Tisch: „Dass die Lebensmittel wieder rationiert sind, ist doch das Schlimmste." Sie hielt Richard den Brotkorb hin. Doch der erhob sich. Ihm war nicht zum Essen zumute.

Rita wartete auf ein Lebenszeichen von Wilhelm. Er hatte doch versprochen, sich bald zu melden. Doch müsste sich eigentlich daran gewöhnt haben. Auf ihn musste sie ja immer warten.
Doch dieses Mal waren die Umstände anders, bedrohlicher.

Mehrere Wochen vergingen. Rita glaubte, mit dem Sieg über Polen sei der Blitzkrieg zu Ende. Ihr Bruder kam für wenige Tage nach Hause. Doch Wilhelm hatte außer einer Postkarte aus Warschau nichts von sich hören lassen. Dass er im Lazarett gelegen hatte, teilte er ihr erst mit, als er wieder fronttauglich war.
Den Volksempfänger ließ Rita nun immer laufen. An die überschwänglichen Siegesmeldungen glaubten längst nicht mehr alle. Plötzlich hieß es, Großbritannien und Frankreich hätten Deutschland den Krieg erklärt. So also sah der Sieg aus. Frau Palmer hatte es vorausgesagt: Polen war nur der Anfang.
Tagelang saß Rita allein in der Buchhandlung. Die Einnahmen wurden geringer.
Von Wilhelm erreichten sie in großen Abständen Feldpostkarten. Doch heute kam ein Brief von ihm aus Paris. Schon als sie ihn öffnete, klopfte Ritas Herz. Sie ahnte, dass der Brief eine besondere Botschaft enthielt. Wieder und wieder las sie, was Wilhelm in steiler großer Schrift geschrieben hatte: „... ich möchte für immer mit Dir zusammen leben. Wenn Du ja zu unserer Hochzeit sagst, reiche ich Heimaturlaub ein."
Rita war einen Augenblick lang glücklich. Doch kam immer wieder die Angst. Sie fürchtete, dass ihr Glück schnell vorbei sein könnte. Die Erzählungen des Vaters vom Ersten Weltkrieg waren ihr schon damals nahe gegangen. Jetzt berührte sie weit stärker, was sie gehört hatte. Überall sah sie Wilhelm. Hoffentlich kam er bald nach Hause!

Ehe er wirklich kam, vergingen Wochen. Doch Rita war auf ihre Trauung vorbereitet. Onkel Richard brachte ihr ein Kleid von Sophia, das die Braut nicht zurückweisen konnte. Es passte ihr, ohne dass eine Änderung nötig gewesen wäre. Ein Hütchen fand sich auch. Auf die Reichskleiderkammer war sie zum Glück nicht angewiesen. Für den Bräutigam ergaben sich keine Probleme. Er trug die Uniform.

Als Klara von der geplanten Hochzeit ihrer Tochter hörte, erwachte Tatendrang in ihr. Endlich trat wieder etwas Erfreuliches in ihr Leben. Von ihrem Sohn kam keine Nachricht aus dem Feld. Ihre Jüngste wurde aufsässig und rebellierte. Dabei wurde sie äußerlich der Mutter immer ähnlicher. Doch das half Klara nicht. Sie hatte seit langem das Gefühl, in der Familie liefe es nicht so, wie es sich gehörte.

Der Überfall auf die Sowjetunion war im vollen Gange. Noch war es fraglich, ob Wilhelm wirklich Heimaturlaub bekommen würde. Doch eines Morgens stand er vor der Tür. Ganz gegen ihre Gewohnheit, empfing Klara ihn freundlich. Sie umarmte ihn sogar und bat ihn in die Gute Stube. Karl lief noch vor seinem Dienstantritt in die Buchhandlung, um die Tochter zu holen. Zu plötzlich erfüllte sich Ritas Wunsch. Der Vater musste sie stützen. Behutsam führte er sie zu einem Stuhl. Sie, die so gehofft, so um Wilhelm gebangt hatte, verließ plötzlich die Kraft. Tränen rannen über ihre Wangen. „Ich muss zum Finanzamt. Komm, ich bring dich noch ein Stück." Der Vater ging zur Tür und öffnete sie. Rita zwang sich aufzustehen. Mit dem großen rostigen Schlüssel schloss sie die Tür von außen zu. Sie hängte sich beim Vater ein und ging ein Stück mit ihm. Voll freudiger Erwartung lief sie die Treppen hoch. Außer Atem stand sie vor der Mutter. Die legte den Finger auf den Mund. „Er schläft", flüsterte sie. Auf Zehenspitzen schlich Rita in die Stube. Wilhelm lag auf dem Sofa. Die Uniformjacke hatte er geöffnet. Unter die Stiefel hatte die Mutter eine Wachstuchdecke gelegt. Auch als Rita ihn leise an der Wange berührte, wachte er nicht auf.

Auf dem Küchentisch hatte Klara alle möglichen Papiere ausgebreitet. Sie seien alle nötig, so erklärte sie der Tochter, damit die Trauung vonstattengehen könne. Morgen früh müsse sie mit Wilhelm aufs Standesamt gehen, um die Zeremonie anzumelden. Kriegstrauungen, so hatte Wilhelm gesagt, würden schnell durchgeführt. Er müsse ja schon nach vier Tagen wieder an die Front.

Bis in die Nacht hinein hatte Wilhelm geschlafen. Er hatte eine tagelange beschwerliche Reise aus Russland hinter sich. Gewaschen und rasiert sah er am Morgen so aus, dass er ein Amt betreten konnte. Die Trauung sollte noch am gleichen Tag um 15.00 Uhr stattfinden. Die kirchliche Trauung konnte nicht zelebriert werden. Der Pfarrer war im Feld. Ja, der Krieg forderte überall Opfer, hieß es.

Was Rita so lange schon erträumt hatte, wurde nun Wahrheit. Dass sie im Moment so gelassen bleiben konnte, darüber wunderte sie sich selbst. Nur die Mutter musste beruhigt werden. Für den Abend hatte sie ein warmes Essen vorbereitet. die Lebensmittelrationierung erforderte viel Erfindungsgeist. Seit dem frühen Morgen war sie auf den Beinen. Ihr Gesicht glühte und am Dekolleté zeigten sich rote Flecke. Klara hatte vor dem großen Schrank gekniet, den Karl einmal gebaut hatte. Dort war sie ganz unten das gute Porzellan eingelagert. Sie selbst hatte es von ihren Eltern zur Hochzeit bekommen. Aber nie war ihr eine Angelegenheit wichtig genug gewesen, dass sie das Geschirr herausgenommen hätte. Nun schmückte es die Hochzeitstafel. „Du sollst die Gläser richtig putzen!", rief sie Johanna zu, die sich vor dem Radio festgesessen hatte. Karl tat das, was er meist tat, wenn seine Frau in Aufregung war: Er legte beschwichtigend den Arm um sie und sagte: „Klärchen, da hast du ja wieder was hingezaubert. Komm, setz dich erst mal."

Rita hatte sich mit dem Bräutigam in das Zimmer zurückgezogen, das noch immer ihr gehörte. „Wir müssen los!", rief der Vater. Klara stand vor dem großen Spiegel. Zornig warf sie den Hut von sich. „Der passt doch überhaupt nicht zum Kleid! Warum sagt mir denn das keiner?" „Mir hat er gefallen", sagte Karl, hatte aber den Hut mit keinem Blick gewürdigt.

Das Standesamt befand sich in der Innenstadt Leipzigs. Für die kleine Hochzeitsgesellschaft war es bei warmem Sommerwetter

zu Fuß zu erreichen. In dem dunklen Raum war es kühl. Rita fröstelte in ihrem dünnen Kleidchen. Karls Freund Richard war als Trauzeuge mit gekommen. Nach dem Tod seiner Frau fühlte er sich der Familie des Freundes zugehörig.
Die Mutter legte letzte Hand an Johannas Frisur. Die Flecken an ihrem Dekolleté wollten nicht weichen. Sie waren immer ein Zeichen für eine große Gemütsbewegung in ihr.
Als Rita mit Wilhelm vor der Beamtin stand, war ihr, als fahre sie mit einem Riesenrad. Vom Kopf bis zu den Füßen lief eine Welle durch ihren Körper. Beim Ja-Wort hätte sie sich beinahe verschluckt. Wo Wilhelm so schnell die Ringe hergekommen hatte, fragte sie nicht. Heute wollte sie an Wunder glauben.
Eng an ihren Mann geschmiegt lief sie nun mit den anderen zurück in die elterliche Wohnung. Beim Kaffee, den die Mutter in der Küche servierte, klingelte es. Ein Fotograf mit einer großen Plattenkamera trat ein. In der Küche herrschte Verblüffung. Der Vater freute sich, dass ihm die Überraschung gelungen war. „So, das Brautpaar schön zusammensetzen!", rief der Fotograf. „Nein, nein, hier machen wir doch kein Hochzeitsbild!", rief die Mutter empört. Sie lenkte den Fotografen in die Gute Stube. Dort sorgte sie für die Platzierung der Anwesenden. Johanna bestand darauf, vor dem sitzenden Brautpaar quer zu liegen. Sie löste die Frisur, die die Mutter ihr gesteckt hatte, und blickte keck in die Kamera.
„Sie haben aber schönes Geschirr", sagte der Fotograf im Gehen und sah bewundernd auf den gedeckten Tisch.
„Klärchen, sieh mal zu, dass wir bald essen können", flüsterte Karl seiner Frau zu, „das junge Paar will doch noch ein bisschen alleine sein. Wilhelm muss bald zurück."
Klara erinnerte sich an das Gefühl, als sie ihren Karl geheiratet hatte. Das war wohl das Schönste, was sie je erleben durfte. Gerade als sie die Schüssel mit den Kartoffeln ins Wohnzimmer bringen wollte, hielt Karl sie zurück. Er nahm die Hand seiner Frau und steckte einen Ring auf ihren Mittelfinger. Überrascht sah Klara auf

den kleinen funkelnden Stein. Sie erinnerte sich an Karls Versprechen vor ihrer Hochzeit. Wie lange war das her? „Karl, dass du das nicht vergessen hast", sagte sie gerührt und sah ihren Mann an, wie sie ihn lange nicht angesehen hatte. Sie küsste ihn auf die Wange.
Dann brachte sie das Essen auf den Tisch. Bei jeder Handbewegung sah Klara auf den Ring. Die Rührung über dieses Geschenk wirkte noch lange in ihr.
Wilhelm bedankte sich bei seiner Schwiegermutter. Ehe er mit Rita in das Zimmer hinter der Buchhandlung ging, gab er noch eine Erklärung vor der Familie ab. Sein Kind, das bei der Schwester lebe, solle nun seinen Nachnamen tragen. Wenn er aus dem Krieg zurück sei, werden er und Rita es zu sich nehmen.
Endlich allein mit Wilhelm erlebte Rita ihre glücklichsten Stunden. Sie sah die Narbe an seiner Schulter. Erst jetzt erfuhr sie, dass er beim Polenfeldzug schwer verwundet worden war. Sie wollte nicht daran denken, was ihm noch alles im Krieg zustoßen könnte. Wilhelm behielt für sich, was er an Schrecklichem in Russland erleben musste.
Am nächsten Abend brachte Rita ihren Ehemann zum Bahnhof. Schon auf dem Weg dorthin versagte ihr die Stimme. Sie hielt ihn nur fest. Sprechen wollte sie nicht. Als er schon in der Tür des Zuges stand, zog er ein kleines Foto aus der Brusttasche und gab es Rita. „Das hat mir meine Mutter geschickt. Es ist unser Kind." Eine letzte Umarmung noch, und der Zug fuhr davon.

Erst, als sie wieder in ihrem Zimmer war, wagte Rita das Foto zu betrachten. Ein kleines rundes Köpfchen mit spärlichem Haar, das sollte ihr Kind sein? Es sah ja so zart und zerbrechlich aus. Über ein Jahr musste die Kleine doch schon sein.
In Rita reifte ein Plan. Sie verwarf ihn wieder. Aber nach einiger Zeit war sie doch drauf und dran, ihn in die Tat umzusetzen. Jetzt, mitten im Krieg, wollte sie ihr Kind besuchen. Einen Teil des

wertvollen Schmuckes, den ihr Frau Palmer geschenkt hatte, verkaufte Rita. Der Juwelier ließ die Rollläden herab, als er die goldgefassten Steine erblickte. Onkel Richard, der Rita begleitete, kannte den Mann gut. Er war überzeugt, dass er einen fairen Preis zahlen würde. Er zahlte. Und Rita hatte plötzlich sehr viel Geld in der Hand. Den größten Teil gab sie dem Vater zur Aufbewahrung. Der Herbsttag war kühl und windig, als sie auf dem Bahnhof in Stendal ankam. Die Kleinbahn, mit der sie noch ein kurzes Stück fahren musste, ließ auf sich warten.

Müdigkeit übermannte sie nach der langen Fahrt. Immer wieder dachte sie daran, wie die beiden Frauen, Wilhelms Mutter und seine Schwester, sie aufnehmen werden. Scham kroch in ihr hoch. Sie waren ja dafür aufgekommen, dass sie, Rita, so, als wäre nichts gewesen, in Leipzig weiter leben konnte. Wie eine Fremde kam sie sich vor, die nur etwas besichtigen wollte.

Der Bahnhof des Dorfes Kläden war menschenleer. Es war bereits dunkel. Rita sah sich um. Hatten die Frauen etwa ihren Brief nicht bekommen? Sie sollten sie doch abholen. Bis zum Nachbardorf waren es drei Kilometer. Sie kannte den Weg nicht, wusste nicht, in welchem Haus die Frauen wohnten. Rita nahm ihren Koffer und lief ein Stück ins Dorf hinein. Dort herrschte eine Stille, die ihr unheimlich war. Eine Frau, die ihr entgegen kam, fragte sie nach dem Weg. „Nach Badingen? Ja, ja. immer da lang. Immer die Chaussee lang. Da kommen Sie direkt hin." Sie wies mit dem Arm in die Richtung, in die Rita gehen sollte.
Sie, die wegen ihrer verformten Füße nie große Strecken gelaufen war, musste nun den weiten Weg antreten. Um sie herum waren in der Dunkelheit nur abgeerntete Felder und kleine düstere Waldstücke zu sehen. In der Ferne blinkten vereinzelte Lichter von Stendal. Die Chaussee schien endlos zu sein. Angst befiel sie plötzlich. Hier mutterseelenallein nachts auf freier Flur. Was könnte

alles passieren. Und vielleicht war sie gar nicht willkommen. Sie nahm den Koffer wieder auf und lief weiter.
Der Wind frischte auf und nahm ihr fast den Atem. Von fern sah Rita ein dunkles Gebilde. Es erwies sich als Kirchturm des Dorfes, das ihr Ziel war.
Hunde bellten hinter den Hoftoren. Hinter den geschlossenen Fensterläden einiger Häuser sah sie Licht. Bei einem Haus klopfte sie ans Fenster. Bald darauf blickte ein alter Mann heraus. Verwundert sah er die junge Frau an. Sie fragte ihn nach dem Haus der beiden Frauen. „Ick köm glicks rut", sagte er nach einem Moment des Nachdenkens. Unschlüssig stand Rita vor dem Haus. Sie hatte den Mann nicht verstanden.
Doch dann öffnete sich die Haustür. Ein etwa zwölf jähriges Mädchen erschien und bot ihr seine Begleitung an. „Mein Opa spricht Plattdeutsch, wie alle Alten hier. Den können Sie nicht verstehen. Ich zeige Ihnen das Haus." Das Mädchen betrachtete die Fremde argwöhnisch. Nur eine kurze Strecke noch, dann stand Rita vor dem kleinen Haus, das sie gesucht hatte. Nach längerem Klopfen öffnete eine ältere Frau die Hoftür. Überrascht sah sie auf die junge Frau. Rita war erschöpft und hatte Mühe, ihr Kommen zu erklären. „Ich bin die Oma, deine Schwiegermutter", hörte sie die Frau sagen. Die Großmutter nahm den Koffer und führte die fremde Frau ins Haus.
Oma Linas Art war es nicht, viele Worte zu machen. Wenn auch ihre Verwunderung über den unangekündigten Besuch groß war, so sorgte sie doch fürsorglich für den Gast. Es stellte sich heraus, dass Ritas Brief nicht angekommen war. Inzwischen saß auch Ilse, Wilhelms Schwester, mit in der kleinen Stube. Die drei Frauen sprachen über die Beschwerlichkeiten der Reise. Rita wurde bewirtet. Der bequemste Stuhl wurde ihr angeboten. Aber der eigentliche Grund der Reise blieb vorerst unerwähnt. Das freundliche und offene Gesicht der Schwiegermutter, ihr weißes Haar erinnerten Rita an ein Bild aus dem Märchenbuch. Die Art,

wie sie sprach, leise und doch deutlich, glich der von Wilhelm. Oma Lina hatte etwas Würdevolles in ihrem Wesen, das einen Widerspruch gegen das, was sie sagte unmöglich machte. Die Kleidung der beiden Frauen war schlicht, zweckmäßig, ohne modisches Beiwerk. Beide trugen sie über dem langen dunklen Kleid eine Trägerschürze.

Ilse bewunderte ihre Schwägerin insgeheim. Einen solchen Frauentyp hatte es bisher in ihrer Familie nicht gegeben. Mutter Lina war zwar groß und schlank. Aber ihre Schwestern, die Brüder und sie selbst waren von anderer Statur. Die grazile und dunkelhaarige Rita fiel aus dem Muster heraus, das sie kannte. Außerdem war sie elegant gekleidet, trug das Haar kurz und ohne Nadeln und Kämme, die es bändigen sollten.

Auch die Großmutter sah die neue Schwiegertochter mit Verwunderung. War nicht alles fremd an ihr? War das, wofür Wilhelm sich entschieden hatte, nicht so ganz anders als das, was üblich war? Aber ihr Wilhelm hatte sie nun einmal erwählt. Deshalb sah Lina es als ihre Aufgabe an, sie anzunehmen. Doch sie passte nicht in ihr Bild von einer Schwiegertochter. Das hatte sie in der von Wilhelm verlassenen Frau gesehen.

Bis zur Mitternacht sprachen sie über Wilhelm, über Ritas Zuhause und über die Buchhandlung in Leipzig. Über das Kind war noch kein Wort gefallen. Alle drei scheuten sich, das Thema zu berühren. Großmutter Lina hatte neun Kinder geboren und aufgezogen, so gut sie es konnte. Drei davon starben noch klein, weil ihnen kein Arzt helfen konnte. Nie wäre es Lina in den Sinn gekommen, eines ihrer Kinder wegzugeben. Die Wassermühle, die ihr Mann in Dassel betrieben hatte, ernährte sie alle. In dem Haus aus Feldsteinen, das Mühle und Wohnung war, hatte die große Familie gelebt. Bis die Inflation kam. Seit dem Tag ihrer Heirat hatte Lina kein sorgenfreies Leben gehabt. Sie war nur für ihren Mann und die Kinder da gewesen, für den Haushalt, den kleinen Acker und das Vieh. Als ihr Ältester ihr die Botschaft brachte, dass er Vater geworden sei, galt ihre erste Frage dem Kind. Dass er eine Frau aus der Großstadt geheiratet hatte, schmerzte Lina. Doch um ihm zu helfen, hatten sie und ihre Tochter sich bereit erklärt, das Baby aufzunehmen. Wilhelm hatte nur Andeutungen über die Mutter des Kindes gemacht. Lina hatte sofort gespürt, dass ihr Sohn die Frau liebte und sie nicht aufgeben wollte. Ohne Bedingungen und ohne Fragen zu stellen half Lina. So war ihr Wesen, so lebte sie. Nächstenliebe war für sie und ihre Tochter kein leeres Wort. Dämonen hatten keine Macht über sie.

Am nächsten Morgen erwachte Rita auf dem Sofa. Sie hatte unruhig geschlafen und schlechte Träume gehabt. Die Tür zum Nachbarraum war geöffnet. Sie hörte die Stimme eines kleinen Kindes. Barfuß lief sie zum Bettchen und sah auf das kleine Wesen herab. Es erfreute sich am Gerassel einer Klapper, die es in der winzigen Hand hielt. Ilses kleine Tochter spielte mit dem Kind. „Ich ziehe sie jetzt an. Oder willst du?", fragte Ilse. „Nein, ich bin aus der Übung. Ich sehe erst mal zu." Als die Windel entfernt war, wusch die Schwägerin das Mädchen und zog es an. Rita war irritiert. Die Kleine war jetzt ein Jahr und vier Monate. Sie erinnerte sich, dass ihre Geschwister Heini und Johanna in diesem Alter schon viel kräftiger waren. Ilse bemerkte Ritas fragenden Blick. Sie erzählte, dass die Frauen viel Mühe aufwenden mussten, um das Kind durchzubringen. Es habe die Kuhmilch nicht vertragen, als es zu ihnen kam. Die Großmutter hätte viele Male mit dem Säugling nach Stendal zum Arzt fahren müssen. Rita war entsetzt. Niemand hatte ihr das gesagt. Wilhelm ließ sie in dem Glauben, dass es dem Kind gut ginge. Doch nach aufkeimender Empörung kam sie zu der Erkenntnis, dass es so sicher am besten gewesen war. Was hätte sie denn in der Ferne schon ausrichten können! Als Rita die Kleine auf dem Schoß hatte, streckte das Kind die Ärmchen nach der Tante aus. Als es Oma Lina sah, rief es: „Mama!" „Guck mal, sie kann schon sitzen und sie steht auch schon!", rief Ilse voller Stolz.

Rita suchte nach Ähnlichkeit im Gesicht des Kindes. Sie sieht mir nicht ähnlich, dachte sie, hat nur wie ich schwarzes Haar. Aber die spitz nach oben zulaufenden Ohren hat sie von Wilhelm. Ja, es ist ihr Kind. Und hier geht es ihm doch gut. Wo sollte sie denn in Leipzig hin mit ihm. Und die Mutter würde der Schlag treffen, käme sie mit der kleinen Brigitte zu Hause an. Dann wäre doch die ganze Heimlichtuerei umsonst gewesen. Und jetzt, im Krieg, ist es hier bestimmt am Sichersten.

Alle Gründe, die sie brauchte, hatte Rita beisammen, um sich wieder von ihrem Kind zu verabschieden. Der Schwiegermutter gab sie ein paar Scheine in die Hand und bedankte sich für die Pflege des Mädchens. Am nächsten Morgen fuhr sie mit dem Milchwagen zum Bahnhof im Nachbardorf.

Auf der Fahrt nach Leipzig musste Rita immer wieder an die beiden Frauen denken. Kein böses Wort, wie sie befürchtet hatte, war über ihre Lippen gekommen. Keine Anklage und kein Vorwurf kam von ihnen. Wie liebevoll waren sie mit dem Kind umgegangen. Ilses Mann war auch im Feld. Sie beklagte sich nicht, klagte auch nicht über die Einfachheit, in der sie mit ihrer Mutter lebte. Erst vor kurzem sei sie von Dassel nach Badingen gezogen. Ihr Mann habe das Häuschen gekauft, damit sie dort zusammen leben konnten. Gedanken an ihr Kind schob Rita beiseite. Das hatteie sie von seiner Geburt an getan. Sie kam auch jetzt so am besten zurecht.

Viele Wochen vergingen. Selten kam Feldpost von Wilhelm. Rita schrieb viele Briefe an ihn. Manchmal fragte sie sich, ob er wohl alle er halten hatte.

Sie wohnte wieder in der Wohnung der Eltern. Die Buchhandlung und ihr Zimmer dort wurden von den Ordnungstruppen der Stadt geräumt. Ihr blutete das Herz, als sie die Bücher und das Mobiliar auf Lastwagen warfen und den Laden versiegelten. Die wenigen Möbel, die Rita gehörten, stellten sie auf den Gehweg. Der Vater holte sie mit dem Handwagen ab.

Zwei Beamte kamen in die elterliche Wohnung und befragten Rita nach dem Verbleib von Frau Palmer. Nein, sie konnte keine Auskunft geben, war nur angestellt bei ihr gewesen. Aber sie war froh, dass sich die alte Dame mit Weitblick noch rechtzeitig hatte in Sicherheit bringen können.
Der Winter war ins Land gezogen. Ein freudloses Weihnachten ging vorüber. Die Versorgung der Menschen war schlecht geworden. Wieder standen Schlangen vor den Geschäften.

Rita las die Zeitung nicht mehr. Der Siegesjubel war verflogen. Hitler hatte etliche seiner Generäle entlassen. Ihnen schrieb er das Scheitern der Wehrmacht an der Ostfront zu.
Für den Einzug in Moskau hatte er das Kommando an sich gerissen. „Um jeden Fußbreit Boden wird mit letztem Einsatz gekämpft", war seine Parole, die in den Zeitungen und an den Litfaßsäulen zu lesen war.
„Das hätte ich nicht gedacht", sagte der Vater am Abend und legte die Zeitung beiseite. Er konnte sich schon schlecht damit abfinden, dass Hitler den Nichtangriffspakt gebrochen hatte. „Vorige Woche hieß es noch, der Endsieg ist zum Greifen nah. Und nun so was."
Er schüttelte den Kopf. „Ich hab dir doch schon immer gesagt, dass man dem Hitler nicht trauen kann. Der ist ein Verbrecher, ein Verrückter!", rief Rita wütend. Sie hatte Informationen aus einer Quelle, von der ihr Vater nichts wissen durfte. Des Nachts, wenn sie nicht schlafen konnte, hatte sie das Ohr am Volksempfänger. Aus dem Buchladen hatte sie ihn retten können. Wenn darin das Lied von Lili Marleen erklang, musste Rita weinen. Das Lied voller Heimweh und Sehnsucht rührte an ihrer Seele. Aber mehr als die Hoffnung auf ein Wiedersehen konnte es nicht geben. Mit der Bettdecke über dem Kopf wartete sie spät nachts auf die Meldung: – Hier ist England –. Als Rita das ganze Ausmaß des Scheiterns der Wehrmacht vor Moskau hörte, begann sie wieder zu beten. Lange hatte sie keine Bindung mehr zu Gott gefunden. Nun sah

sie keinen anderen Ausweg. Nur ein Gedanke kreiste in ihrem Kopf: Wann kommt Wilhelm zurück? Er muss zurückkommen. Andere Gedanken ließ sie nicht zu. Ihre Eltern glaubten, sie höre Musik. Auf das Abhören des Feindsenders BBC stand die Todesstrafe. Vor der jüngeren Schwester Johanna musste sie sich in Acht nehmen. Sie war im BDM und glaubte blind an das, was ihr dort vermittelt wurde.
Rita hatte den größten Teil des Traumas überwunden, das man ihr mit der Wegnahme der Buchhandlung zugefügt hatte. Sie versuchte eine neue Stelle zu finden. Nicht nur um Geld zu verdienen, auch, um sich abzulenken. Sie brauchte eine Tätigkeit. Im Graphischen Viertel bot sie dem Weber-Verlag ihre Dienste als Lektorin oder Übersetzerin an. Hin und wieder konnte sie nun zu Hause für den Verlag arbeiten.
In der vergangenen Nacht hatte Rita wieder nicht geschlafen. Was sie auch immer über BBC erfuhr, versetzte sie in Unruhe. Wilhelm wird wieder kommen, sagte sie sich immer wieder, als könne sie damit den Lauf des Schicksals bestimmen. Aber das Unheil hatte schon seine Fäden gezogen. Es bedurfte nur noch eines schwachen Zuges, um Ritas Hoffnung auf Glück zu zerstören.
Klara lief zur Wohnungstür. „Wer klingelt denn schon so früh?", rief sie zur Küche hin. Karl saß mit seinen Töchtern am Frühstückstisch. Die Briefträgerin stand vor der Tür. „Sind Sie Frau M.?" „Nein." Klara sah auf dem Briefumschlag. Sie hatte einen solchen Umschlag bei Richard gesehen. Sein Sohn war gefallen. Eine böse Ahnung durchfuhr sie. Am liebsten wäre sie davongelaufen. „Ist Frau M. da? Sie muss unterschreiben", sagte die Briefbotin ungeduldig. Rita stand schon hinter der Mutter. Die musste sie halten, als sie unterschrieb.
Noch ehe die Tochter zitternd den Brief öffnete, wussten die Eltern, was sie erwartete. Klara musste sich setzen. Die Hände vor das Gesicht gepresst, rang sie um Fassung. Nur nicht sehen, nur nicht hören, was da über ihre Familie hereinbrach. Rita gab dem Vater

den Brief. Sie brachte es nicht übers Herz, ihn zu lesen. ... müssen wir Ihnen zu unserm großen Bedauern mitteilen, ...der Gefreite Wilhelm M. ... für Führer, Volk und Vaterland ... Heldentod, las er mehrmals. Dann las er es laut vor. Er drückte ein Taschentuch vor die Augen, war nicht fähig, sich um die Tochter zu kümmern.

Tagelang hütete Rita das Bett. Sie verweigerte das Essen, das ihr die Mutter hinstellte, sprach nicht mehr und wusch sich nicht. Ohne einen klaren Gedanken döste sie vor sich hin. Wilhelms Foto, das sie gerahmt hatte, hielt sie vor ihrer Brust. Eigentlich war sie nicht mehr in dieser Welt. Auch der Vater kränkelte. Was geschehen war, hatte ihm zugesetzt. Sein Magen wollte die Aufregungen und den Kummer nicht mehr hinnehmen. Karl konnte nicht zur Arbeit gehen. Wie früher, als Rita noch ein Kind war, saß er oft Stunden neben ihrem Bett. Er wusste, dass sie hörte, was er sagte. Aber Rita reagierte nicht. Wollte er aufstehen, hielt sie ihn an der Hand fest.

Die Mutter war viele Tage lang verstummt. Sie, die ihrem Ärger und Verdruss sonst immer lautstark Luft machte, hatte keine Worte mehr. Zu schwer war der Schlag, der Rita getroffen hatte. Klaras Liebe und Aufmerksamkeit hatten viele Jahre besonders dieser Tochter gegolten. Oft hatte sie auch ihretwegen gelitten. Und gerade, als alles sich zum Guten wenden wollte, war alles zunichte. Auch der Sohn Heinrich war an der Ostfront. Die einzig tröstliche Hoffnung der Mutter beruhte auf der Tatsache, dass ihr Sohn bei den Sanitätern war.

„Dieser verdammte Krieg", hörte Rita Onkel Richard sagen. Er sagte es sehr laut und es klang verzweifelt. Auch er hatte ja einen Sohn verloren, und der andere war noch im Feld.

Er konnte der Familie keinen Trost spenden. Doch er fühlte sich nicht so allein, wenn er in Klaras Küche sitzen konnte. „Vor Moskau, hätte Schluss sein müssen, heje. Kapitulation! Viele wären da nicht umgekommen", sagte er zu Karl. „Ja, dieser Idiot treibt uns alle ins Verderben. Sie hatten nicht mal Wintersachen, unsere Jungen.

Und das bei Minus vierzig Grad. Vielleicht sind viele auch erfroren."
Nach diesen Worten nahm der Vater wieder das Taschentuch vors Gesicht. Auch die Sorge um seinen Sohn drückte ihn nieder. Durch die geöffnete Tür hatte Rita die Worte des Vaters gehört. Sie brachten sie wieder ins Hier und Jetzt zurück. Plötzlich wurde ihr klar, dass auch der Vater heimlich den Feindsender abhörte. Der Volksempfänger stand jetzt im Schlafzimmer der Eltern. Er hatte der Familie nur aus Vorsicht untersagt, den Sender zu hören. Dass die Wehrmacht dem Russischen Winter nichts entgegenzusetzen hatte, stand in Leipzig in keiner Zeitung und war doch grausame Wirklichkeit.

Rita arbeitete wieder an einer Übersetzung. Der Verlag hatte die Arbeit angemahnt. Die traurigen Ereignisse der letzten Wochen hatten Rita lange in eine Erstarrung versetzt. Doch der Lebenswille, der schon in ihr zu verkümmern drohte, trat als kleine schüchterne Pflanze wieder ans Tageslicht. Vorerst dachte sie nur an ihre Arbeit. Sie achtete nicht auf ihr Äußeres, sah nicht in den Spiegel. Abgehärmt und ohne Glanz in den Haaren lief sie herum. Gott sei Dank, dachte die Mutter, sie ist wieder auf den Beinen. Ich werde sie schon wieder hochpäppeln.
Gespräche, wie sie früher am Frühstückstisch oder beim Abendessen in der Familie geführt wurden, fanden nicht mehr statt. Keiner wollte über Wilhelms Tod sprechen. Keiner wollte anrühren, was alle bewegte. Der Krieg dauerte nun schon Jahre. Die Ernährung der Frauen und Kinder, der Kriegsversehrten und Alten wurde immer dürftiger. Fleisch gab es nicht mehr. Alles war rationiert. Schieber und Betrüger feierten ihre Wiederkehr nach dem Ersten Weltkrieg.
Im August des Jahres dreiundvierzig fielen Bomben auf Leipzig. Sie zerstörten Häuser am Stadtrand. Einhundertvier Menschen starben. Auch auf Berlin waren Bomben gefallen. Überall wurden Luftschutzkeller eingerichtet, die oft nur einen Schutz vorgaukelten.

Sirenen heulten und gaben später Entwarnung. Wo die Leipziger vorher um das Leben der Soldaten an der Front gebangt hatten, bangte nun jeder in der Stadt auch um sein eigenes Leben. Der Krieg war an der Heimatfront angelangt.
Karls Arbeitszeit wurde im Spätherbst heraufgesetzt. Für das gleiche Geld musste er länger arbeiten. Der morgendliche Gang zum Finanzamt fiel ihm schwer genug. Sein Bein machte ihm wieder Beschwerden. Karls Magen drückte und rebellierte gegen Kohlrübensuppe und Kommissbrot. Die Familie bereitete ihm Sorgen. Früher hatte er sich oft darüber geärgert, dass seine Frau um vieles ein Tamtam machte. Heute ängstigte ihn ihre Gleichgültigkeit. Nur ganz im Inneren ahnte er, dass es ihr einziger Schutz gegen all das war, was über die Familie hereingebrochen war.

Der Winter hatte bisher nur wenig Schnee, war trübe und verregnet. Strom und Briketts mussten gespart werden. Am besten, man ging früh zu Bett. Doch die Angst vor den Bomben in der Nacht ließ viele in der Stadt nicht zur Ruhe kommen.
Um drei Uhr fünfundvierzig am vierten Dezember gaben alle Sirenen in Leipzig ein schauriges Konzert.
Rita half der Mutter, das Nötigste zu ergreifen. Jeder von ihnen nahm seinen Koffer und eine Tasche. In Ritas großem Lederkoffer befanden sich auch ihre wertvollsten Bücher. Der Vater stand mit Decken unterm Arm und der großen Thermoskanne schon an der Wohnungstür. „Macht schnell, ich höre sie schon!", rief er. Von Angst getrieben, stürzten die Hausbewohner in den Luftschutzkeller. Auf alten Stühlen und auf Kisten sitzend, harrten sie aus. Ohrenbetäubender Lärm steigerte die Furcht ins Unermessliche. „Das war ganz in der Nähe!", rief der Mieter aus dem zweiten Stock, der ein Bein schon im Ersten Weltkrieg verloren hatte. Manche der Hausbewohner hatten Decken über sich gezogen, als wären sie so geschützt vor dem Schlimmsten.
Erneutes Krachen ließ in den Nachbarkellern alles herunterfallen,

was nicht niet- und nagelfest war. Die Kellerwände schienen zu schwanken.
Karl hatte seine Arme um Klara und Rita gelegt. Johanna saß zwischen seinen Knien auf einer kleinen Kiste. Bei jedem Bombenschlag zuckten die Menschen zusammen. Keiner sprach. Alle wussten, dass nach dem ohrenbetäubenden Schlag das eigene Wohnhaus getroffen worden war. Die Decke des Kellers hielt stand. Aber die trübe Lampe erlosch. Mauern außerhalb des Kellers stürzten ein. Die Luft war voller Staub.
Karl nahm die Taschenlampe und sah auf seine Uhr. Sie zeigte vier Uhr dreißig an. Die Entwarnung war nur schwach zu hören. Die Menschen im Keller hatten nur noch eins im Sinn: Was war mit ihrem Haus geschehen? Doch die Kellertür ließ sich nicht öffnen. Durch Ritzen zwischen den Brettern sah man Steine und Geröll. Überall knisterte und knackte es. Mit der Taschenlampe leuchtete Karl zu den Kellerfenstern. Auch sie waren zugeschüttet. „Der Notdurchgang zum Nachbarkeller!", rief der alte Herr Mayer aus der Mansardenwohnung. Karl, der rüstigste der Männer im Keller, griff zur Hacke. Sie stand für den Durchbruch zum Nachbarkeller bereit. Im Licht der Taschenlampe sahen die Frauen und Kinder auf Männer, die abwechselnd versuchten, die Wand zu durchschlagen. Nach Stunden mussten sie einsehen, dass ihr Tun zwecklos war. Die Menschen im dunklen Keller begriffen, dass sie verschüttet waren. Die Trümmer ihres Hauses, ihrer Wohnungen, hatten sie begraben. Zwei alte Frauen begannen weinerlich zu klagen. „Nehmen Sie sich doch zusammen", sagte Klara zu ihnen, „wenn wir nun alle losheulen wollten!" Rita tröstete ein Kind, dessen Mutter selbst Trost gebraucht hatte. „Wir müssen Klopfzeichen geben!", schrie Johanna, die sich an einen Film erinnerte.
Die Männer berieten, was zu tun sei. „Klopfzeichen, das ist gut." Einer von ihnen nahm einen Stein und schlug gegen den Balken über dem Notdurchgang. Eine junge Frau sprang plötzlich auf und

begann an der Kellertür zu rütteln. „Wir sind hier begraben, wir sind alle begraben!", schrie sie Rita entgegen. Die versuchte sie zu beruhigen. Aber sie hatte selbst große Angst. Tröstende Worte blieben ihr im Hals stecken. Karl war es nicht möglich, sein Zittern zu unterdrücken. Klara hatte es gespürt. Nun war es an ihm, an den Balken zu klopfen.

„Die suchen jetzt noch nicht nach Verschütteten. Es ist doch noch nicht mal hell." Herrn Mayers Worte zeigten Wirkung.

Im Keller wurde es still.

Rita saß eng bei ihrer Mutter. Beide nahmen sie einen Schluck aus der Thermoskanne. „Wer weiß, wie lange das noch reichen muss." Johanna war an der Schulter der Mutter eingeschlafen.

„Es muss doch schon Mittag sein", sagte eine Stimme in die Dunkelheit. Schweres Atmen und Schluchzen war zu vernehmen. Die Männer begannen erneut, Klopfzeichen zu senden. Sie klopften an verschiedenen Stellen. Aber niemand hörte sie. Eine Frau begann zu wimmern. „Ich muss mal, was soll ich denn machen." Keiner gab ihr eine Antwort. Alle hatten das gleiche Problem. Der Geruch im Keller nahm zu.

Eine junge Frau versuchte mit einem Singsang, ihr Kind zu beruhigen. Sie schaukelte dabei mit dem Körper hin und her. Rita tastete sich zu ihr. Klara und Johanna folgten ihr. Sie wussten nicht, wie viele Stunden sie so gesessen hatten. Das Nananana, das die Frau leise sang, beruhigte alle im Keller. Ein Mann reichte Brotscheiben herum. „Und wenn's das Letzte ist, was wir essen", sagte er in die Dunkelheit des Kellers.

Karl sah wieder auf die Uhr. Mehr als vierundzwanzig Stunden saßen sie nun schon dort. Alle hofften sie, dass noch etwas zu retten sei von ihrem Hab und Gut da oben. Einige hatten die Hoffnung aufgegeben, selbst gerettet zu werden, saßen zitternd und wimmernd im Keller.

Klara weinte still. Rita tastete nach Wilhelms Foto in ihrer Tasche. Wenn ich je hier rauskomme, werde ich unser Kind zu mir holen.

Dann habe ich doch einen Teil von dir bei mir. Mit diesen Gedanken hielt sie sich aufrecht.

Alle im Keller froren. Sie ahnten nicht, dass der leichte Durchzug im Raum sie vor dem Ersticken bewahrte. Die Männer hatten wieder mit dem Klopfen begonnen. „Seid doch mal still! Hört ihr denn nichts?", rief einer der Männer. Weit entfernt war ein Pressluft-hammer zu hören. Geräusche, die von oben kamen, hacken und schippen, wirkten wie elektrischer Strom auf die Menschen im Keller. Alle schrien durch einander. Alle hofften auf Rettung. Abwechselnd klopften die Männer weiter. Jetzt nur nicht nach-lassen! Sie müssen uns hören!

Nach Stunden drang ein erster Strahl von Tageslicht in den Keller. Alle dort unten hielten den Atem an. Als das rettende Loch groß genug war, schob ein Feuerwehrmann eine Leiter in den Keller. Er stieg herab und half den Verschütteten nach oben. Einige von ihnen waren nicht in der Lage, die Leiter hinauf zu steigen. Sie wurden mit Seilen nach oben gezogen.

Keiner von denen, die gerettet wurden, konnte sich darüber freuen. Sie standen vor den Trümmern ihres total zerstörten Hauses. Klara sank in die Arme ihres Mannes. Sie war am Ende ihrer Kraft. Dort lag nun alles in Schutt und Asche, was ihr und der Familie einmal gehört hatte: die Möbel, die Karl selbst gebaut hatte, die schönen Gardinen, das Geschirr und die Wäsche und vor allem die Fotoalben. Das konnte doch nicht sein, dass ihnen gar nichts davon geblieben war. Auch Karl und die Töchter standen fassungslos vor den Trümmern.

Erst als sie mit einem Lastwagen des Roten Kreuzes zu einer Sammelunterkunft gefahren wurden, sahen sie die entsetzliche Verwüstung der Stadt. Das Auto fuhr den Ring entlang. Dort, wo früher Häuser gestanden hatten, ragten hohle Ruinen in die Höhe. „Die Scheißengländer, das sind doch Verbrecher!", empörte sich einer der Mitfahrenden, „die müssten alle abgeknallt werden." Doch die meisten, die im Auto saßen, konnten noch gar nicht begreifen, was sie sahen. Sie alle hatten ihr Zuhause verloren.

Die zwei Tage in der Sammelunterkunft hätten schon gereicht, die Familie in Verzweiflung zu stürzen. Klara war aufs Suchen verfallen. Sie versuchte, dem Elend zu entgehen, indem sie alles, was die Töchter und ihr Mann noch aus dem Keller hatten retten können, ständig überprüfte. Ihre eigene Tasche hielt sie an sich gepresst. Die Koffer der Verschütteten mussten im Keller bleiben. Die Feuerwehr weigerte sich, auch sie ans Tageslicht zu bringen.
Schlaf war in der Sammelunterkunft kaum möglich. Mehrere hundert Menschen waren in der Kongresshalle untergebracht. Die eilig hergebrachten Feldbetten reichten nicht aus. Herumirrende Kinder suchten ihre Mütter. Es war sehr kalt. Die Heizung und das Wasser waren in ganz Leipzig ausgefallen. Einmal am Tag fuhr eine Gulaschkanone vor den Eingang der Halle. Die letzten in der Warteschlange bekamen nichts. Lärm und lautes Gezeter machte auch einen kurzen Schlaf unmöglich. Ab und zu kämpfte sich eine Rotkreuzschwester durch die Gruppen der Menschen. Rita hörte sie ihren Familiennamen rufen. „Hier, hier!", schrie sie laut und winkte mit beiden Armen. Die Schwester überreichte ihr einen Schein. „Dort gehen Sie hin. Die müssen Sie aufnehmen", erklärte sie. Dann schrieb sie die Namen aller Familienmitglieder in eine Liste und tauchte wieder in der Menschenmenge unter.

Karl, der Leipzig wie seine Westentasche kannte, führte Klara und die beiden Töchter in ihre neue Bleibe. Völlig entkräftet schleppten sie sich über den Martin-Luther-Ring bis hin zur Ferdinand-Rohde-Straße im Konzertviertel. Der Straßenbahnbetrieb war zusammengebrochen. Chaos und Verwüstung herrschten in der Stadt. „Hier habe ich als junges Mädchen Wäsche ausgetragen", erinnerte sich Klara, als sie das Haus betrat. Hier sollte sie nun wohnen? Das hätte sie sich nie träumen lassen.

Nach langem Klopfen wurde die Tür in der zweiten Etage einen Spalt geöffnet. Eine alte Frau mit spitzem Gesicht und spärlichem Haar sah auf die Menschen vor sich. Karl zeigte seine Zuweisung. „Was, gleich vier Personen?" Mit ihren Augen stach die Frau auf das Papier. Eine Hand, die aus dem Dunkel hinter ihr auftauchte, reichte ihr eine Lorgnette. Sie blickte auf das Blatt und dann voller Empörung auf die Menschen, die von ihr Hilfe erwarteten. Die Tür wurde wieder zugeschlagen. Das Lamento dahinter war bis hinaus auf das herrschaftliche Treppenhaus zu hören. Karl klopfte energischer. „Wir haben eine Zuweisung. Lassen Sie uns doch rein. Meine Frau kann nicht mehr stehen!", rief er zornig. Plötzlich ging die Tür weit auf. Eine Frau mit weißem Schürzchen und einer Haube auf dem Kopf ließ die Familie eintreten. Sie sah noch einmal auf die Zuweisung. Sie wies zu einer Zimmertür. „Hier können Sie erst einmal bleiben. Das ist alles, was wir hinstellen konnten." Rita stockte der Atem. Hier sollten sie zu viert leben und schlafen? Ein großes Bett mit hohem Giebel war offenbar für zwei Personen gedacht. In einer Ecke stand ein altes Ledersofa. Der Raum war groß und kalt. Wo Fensterscheiben gewesen waren, spießten Scherben mit bedrohlichen Spitzen aus dem Rahmen. Der Stuck an der Decke war nur noch teilweise vorhanden. An einigen Stellen hing die Farbe in Fäden herunter. Auch Wasserflecke zeigten, dass dieses Haus seinen Teil beim Bombardement am vierten Dezember abbekommen hatte.

Nun öffnete die Frau eine weitere Tür, hinter der noch ein kleinerer Raum war. Dort standen ein Schrank und ein Sofa. Ein großer Ledersessel, schwarz und stark beschädigt, sollte jetzt noch einmal seinen Dienst tun. „Gut, dass wir das alles noch im Keller hatten", sagte die Frau, die sich als Hausdame von Frau T. vorstellte. Sie verwies auf die kleine Tür. Das sei die Toilette. Aber im Moment gäbe es kein Wasser. Man müsse nun sehen, wie man zurechtkäme. Bettwäsche und Handtücher müsse man sich vom Amt genehmigen lassen.

Trotz ihrer Müdigkeit drang in Klaras Bewusstsein, dass etwas fehlte. „Wo ist die Küche?" fragte sie und kurbelte ihre letzten Kräfte noch einmal an, um sich die Küche anzusehen. Frau T., die offenbar den Worten ihrer Hausdame gelauscht hatte, stand plötzlich neben ihr. „Die Küche betreten Sie nicht! Das wäre ja noch schöner!", herrschte sie Klara an. Ihre Stimme, die ähnlich einem krächzenden Vogel klang, überschlug sich. Die Hausdame nahm die alte gebrechliche Frau am Arm und führte sie über die große Diele in eines der vielen Zimmer. So sehen also die Wohnungen im Konzertviertel aus, dachte Rita.

Sie ließ sich auf das Sofa in dem kleinen Zimmer fallen. Auf Fragen ihrer Eltern und ihrer Schwester antwortete sie nicht mehr. Der Vater legte eine der groben Decken über sie, die das Rote Kreuz für die Familie gebracht hatte. Weder Hunger noch Durst spürten die vier Menschen. Ihre Gedanken kreisten heute nicht mehr um das, was sie verloren hatten, nicht mehr um die Verschüttung im Keller. Sie waren so erschöpft, dass sie sofort einschliefen.

Als Karl auf seine Uhr blickte, wurde ihm klar, dass seit der Ankunft hier vierundzwanzig Stunden vergangen waren. Klara neben ihm und seine Töchter schliefen noch immer. Sie werden Hunger haben, wenn sie aufwachen, war sein erster Gedanke. Sein zweiter galt seinem Freund Richard. Hoffentlich war er den Bomben entkommen. Auf seinem Weg dorthin kam ihm nach und nach in den Sinn, was er alles heranschaffen müsste, damit das Leben für ihn und seine Familie erträglicher würde.

Es schneite ein wenig. Karl schlug den Mantelkragen hoch. Er erkannte die Straßen kaum wieder. In Richtung Süden war die Zerstörung nicht so stark. Die Hoffnung wuchs, Richard in seiner Wohnung anzutreffen. „Gott sei Dank!", rief er, als der Freund ihm öffnete. Nachdem er Richard begrüßt hatte, fiel von ihm ab, was ihn nach all den schrecklichen Ereignissen am Leben gehalten hatte: seine Kraft, durchzuhalten, sein Wille, beiseite zu schieben, was er nicht mehr ändern konnte. Unter Tränen und von mehreren Pausen unterbrochen erzählte Karl, was geschehen war. Auch Richard ließ seinen Tränen freien Lauf. Zwei Männer, die seit ihrer Kindheit durch Dick und Dünn zusammen gegangen waren, saßen einander gegenüber und weinten. Wieder war es Richards Handwagen, der transportieren musste, was Karls Familie das Leben erleichtern sollte. Federbetten, Decken, Bettwäsche und Handtücher lud der Freund auf. Er deckte eine große Plane darüber. An Essbarem packte er dazu, was er entbehren konnte. „Karl, den Kanonenofen aus der Werkstatt, den kannste dir holen, heje." Es dunkelte wieder, als Karl sich auf den Weg in sein neues Zuhause machte. Klara empfing in voller Sorge und Zorn. Zu viele Gerüchte machten die Runde, zu viele schreckliche Ereignisse sprachen sich in der Stadt herum. Überfälle auf Wehrlose fanden selbst am Tage statt. Das letzte wärmende Kleidungsstück wurde manchem vom Leib gerissen.

Rita und Johanna saßen in Decken gehüllt in dem kalten Raum. Doch in Klara waren schon wieder neue Lebensgeister erwacht, weil sie einen Grund zur Empörung hatte. Der Zutritt zur Küche wurde ihr verwehrt. Ihre Wut schlug hohe Wellen, als sie Karl die Tür in der Diele öffnete. „Ich darf nicht in die Küche, dabei steht doch auf der Zuweisung Küchenbenutzung!", schrie sie vor allem für die Ohren der Vermieterin. „Wie soll ich denn für uns kochen? Wie kommt denn diese Person dazu, mich so zu behandeln? Wir haben doch alles verloren, waren ja nicht immer so arm! Ach, nein, unsere schöne Wohnung!" Lautstark sandte sie noch einige Tiraden hinterher.

Für alles, was sie an Schrecklichem in der letzten Zeit erleben musste, öffnete sich für Minuten ein Ventil. Das Hausmädchen erschien in der großen Diele. Sie legte den Finger auf den Mund. „Pst!" Sie sah Klara vorwurfsvoll an. Deren Wut verflog vorläufig, als sie entdeckte, was Karl mitgebracht hatte. Endlich wieder essen! „Wenn der Richard nicht wäre", sagte Karl. Rita berichtete, dass

die Hausdame eine Kanne Tee hereingereicht hätte. Die Gnädige dürfe es aber nicht wissen.
Der Kanonenofen wurde in Betrieb genommen. Sein Rohr ragte zum Fenster hinaus. Karl hatte die zerstörten Fenster mühsam dicht gemacht. In den Trümmern hatte er einen großen Topf gefunden. Klara versuchte, für die Familie zu kochen. Doch von ihren früheren Gewohnheiten beim Kochen musste sie sich trennen. Nur, was es an Zuteilungen in den Läden gab, Salzspinat und Kohlrüben, konnte sie zubereiten.
Die Bombenangriffe auf Leipzig gingen weiter. Der Gang in den Luftschutzkeller wurde zur Gewohnheit. Meist nachts heulten die Sirenen und trieben die Menschen aus den Betten. Viele dachten nicht mehr an morgen. Hoffentlich überleben wir diese Nacht, war ihre größte Sorge.
114000 Menschen waren obdachlos geworden. Viele Todesopfer waren zu beklagen.

Rita fühlte sich in dem kleinen Zimmer, das sie nun bewohnte, wie eingemauert. Nach Wochen der Lethargie hoffte sie, dass eine sinnvolle Tätigkeit ihr wieder Lebensmut und Kraft geben könnte.
In der Kleiderkammer des Roten Kreuzes hatte sie für sich und ihre Familie Kleidung und ein paar Toilettengegenstände geholt. Straßenbahnen fuhren auch Wochen nach dem vierten Dezember nur selten.
Rita lief durch die Trümmerfelder des Grafischen Viertels und suchte nach Verlagen, die nicht zerstört worden waren.
Zwischen den Trümmern ragte ein Gebäude empor, das einmal Hinterhaus oder Seitengebäude gewesen sein mochte. Rita bahnte sich vorsichtig einen Weg zwischen Steinen und Geröll und ging hinein. Ein Mann blickte von seiner Arbeit auf. Verwundert sah er Rita an. Dann kam er auf sie zu. Sie bemerkte, dass er hinkte. Der Mann fragte nichts und sagte nichts. Sein Blick forderte sie auf zu sprechen. Interessiert hörte er zu. Rita wunderte sich, dass sie so

frei erzählen konnte, was ihr geschehen war. Sie sprach von der Familie, wie sie verschüttet worden war und sich neu wieder einleben musste. Sie erzählte von ihrem Beruf, den sie so geliebt hatte. Von ihrem Kind, das fern von ihr lebte, erzählte sie nicht. Bald wusste der Mann, dass er mit dieser Frau hier arbeiten könnte. Armin von Walthausen war beim Zuhören bewusst geworden, dass die Frau, die vor ihm stand, das gleiche Ziel verfolgte wie er. Arbeit sollte die Gedanken an alles Schreckliche verdrängen, was sie beide erlebt hatten. Am vierten Dezember verlor auch er alles, was ihm lieb teuer gewesen war: seine Frau und seinen Sohn. Sie waren noch immer unter den Trümmern begraben. Ein großes Verlagshaus hatte erst seinen Eltern, dann ihm gehört. Auch das war dem Krieg zum Opfer gefallen. Er versuchte nun in dem Teil, der nicht zerstört worden war, weiter zu arbeiten. „Ich habe eine Druckmaschine und vor allem Papier retten können", erzählte Armin, „hin und wieder kommt mal ein Auftrag. Reich können Sie hier nicht werden." Er hatte aber längst verstanden, dass es Rita nicht um Geld ging.

Die Mutter war von Ritas neuer Arbeitsstelle nicht begeistert. „Du bist dort nur Mädchen für alles", schimpfte sie, „verdienst auch nicht viel. Bleib doch lieber zu Hause." Sie fürchtete, keine Rolle mehr im Leben der Tochter zu spielen. Viel zu sehr hing sie an Rita, um das ertragen zu können. Deshalb wusch sie weiter ihre Wäsche und kümmerte sich für die Tochter um alles Mögliche, um sich unentbehrlich zu machen.
Rita sah wieder öfter in den schadhaften Spiegel, der in ihrem Zimmer hing. Wenn sie dort allein war, versank sie oft Stunden in dem schwarzen Sessel. Armin hatte ihr wieder zu ein paar Büchern verholfen. Sie entsprachen nicht ganz dem, was sie liebte. Aber es waren Bücher. Rita hatte einen neuen Anfang gewagt. Bald verbrachte sie ihre ganze Zeit mit Armin. Nach und nach sah er in ihr nicht nur eine Schicksalsgenossin, sondern eine Frau. Er konnte

sich ein Leben ohne Rita fast nicht mehr vorstellen. Auch er betrachtete sie als ein Geschenk. Sie aßen zusammen, was sie an Essbarem auftreiben konnten. Sie arbeiteten zusammen. Und sie schliefen zusammen.

In seiner Druckerei hatte er sich im Obergeschoss recht und schlecht eingerichtet. Bei Bombenangriffen saßen sie im Keller und hielten sich an den Händen. Nach jedem Angriff drängte es Rita, nach den Eltern und ihrer Schwester zu sehen. Am liebsten hätte sie sich der Kontrolle der Mutter völlig entzogen. Aber der Halt, den ihr die Familie immer wieder gegeben hatte, hielt sie davon zurück.

Rita brachte Armin nicht die einmalige sehnsuchtsvolle Liebe entgegen, die sie für Wilhelm empfunden hatte. Ihn trug sie noch immer im Herzen. Mit Armin war sie ein Bündnis gegen die Einsamkeit und gegen die Verzweiflung eingegangen. Er war größer als Wilhelm, sehr schlank und dunkelhaarig. In seinen Gesichtszügen konnte sie jede seiner Gefühlsregungen lesen. Was er ausdrücken wollte, sagte Armin mit den Augen.

Im Mai und Juni des Jahres vierundvierzig wurde Leipzig wieder von Luftangriffen heimgesucht. Viele Menschen bezahlten den erneuten Anschlag auf die Stadt mit ihrem Leben. Aber sie, die lebten, mussten weitermachen, durften sich nicht unterkriegen lassen von Trauer und Angst.

Armin, Rita und ihre Familie blieben dieses Mal verschont. Ritas Fertigkeiten im Schriftsetzen wurden immer besser. Tätigkeiten, die sie früher nie ausgeübt hatte, gingen ihr in der Druckerei des Freundes gut von der Hand. Durch einen Bekannten war Armin zu einer Schneidemaschine für Papier gekommen. Wenn der Strom nicht ausfiel, was oft genug geschah, kamen die beiden gut mit der Arbeit voran. Da der Krieg viele Verlagshäuser und Druckereien in Leipzig dem Erdboden gleich gemacht hatte, nahmen die

Aufträge zu. Für Rita kamen in ganz kleinen Schritten wieder bessere Zeiten. Sie übernahm das Lektorat für den Roman eines jungen Kriegsversehrten, der ohne Beine aus dem Krieg gekommen war. Bald danach übersetzte sie eine Liebesgeschichte aus dem Französischen ins Deutsche. Armin sah, dass sie aufblühte, dass sie sich bei diesen Arbeiten am wohlsten fühlte. Nach den letzten schweren Bombenangriffen überlegte Armin, wie er die Druckmaschine in den Keller transportieren könnte. Sie war sein Kapital und seine Hoffnung. Die Zerstörung der Maschine fürchtete er mehr als den eigenen Tod. Doch dort, wo sie stand, hatte sie immer gestanden und war nicht zu transportieren. Er wagte es kaum noch, seinen Betrieb zu verlassen. Dabei hätte er bei einem Angriff nichts bewirken, nichts retten können.

Im Sommer konnte Karl wieder Kartoffeln ernten. Er bewirtschaftete seit dem Frühjahr Richards Garten hinter der Werkstatt. Hin und wieder sah er in die Druckerei herein. Dann hatte er immer ein paar Möhren oder Kartoffeln dabei. Seine Tochter freute sich über alles, was für einen Eintopf geeignet war, der mehrere Tage ausreichen musste.
Karl war froh, dass er für seine jüngere Tochter Johanna trotz der verworrenen Zeiten eine Lehrstelle zur Anwaltsgehilfin gefunden hatte. „Um die Mutti mache ich mir Sorgen. Frau F. sperrt sie immer noch aus der Küche aus. Das ist doch keine Kocherei auf dem Kanonenofen. Das setzt ihr zu", erzählte der Vater, als er Rita besuchte. Er wusste, dass die Mutter aber hauptsächlich darunter litt, dass Rita nicht mehr zu Hause wohnte. Weil Armin ein tatkräftiger, ruhiger Mann war, hatte er Karls Sympathie gewonnen. Klara hingegen konnte ihn nicht ausstehen. Erklärungen dafür blieb sie schuldig.
Die Bombardements waren jetzt seltener. Aber keiner in der Stadt konnte sich in Sicherheit wiegen. Ritas Bruder hatte für wenige Tage Heimaturlaub bekommen. Nichts von seinem jetzigen

Aussehen erinnerte an frühere Tage. Das dunkle Haar war trotz seiner jungen Jahre an den Schläfen ergraut. Das Gesicht spiegelte wider, was er an der Front erleben und ertragen musste. Die Mutter gab ihm ihre Brotration. Er wurde nicht satt. „Der Krieg geht nicht mehr lange. Der Russe rückt vor. Ihr werdet hier nach Strich und Faden belogen, von wegen siegreich ..." „Leise", raunte die Mutter nach den Worten ihres Sohnes, „uns sollen sie wohl alle abholen?" Hitler hatte Sippenhaft angeordnet. Jeder hatte nun Angst vor falschen Worten durch ein Familienmitglied. Heinrich blieb nur einen Tag bei der Familie. Den Rest seines Urlaubs verbrachte er bei seiner Verlobten. Die Mutter hörte mit großen Augen von seinen Heiratsplänen nach dem Krieg.

Rita begleitete ihren Bruder zum Bahnhof, weil seine Verlobte im Lazarett arbeiten musste. Der Fronturlaub war vorbei. „Hätte es doch nur geklappt am zwanzigsten Juli", flüsterte sie ihm zu, „dann wäre vielleicht schon alles vorbei." Heinrich schüttelte energisch den Kopf. „Es gibt doch da oben nicht nur einen, der Unheil anrichtet", antwortete der Bruder. Als sie Heinrich aus dem Zugfenster winken sah, dachte Rita an Wilhelm. So hatte sie ihn das letzte Mal gesehen. Nach langer Zeit dachte sie wieder an ihr Kind. An das Versprechen, das sie sich im zugeschütteten Keller selbst gegeben hatte, dachte sie nicht mehr.

Zu ihrer größten Freude kam Onkel Richard in die Druckerei. Er litt unter der Einsamkeit und darunter, dass er nicht mehr körperlich arbeiten konnte. Bei der Verletzung seiner Schulter im Ersten Weltkrieg waren Nerven durchtrennt worden. Der Arm war verkümmert und hing nutzlos am Körper. Richard lebte auf den Tag hin, an dem der Sohn, der ihm geblieben war, nach Hause kommen würde.

Mit Armin sprach er über den Krieg, über die zerstörte Stadt. Es klang für ihn wie Hohn, als der darauf verwies, was Hitler kürzlich gesagt hätte: Alle deutschen Städte würden schöner, als sie es je waren, wieder aufgebaut werden. Richard verkniff sich eine Antwort.

Im Stillen dachte er, dass keiner den Worten Hitlers mehr glauben dürfte, der noch bei Verstand wäre.
Er sah zu, wie Rita einen Schriftblock setzte. „Ach, meine Hübsche. Ich mache mich wieder auf den Weg, heje. Hoffentlich kommt kein Alarm. Geh mal wieder zu deiner Mutter, die braucht dich." Er umarmte Rita mit dem gesunden Arm und gab Armin die Hand.

Karl traute seinen Augen nicht. Das konnte doch nicht wahr sein! Er schlug mit der Faust auf den Tisch. Klara sah ihn verwundert an. Er sprang auf, dachte nicht an das Bein. Seine Frau griff zur Zeitung. „Das geht doch gar nicht!", rief Klara, nachdem sie gelesen hatte: Der Führer ordnet an. Da stand tatsächlich, alle wehrpflichtigen männlichen Kinder und alle alten Männer sollen im Volkssturm rekrutiert werden. Sie haben sich umgehend im ... zu melden. Auch Kriegsversehrte fallen darunter. „Das können sie doch mit uns nicht machen. Wir haben doch schon im Ersten Weltkrieg unsere Haut zu Markte getragen. Der Mann ist doch verrückt, auch noch Kinder in den Krieg zu holen!", schrie Karl.
„Leise", mahnte Klara mit unterdrückter Stimme.
Es klingelte. Karl glaubte, jetzt würde er abgeholt. Doch auch Rita hatte die Meldung gelesen und war zu ihrem Vater geeilt. Sie dachte an Heinrichs Worte. Die Russen stehen schon an der deutschen Grenze. Die Amis, Engländer und Franzosen sind nicht weit. Das kann nicht mehr lange gehen. „Vati, du musst dich verstecken!", beschwor sie den Vater. Aber sie wusste, dass das unmöglich war. Die Angst um ihren Vater machte Rita kopflos. Sie blieb heute bei den Eltern, bei der Mutter, die nicht fassen konnte, dass ihr Karl wieder in den Krieg ziehen sollte.
Das Versagen aller Verbündeten sei schuld an dieser Maßnahme, hatte Hitler dem Volk weismachen wollen.
Karl ging auf die Sechzig zu. Nein, er wollte nicht mehr schießen, nicht mit Kindern zusammen gegen den Feind rennen. Wenn ich jetzt in den Krieg ziehe, komme ich nicht wieder nach Hause. Dieser

Gedanke hatte sich in seinem Kopf festgesetzt. Seine Frau und die Kinder konnte er doch nicht allein lassen. Besonders Johanna brauchte ihn ja noch. Karl fasste einen Plan.
Als Klara endlich eingeschlafen war und auch die Töchter schliefen, verließ Karl das Haus.
In seinem Rucksack hatte er mitgenommen, was ihm in den Sinn kam. Er klopfte Richard aus dem Schlaf. Der vernahm staunend, was Karl vorhatte. „Es kann so und so schief gehen, Karl. Ich rate dir nicht ab und nicht zu, heje. Es ist ein großes Risiko." Er gab seinem Freund noch eine Konservenbüchse mit und umarmte ihn. „Ich melde mich nicht", flüsterte er, „ich warte. Wenn sie mich holen, mache ich kurzen Prozess." Richard sah Karl vielsagend an. Mit der Hand imitierte er einen Schuss in den Kopf. Noch ein letzter Händedruck, und Karl befand sich auf der Flucht. Dass sie länger als nur einige Tage dauern würde, hielt er für ausgeschlossen. Erst unterwegs überlegte er, in welche Richtung er gehen sollte. Er, dem Gleichklang und Ruhe so wichtig waren, hatte plötzlich eine so spontane Entscheidung getroffen, dass ihm selbst bange wurde. Die dunklen Straßen waren menschenleer. Er lief in die nördliche Richtung Leipzigs. Noch hatte er keinen Plan, wie es für ihn weiter gehen sollte. Es ging ums Überleben. Und gerade jetzt dachte er wieder daran, wie er mit seinem Freund auf der Walz gewesen war. Damals waren sie auch lange Strecken marschiert. Aber am Abend waren sie immer in einer Herberge oder bei einem Meister angekommen, wo sie schlafen und essen konnten. Manchmal blieben sie auch ein paar Tage, um zu arbeiten. Doch jetzt war Karl allein. Er wurde von Angst getrieben. Aber das Entscheidende war, auf der Walz war Karl vierzig Jahre jünger gewesen!

Die Mitteilung des Vaters, die er gut sichtbar auf dem Tisch platziert hatte, las Rita als Erste. „Klara, ich komme wieder. Rita, kümmere dich um die Mutti. Johanna, folge deiner Mutter. Grüßt Heini, wenn er zurückkommt. Euer Vati." Auch das Geld, das er für seine Tochter aufbewahrt hatte, lag dabei. Eine geringe Menge hatte er für sich behalten. Rita entdeckte, dass die Kleidungsstücke des Vaters verschwunden waren. Ihr war klar, dass sie die Mutter jetzt nicht allein lassen durfte. Sie lief zu Armin in die Druckerei und nahm an Arbeit mit, was sie zu Hause bewältigen konnte.

Klara betete wieder an jedem Morgen und an jedem Abend. Die Gebete waren lang. Es gab zu vieles, worum sie Gott um Hilfe bitten musste. Der tägliche Kampf, den sie gegen die Vermieterin führte, glaubte führen zu müssen, er hatte an ihren Kräften gezehrt. Noch immer durfte sie die Küche nicht betreten. Das Holz für den Kanonenofen wurde knapp. Johanna sammelte Holz. Doch es reichte nicht aus, um auf dem Ofen zu kochen.

Rita war es nun, die der Mutter sagte, was sie tun oder lassen solle. Sie kümmerte sich auch um die jüngere Schwester. Johanna hatte sich mehr und mehr dem wachsamen Blick der Mutter entzogen. Auf sie hörte das Mädchen längst nicht mehr. Nur der Vater konnte noch Einfluss auf sie ausüben. Manchmal genügte ein Blick von ihm. Karl fehlte an allen Enden.

Armin kam und brachte für die drei Frauen etwas zu essen. Er hatte ständig Angst um seine Druckerei. Drohende Bombenschläge oder Einbrüche schwebten wie ein Damoklesschwert über ihm. Und doch kam er täglich. Durch die Trümmerstraßen fuhr er mit dem klapprigen Fahrrad. Nur mit einem Bein konnte er in die Pedale treten. Das andere, an der Front Zerschossene, hielt er beim Fahren steif zur Seite. Er stellte sich für die Frauen an. Was er für die Lebensmittelkarten bekam, gab er Ihnen. Er selbst aß nur wenig, wenn Rita nicht bei ihm war.

Der Winter des Jahres vierundvierzig zeigte sich zum Glück für die Bevölkerung Leipzigs nicht sehr kalt. Wie schon im Februar, warfen die Amerikaner ihre todbringende Fracht bis in den Sommer hinein auf die Stadt. Besonders auf Betriebe und Bahnanlagen

hatten sie es mit ihren Brand- und Sprengbomben abgesehen. Schon zweimal waren zwei Männer da gewesen. Sie fragten nach Karl. Ihr Ton wurde schärfer. Sie drohten, glaubten nicht, dass Klara und Rita nicht wussten, wohin der Vater gegangen war. Doch die Frauen hatten sich ein dickes Fell zugelegt. Sie mussten es, um weiterleben zu können. Wochen, nach denen Karl heimlich verschwunden war, kam ein Brief aus Badingen. Oma Lina schrieb, dass es Brigitte gut ginge. In Leipzig sollten sie sich keine Sorgen machen. Unter ihrem Brief erkannten die Frauen die steile Schrift des Vaters. „Von allen hier schöne Grüße", schrieb er.
Klara und ihre Töchter konnten aufatmen. Aber auch dort musste sich der Vater ja verstecken. Wie er bis in die Altmark gelangen konnte, war ihnen ein Rätsel.

Am Weihnachtsabend saßen Klara, Johanna und Rita mit Armin am Kanonenofen. Richard und sein Sohn kamen hinzu. Seit langer Zeit hatte Rita den Onkel nicht so glücklich und heiter gesehen. Sein Sohn war verwundet worden. Die rechte Hand hatte einen dicken Verband. Schmerzen plagten ihn. Aber er war wieder zu Hause!
Lange saß die kleine Gesellschaft nicht zusammen. Jeder hatte Angst, dass es wieder zu einem Luftangriff kommen könnte.
Das Neue Jahr brachte am Anfang nichts Neues und nichts Gutes für die Menschen in der Messestadt. Im Gegenteil. Von Februar bis April des Jahres fünfundvierzig wurde die Stadt wieder von der Amerikanischen Luftflotte bombardiert. Sechstausend Menschen waren bisher während des Krieges in Leipzig ums Leben gekommen. Im März hatte es sich herumgesprochen, dass die Amerikaner den Rhein durchschritten hatten. Sie waren bereits auf deutschem Boden.
Klara hielt einen Brief von Heinrich in den Händen. Er sei in amerikanischer Kriegsgefangenschaft. Es ginge ihm nicht gut, aber besser als an der Front.

Langsam wuchs die Hoffnung auf ein Ende des Krieges. Überall in der Stadt wehten weiße Fahnen. Klara hatte nicht den Mut, ein Betttuch hinaus zu hängen. Noch waren Schüsse zu hören. Armin kam angeradelt und erzählte, dass die Amis in Großzschocher einmarschiert waren. Er hatte es in den Acht-Uhr-Nachrichten gehört. Johanna konnte ihren Dienst beim Anwalt heute nicht antreten. Sie arbeitete in der Nähe des Völkerschlachtdenkmals. Gerade dort hatten sich viele Wehrmachts- und Volkssturmgruppen verschanzt. Sie lieferten den Amerikanern einen letzten sinnlosen Widerstand. Auch in anderen Teilen der Stadt gab es noch blutige Kämpfe.
Dennoch. Die Amerikaner befreiten Leipzig am achtzehnten April, nachdem sie es bis ins Frühjahr hinein in Schutt und Asche gelegt hatten. Wieder war ein Krieg vorbei.

Rita und Armin bestellten nun Richards Garten. Möhren- und Kohlrabisamen fanden sie im Schuppen. Zum Glück regnete es reichlich. Die Wasserversorgung war durch die Bomben zum Erliegen gekommen. In Eimern, Töpfen und Wannen sammelten die Menschen Regenwasser.
Die Verkehrssysteme waren zerstört worden. Es gab keine Nahrungsmittel mehr. Alle Lagerhäuser und viele Geschäfte wurden geplündert. In Armins Natur war es nicht festgeschrieben, dass er sich an Plünderungen und Schwarzmarktgeschäften hätte beteiligen können. Er trennte sich von einigen Büchern. Rita ging an die bekannten Stellen des Schwarzmarktes und hielt die Bücher hoch. Mit einem Brot und einem Stück Wurst kam sie zu Armin zurück, der mit dem Rad in einiger Entfernung auf sie wartete. Dort wurde ihm sein Fahrrad entrissen. Er bekam dafür Seife und ein Stück Butter.
Nun, wo keine Angriffe mehr zu befürchten waren, gingen Rita und Armin nur noch am Mittag zur Mutter. Sie aßen zusammen, was der Schwarzmarkt hergab. Einige kleine Teile aus dem Kästchen,

das ihr Frau Palmer gegeben hatte, verkaufte Rita. Für die Schönheit des Schmuckes hatte sie jetzt kein Auge.

So, wie Karl nach dem Ersten Weltkrieg heimgekehrt war, so kam er auch nach dem Zweiten zurück. Gerade als Klara wieder verzweifelt war, weil sie sich von allen verlassen fühlte, stand er in der Tür. Als Rita später dazu kam, erzählte der Vater von seiner abenteuerlichen Flucht. Er sprach immer wieder davon, dass er froh sei, dem Schießen und Töten entkommen zu sein. Und als er von Hitlers Selbstmord gehört hatte, wagte er den Weg nach Hause. Klara konnte es lange nicht glauben, dass ihr Karl wieder bei ihr war. Mit ihm fühlte sie sich sicherer. Mit ihm war sie ein Ganzes, konnte sie die schwere Zeit besser ertragen. Dieses Mal sah er nicht so abgehärmt aus, als er wieder kam. Nie würde sie vergessen, wie Karl nach dem Ersten Weltkrieg ausgesehen hatte. Unterwegs bei seiner Flucht war ihm eingefallen, wie Rita den Weg zum Dorf in der Altmark beschrieben hatte. Kurze Strecken war er als Blinder Passagier mit Güterzügen gefahren. Und sehr, sehr weit war er gelaufen. Immer musste er wachsam sein. Oftmals hatte er in Scheunen und Heuhaufen Zuflucht gefunden. Klara zuckte zusammen, als er erzählte, wäre er von der Wehrmacht aufgegriffen worden, hätte man ihn als Deserteur erschossen. Völlig heruntergekommen hatte er bei Nacht und Nebel bei den Frauen in Badingen angeklopft. Sie wären sehr erschrocken, als sie ihn gesehen hatten. In der Scheune zwischen Heu und Stroh hatte er sich wochenlang versteckt. Nur in der Dunkelheit war er ins Haus zu Oma Lina und Ilse gegangen. Nie vorher sei er auf so hilfreiche Menschen gestoßen. Wie selbstverständlich hätten sie ihn mit Essen versorgt. „Ich habe deiner Schwiegermutter von deinem Geld gegeben. Sie wollte es nicht nehmen. Ich habe es dort liegen gelassen. Du bekommst es zurück", sagte er zu Rita. Und seine kleine Enkelin habe er ins Herz geschlossen. Das Kind hatte die Erwachsenen bei konspirativer Zusammenkunft überrascht. Des

Nachts hätten sie neben der Grude in der Küche gesessen und geflüstert. Sie schärften dem Mädchen ein, dass es niemandem von dem Mann erzählen dürfte, der sich bei der Großmutter versteckt hielt. Brigitte hielt sich daran. Sie erlebte so ihr erstes Abenteuer. Was Großmutter Lina sagte, galt für Brigitte und ihre Cousine ohnehin als unumstößlich. So war es auch, als vor Wochen der junge Mann auf den Hof gekommen war. Er sah schmutzig aus und war bis auf die Kopfhaut kahl geschoren. Den ganzen Tag arbeitete er in dem großen Garten oder auf dem Hof. Jeden Tag stellte die Oma eine Schüssel Pellkartoffeln auf den Tisch in der Stube. Der magere schmutzige Mann aß alles auf, auch die Speckstippe. Die beiden Mädchen beobachteten ihn aus angemessener Entfernung. Nie hatten sie einen Menschen so viel und so schnell essen sehen. Wer dieser Mann war, erfuhren die Kinder nicht. Aber die Großmutter legte jedes Mal den Finger beschwörend auf den Mund, wenn er ins Haus kam. Jeden Morgen sprang er von einem Lastauto und kam durch die Hoftür herein. Er arbeitete bei Wind und Wetter. Das Wort „Zwangsarbeiter" hatte Brigitte gehört. Nicht durch viele Worte, durch das Handeln der Großmutter begriff das Kind, dass ihm Vertrauen geschenkt wurde, das es nicht enttäuschen wollte. Es konnte ja nichts Böses sein, dass der Mann sich satt aß. In diesen Zeiten behielt man lieber für sich, was man wusste.

„Das Kind weinte, als ich wegging", erzählte der Vater. „Oft, wenn ich nachts mit den beiden Frauen in der Küche saß, kam es dazu. Ich erzählte der Kleinen dann von den Verwandten in Leipzig und von der großen Stadt. Ich redete mit ihr so, wie ich sooft mit dir gesprochen hatte", sagte Karl an Rita gewandt. Die Tochter war glücklich, ihren Vater wieder zu haben. Voller Verwunderung hörte Johanna, dass die große Schwester ein Kind hatte. Damit war sie ja Tante geworden. Wie konnte es nur geschehen, dass sie all die Jahre nichts davon bemerkt hatte. Die Geheimniskrämerei von Mutter und Schwester hatte sie schon manchmal gespürt. Aber

das hatte sie nicht vermutet. Auch der Vater war ja an dieser Verschwörung beteiligt. Wieder fühlte sich Johanna ausgeschlossen. Sie sah ihren Vater an. Offenbar ging es ihm nach der Flucht trotz der widrigen Umstände besser als den Menschen in Leipzig. Auch Rita blickte in das Gesicht des Vaters. Was er über ihre kleine Tochter gesagt hatte, lenkte ihre Gedanken wieder öfter zu ihrem Kind. Lange hatte sie diese Gedanken verdrängt, hatte zu viel Kummer und Elend erlebt. Wieder dachte sie an Wilhelms Wunsch, das Kind zu sich zu nehmen.
Brigitte müsste doch bald sechs Jahre alt werden. Im Juli hatte sie das Kind auf die Welt gebracht. Der Vater war der Meinung, dass seine Enkelin hier in Leipzig in die Schule gehen sollte. Eigentlich gehöre sie doch zur Mutter. Als er auf dem Dorf Unterschlupf gefunden hatte, war er voller Freude über das Enkelkind gewesen. Auch in der Stadt hätte er es nun gerne bei sich. Doch von seiner Mutter hatte er dem Kind nichts erzählt. Er war der Überzeugung, dass es Ritas Angelegenheit sei, ihrer Tochter alles zu erklären. Sie würde sich schon an das Kind gewöhnen. Im Stillen dachte er, nein, er wusste, dass es mit dem Kind für Klara schwer werden würde. Aber er vertraute auf die Zeit und auf die Gewöhnung.
Ende Juni hatten die Amerikaner Leipzig wieder verlassen. Die Russen kamen. Bevor sie einmarschierten, waren überall die Straßen leer. Die Häuser wurden verschlossen und die Jalousien herunter gelassen. Wieder hatten die Menschen Angst. Doch es half nichts. Die Delitzscher Straße kamen sie entlang. Viele Panjewagen mit kleinen Pferden zogen in die Stadt.
Karl war gerade am Hauptbahnhof gewesen, um ein Schwarzmarktgeschäft zu tätigen. Er hatte versucht, eine Vase, die er im Keller der Vermieterin entdeckt hatte, gegen Brot zu tauschen. Da sah er, wie sie aus nördlicher Richtung kamen. Ganz anders hatte er sich die Russen vorgestellt, groß und übermächtig. Nun sah er viele kleine ausgemergelte Soldaten, mit Fußlappen an den Beinen, die ihre bedauernswerten Pferdchen antrieben. Nebenher auf

größeren Pferden saßen bewaffnete Offiziere mit großen runden Mützen auf den Köpfen. Es dauerte lange, bis Karl den Mut fand, nach Hause zu gehen. Er hatte sich in einen Hauseingang gedrückt und wagte es nicht, die Straße zu betreten.
Die Bevölkerung Leipzigs hatte keine Wahl. Sie musste sich an die Russen gewöhnen.
Erich Zeigner wurde von ihnen als Bürgermeister eingesetzt.
„Jetzt kriegen wir vielleicht den Kommunismus", sagte Karl zu seiner Frau. Aber das war für Klara ohne Belang.
Noch immer arbeitete Rita mit Armin zusammen. Ihre Aufträge häuften sich. Wenn die Verhältnisse besser würden, wollte Armin seine Maschinen aufstocken. Aber Rita schwebte vor, wieder im Buchhandel zu arbeiten. Wenn doch erst alles wieder besser würde!

Rita hatte einen Entschluss gefasst.
Trotz der schwierigen Bedingungen bei der Reichsbahn löste sie eine Fahrkarte nach Stendal. Die lange Fahrt nach Lübeck kam ihr wieder in den Sinn. Wie lange ist das alles schon her? Ilse wartete in Stendal schon auf sie. Mit der Kleinbahn fuhren sie zusammen bis Kläden. Dort hatte Rita vor Jahren ihren Marsch nach Badingen antreten müssen. Heute fuhren beide in der Kutsche mit, die dem Großbauern von nebenan gehörte. Dass die Schwägerin schon morgen früh mit dem Kind nach Leipzig zurück wollte, erschreckte Ilse. Aber sie sagte nichts. Es gehörte zu ihrem Wesen, ihre Gedanken für sich zu behalten. Die energische Rita flößte ihr Respekt ein.
Das Kind blickte auf, als Rita die Stube in dem kleinen Haus betrat. Einer solchen Frau war es noch nie begegnet. Sie sah so anders und fremd aus. Sie redete auch anders. Die Kleine lief zur Cousine auf den Hof. Rita besprach mit den beiden Frauen, was ihr wichtig erschien. Das Kind würde sie morgen mitnehmen. Das stand für sie fest. Vater Karl wartete ja auch auf sein Enkelkind. Die Bedenken von Mutter Klara ließ sie unbeachtet. Irgendwie würde

es schon gehen. Was braucht schon ein Kind in diesem Alter? Frühzeitig stand der Milchwagen vor dem Haus. Er fuhr die frisch gemolkene Milch von den Höfen im Dorf zum Nachbardorf in die Molkerei. Der Bahnhof war neben der Molkerei.

Das Kind wurde aus dem Schlaf gerissen und angezogen. Niemand erklärte ihm, wo die Reise hingehen sollte. Rita glaubte, es hätte noch Zeit damit. Ilse und die Großmutter wollten nicht glauben, dass das Mädchen ihnen jetzt entrissen wurde. Es hatte die beiden ein wenig über Wilhelms Tod hinweggetröstet. Inzwischen gehörte es doch zu ihrem Leben. In Ritas Koffer hatten die Frauen Brot und eine Schinkenseite gelegt. Sprechen konnten und wollten sie jetzt nicht. Es war nicht das erste Mal, dass Großmutter Linas Herz gebrochen wurde.

Erst als Brigitte mit der fremden Frau auf dem Milchwagen saß, begriff sie, dass es fortgeht, weg von allem Vertrauten. Sie sah die Oma am Hoftor stehen. Sie sah, was sie vorher nie gesehen hatte. Die Großmutter weinte. Tante Ilse war ins Haus gelaufen. „Wo fahren wir denn hin?", fragte das Kind, als der Wagen aus dem Dorf fuhr.

Von dem Moment an, als es den Kirchturm seines Heimatdorfes hinter den Bäumen verschwinden sah, wurde die Sehnsucht nach dem Zuhause sein ständiger Begleiter.

Aber Rita wusste nicht, was sie ihrer Tochter erklären, was sie sagen sollte. Doch das Mädchen hörte nicht auf zu fragen.

„Du wirst schon sehen", antwortete Rita ungeduldig. Sie hatte bemerkt, dass das Verhältnis ihres Kindes zu den beiden Frauen im Dorf innig und vertraut war. Dass das Mädchen sie ebenso lieben würde, konnte sie sich nicht vorstellen. Aber sie wünschte es sich.

Die Fahrt nach Leipzig gestaltete sich zu einem Drama. Züge fielen aus. Ritas Koffer wurde gestohlen und wieder gefunden.

Es war sommerlich heiß. Nirgends gab es etwas zu trinken. Trotz des frühen Aufbruchs kamen Rita und ihre Tochter erst am Abend

auf dem Hauptbahnhof an. Beide waren erschöpft und konnten sich kaum noch auf den Beinen halten.
Der Vater war schon zum zweiten Mal zu den Zügen gekommen. Endlich sah er beide auf dem Bahnsteig. „Opa, Opa!", rief das Kind erfreut, als es den Großvater sah. Er war hier das einzig Vertraute für das Kind. Schon der Bahnhof, riesig und voller Menschen, bereitete ihm Angst.
Das kleine Mädchen aus der Altmark machte Schwierigkeiten. Es saß in der Ecke des großen Zimmers, sah auf die riesigen Fenster und die schadhaften Wände. Es schlief auf der Matratze, die der Großvater auf zwei Kisten gelegt hatte. In der Ecke, wo es saß, hatte es fast den ganzen Raum im Blick. Die fremde Großmutter schimpfte viel.
Die Kleine wartete nur auf den Tag, wo es hieß, es geht wieder ins Dorf zurück. Noch immer glaubte sie nur an einen Besuch in dieser unwirtlichen Welt. Der Tag kam nicht. Die Wände um das Kind wurden enger. Tante Johanna nahm dem Mädchen endgültig seine Illusion. „Du wohnst jetzt für immer hier. Gewöhn dich dran", sagte sie und wunderte sich, dass Brigitte weinte.
In ihren Träumen sah das Kind die Großmutter Lina, Tante Ilse und das Dorf vor sich. Die Sehnsucht nach dorthin machte es oft sprachlos.
In der neuen Familie hieß es, Brigitte sei schlecht erzogen, maulfaul und aufsässig. Auch Karl, der sich des Mädchens manchmal annahm, erreichte seine Seele nicht. Er stand bei dem Kind im Verdacht, es belogen zu haben. Was hatte er ihm alles erzählt von dieser Stadt! Von schönen Häusern, von Bäumen und Straßenbahnen hatte er gesprochen. Aber das Mädchen sah nur Trümmer und Zerstörung.

Bald kam Brigitte in die Schule. Es war die gleiche Schule, in die schon die Mutter gegangen war.
Rita hatte sich das Zusammenleben mit dem Kind anders

vorgestellt. Es ging nicht aus sich heraus und freute sich nicht über das Kleidchen, das sie ihm zum Schulanfang hatte nähen lassen. Es wollte das, was auf den Tisch kam, nicht essen.
Nach und nach überließ Rita die Betreuung ihrer Tochter den Eltern. Klara klagte oft, dass sie zu alt sei für dieses Kind. Aber der Vater beruhigte sie mit den Worten, dass alles nur halb so schlimm sei. Manchmal war ihm, als erlebe er ein Déjà-vu. Die kleine dunkelhaarige Enkeltochter hatte zwar nicht das hübsche Gesicht ihrer Mutter, nicht ihre ausdrucksvollen Augen. Aber sie erinnerte ihn immer wieder an die Jahre, als Rita ein Kind war. Auch um Heinrich und Johanna hatte Karl sich gekümmert, hatte sie nie im Stich gelassen. Doch die Tochter, die er mit Margarita hatte, nahm in seinem Herzen eine besondere Stellung ein. Niemals hätte er das ausgesprochen. Hätte es ihm jemand unterstellt, Karl hätte es nicht zugegeben. Und doch beschlich ihn oft das Gefühl, dass es Klara ebenso ging.

Armin war glücklich. Rita wohnte wieder bei ihm. Die Eltern und ihr Kind sah sie nur an den Wochenenden.
Armins Heiratsplänen wich sie aus. Sie hatte ihn lieb gewonnen, bemerkte aber, dass er andere Vorstellungen von der Zukunft hatte als sie. Auch die Erinnerung an Wilhelm hielt Rita von einer erneuten Heirat zurück.
Lautes Klopfen störte das Paar im Schlaf. Armin hinkte zur Tür. Ein Soldat in russischer Uniform ergriff ihn. „Na dawai, dawai, dawai!", schrie der Soldat. Zitternd fuhr Armin in seine Kleider. Ein Zivilist stand hinter dem Soldaten. Er sah sich im Raum um, betrachtete die Maschinen, las Schriftstücke. Rita sah, dass ihr Freund zu einem Lastwagen geschleppt wurde. Mühsam stieg er auf. In dieser Nacht hatte sie ihn das letzte Mal gesehen. Alles Nachfragen in der Sowjetischen Kommandantur, selbst beim Bürgermeister, blieb erfolglos. In der Zeitung stand, dass nun abgerechnet würde mit Kriegsverbrechern und ihren Helfern.

Armin ein Kriegsverbrecher? Sie konnte es nicht glauben. Die Druckerei wurde beschlagnahmt. Selbst das, was ihr gehörte, durfte Rita nur zum Teil mitnehmen. Sie war wieder allein und ohne Bleibe.

Zu Hause wurde es eng. Rita schlief wieder auf dem Sofa im kleinen Zimmer. Johanna, die fast erwachsen war, musste mit den Eltern und ihrer Nichte in einem Raum schlafen. Klara hatte durch die Hausdame Zutritt zur Küche bekommen. Frau T. war zu gebrechlich geworden, um alles in der Wohnung kontrollieren zu können. So gut sie es konnte, versuchte Rita der Mutter zu helfen. Das Herbeischaffen von Nahrungsmitteln kostete Zeit. Überall standen Menschenschlangen. Der Schwarzhandel war eine schnellere Möglichkeit, an Essbares zu kommen. Stück für Stück vertauschte Rita den Schmuck aus Frau Palmers Kästchen. Der Vater hatte die Stelle beim Finanzamt durch seine Flucht verloren. Er zog wieder durch die Häuser und bot seine Dienste als Tischler an. Bald hatte er genug zu tun. Richard war zufrieden, denn Karl arbeitete wieder in seiner Werkstatt. Es gab viel zu reparieren nach dem Krieg. Auch die Vermieterin nahm seine Dienste in Anspruch. Die angespannte Atmosphäre in der Wohnung im Konzertviertel wich einer freundlicheren. Die Hausdame hatte nun das Heft in der Hand. Sie ließ Klara in der Küche gewähren, die groß genug für zwei Hausfrauen war.

Der Schock, den Armins Verschleppung bei Rita ausgelöst hatte, saß tief. Aber es musste weitergehen. Wieder suchte sie eine Tätigkeit, die ihrem Leben einen Inhalt geben konnte. Ihre Tochter war bei den Eltern gut aufgehoben.

Rita bewarb sich bei der Leipziger Volkszeitung. Das Korrekturlesen brachte ihr keine Erfüllung. Aber es lenkte sie von vielem ab, was sie belastete.

Des Nachts, wenn sie auf dem Sofa schlafen wollte, plagten sie seit Wochen Schmerzen im Bauch, die am Morgen verflogen waren.

197

Oft versank sie am Abend für Stunden in dem großen schwarzen Sessel. Sie las oder bürstete ihr schwarzes Haar. Legte sie sich hin, dann kamen die Schmerzen. Vor den Eltern hatte Rita sie bisher geheim gehalten. Doch die Mutter bemerkte bald, dass es der Tochter nicht gut ging. Sie machte ihr Umschläge auf den Bauch. Der Vater lief in die Apotheke in der Südstraße, kaufte alles, was ihm dort empfohlen wurde. Rita musste ihre Arbeitsstelle wieder aufgeben. Der Arzt hatte nach langen erfolglosen Behandlungen geraten, dass sie ins Krankenhaus gehen solle. Die Eltern, Johanna und auch die kleine Tochter begleiteten Rita ins Krankenhaus St. Georg. Dort lag sie nun in einem großen Krankenzimmer mit vielen Betten und vielen kranken Frauen. Der Arzt, mit dem Karl sprach, machte Hoffnung: „Es wird schon wieder werden. Wir tun unser Bestes." Doch wenige Tage später wurde Ritas Bauch von den Ärzten geöffnet und sofort wieder geschlossen. Die Mutter, die Rita jeden Tag besuchte, war mehr als beunruhigt.

Rita lag in einem Einzelzimmer. Nur das schwarze Haar hob sich vom weißen Kopfkissen ab. Ihre fahle Haut sah erschreckend aus. Als sie die Mutter sah, wollte Rita lächeln. Aber es misslang ihr. „Wir konnten nichts mehr tun", sagte der Arzt bedauernd, „es war zu spät." Klara weigerte sich, den Platz neben Ritas Bett zu verlassen. Sie wurde von der Schwester hinausgeführt. Am nächsten Morgen stand sie mit dem Vater wieder vor dem Bett. Sie wollte und konnte sich nicht in das Unausweichliche fügen. Rita hatte die Augen geschlossen. Hilflos sah Klara auf ihr Kind, das schon nicht mehr auf dieser Welt war. Ein alter Arzt trat zum Bett. Ohne Rücksicht auf die Kranke schrie ihm Klara ihre Verzweiflung entgegen: „Was haben Sie eigentlich für sie getan? Sie stehen hier und machen nichts!" Der Arzt beschwichtigte die Mutter: „Glauben Sie mir, ich kann nichts mehr für Ihre Tochter tun." Karl streichelte die Wange seiner Tochter. Er glaubte, ein leises Lächeln in ihrem Gesicht zu sehen. Wie oft hatte er Rita so gestreichelt, als sie noch ein Kind war, wenn sie nicht schlafen

konnte. Wie hatten er und Klara um sie gebangt, als sie die Kinderlähmung hatte. Die Erinnerung an Margarita wurde wieder in ihm wach. Wenn sie wüsste!
Nachts traf das Telegramm vom Krankenhaus ein. Karl musste es nicht lesen, er ahnte, was darin stand. Behutsam und unter Tränen machte er seiner Frau klar, dass er jetzt dort hinfahren würde. Klara, die die Nacht schlaflos verbracht hatte, schrie auf. Auch sie wusste, was geschehen war. Alles, was sie in den vergangenen Jahren durchgemacht hatten, war nichts gegen das, was Karl und Klara bevorstand.
Im Morgengrauen fuhren sie mit der Straßenbahn zum Krankenhaus, um Rita ein letztes Mal zu sehen. Erschüttert standen die Eltern vor dem Bett, in dem die Tochter leblos lag. Nie zuvor befiel Karl ein solches Schuldgefühl. Er glaubte, seine Tochter nicht genug beschützt zu haben. Das erste Mal, hatte er sich lange Zeit schuldig gefühlt, als Rita geboren und zu ihm gebracht worden war. Damals hatte sein Schuldgefühl Margarita gegolten. Weinen konnte er nicht. Ein Gedanke bohrte sich in seine Seele, den er nicht abwenden konnte: Ich habe alles falsch gemacht. Was habe ich Margarita nur angetan! Was habe ich Rita und Klara angetan? Dass er sein Leben lang versucht hatte, es allen recht zu machen, daran dachte er nicht.
Der Zeit und den schlechten Zuständen im Krankenhaus war es geschuldet, dass Rita nicht gerettet werden konnte. Die Diagnose war undurchsichtig. Die Eltern erfuhren nicht, woran ihre Tochter verstorben war. Klara versagten die Beine. Sie weinte und beklagte, dass keiner geholfen hatte. Die Kraft, sie zu beschwichtigen, hatte Karl nicht. „Es war alles umsonst, Karl, alles umsonst!" Beide trauerten sie um die Tochter. Sie war auf unterschiedliche Weise Inhalt ihres Lebens gewesen. Für Klara war sie Erfüllung ihrer Wünsche, weil sie durch Rita mit Karl zusammengekommen war. Besonders als die Tochter noch ein Kind war, gehörte sie zu ihr, war sie eng mit ihr verbunden. Für sie war sie ein Geschenk, das

ihr zustand. Klara war der festen Überzeugung, dass alles, was Rita erreicht, was sie gelebt hatte, ihren mütterlichen Bestrebungen zu verdanken war. Die erwachsene Rita stellte sic oft vor Probleme, die aber waren für die Mutter nicht mehr gegenwärtig. Schon jetzt, wenige Stunden nach ihrem Tod, war Rita für die Mutter unantastbar. Wie sollte Klara nun weiterleben? Hatte das Leben noch einen Sinn für sie? An die beiden anderen Kinder konnte sie nicht denken. Und immer wieder kreisten ihre Gedanken nur um eins: Rita war doch ihr Kind. Warum wurde es ihr genommen?
In Karl hatte sich eine große Leere ausgebreitet. Ihm war, als hätte man ihm einen Teil seines Lebens genommen. Durch die Tochter hatte er Margarita nie ganz verloren.
Karl und Klara saßen auf der kalten Bank im Krankenhaus. Beide waren sie alt geworden mit dem Geheimnis um Ritas Geburt, das sie bis zum heutigen Tag gehütet hat. Sie konnten nicht gehen, wollten sich nicht von der toten Tochter trennen. Ihr Zeitgefühl hatten sie verloren. Eine Krankenschwester kam und ermahnte das Paar zu gehen. Karl zeigte zu dem Zimmer hin, in dem Rita lag. Er sagte: „Dort, da drin liegt meine Tochter. Ich kann doch nicht einfach gehen." Als sich die Schwester zum zweiten Mal dem alten Paar näherte, erwachte Karl aus seiner Lethargie. Für Stunden hatte er sich in einem Zustand befunden in dem das Hier und Heute für ihn nicht existierten. Er sah auf die Uhr. Es war schon Nachmittag. „Komm, Klara, wir müssen nach Hause", sagte er mit belegter Stimme. Ihm fiel ein, dass Johanna bald nach Hause kam, und nicht wusste, wo die Eltern waren. Und er dachte auch an sein Enkelkind. „Komm, Klara, komm. Brigitte ist allein."

3. Ist Karls Romanze zu Ende?

„Hallo, Mutti, was gibt's denn? Manuel hat gesagt, du brauchst meine Hilfe!!"
Ich schrecke auf. Markus steht schon im Raum. Nicht einmal die Klingel habe ich gehört.
„Wie gut, dass du mich hast", ruft Rolf.
Er ist auf dem Weg zum Wohnzimmer. Ich fühle mich schuldig, obwohl ich es nicht bin.
Rolf hat recht, es wird wirklich Zeit, dass bei uns wieder Ruhe einkehrt.
„Sag schon, was ist so dringend, dass ich mein Training verschieben muss?"
„Ach, Markus, deine Mutter ist einfach von gestern! Da ist die Geschichte nun fertig, aber ich soll eine andere Datei liefern, keine Word, sondern eine PDF. Jetzt habe ich Angst, dass ich etwas falsch mache beim Umwandeln. Oder dass er auf einmal verschwunden ist, der ganze Text."
Markus lacht. Er setzt sich an den Computer.
Vielleicht könnte ich uns schnell einen Kaffee kochen!
Doch ich bin noch nicht an der Tür, da höre ich schon:
„Fertig! Ist das hier die Mail-Adresse? So, erledigt. Ausdrucken auch?"
Ich nicke und gehe zum Drucker. Doch Markus ist schneller als ich. Er nimmt die Seiten auf. Dann schaut er mich an.
Ich freue mich über sein Interesse.
„Ja, gern", sage ich. „Aber werden sie zu Hause nicht auf dich warten?"

Markus antwortet nicht, er sitzt in der Sofaecke und liest.
Ich gehe in den Flur und nehme Rolfs Jacke vom Haken.
„Komm, mein Lieber, wir laufen eine Runde ums Eck."
Verwundert dreht sich mein Mann vom Bildschirm zu mir.
Langsam schiebt er sich aus dem Fernsehsessel.
„Bist du jetzt fertig mit dem Schreiben?"
Es fällt ihm schwer, mir zu glauben. Doch für den Moment ist seine Welt in Ordnung.
Und wie fühle ich mich?
Auf dem Weg zu Rita habe ich Antworten erhalten und meine Albträume verloren.
Ist das nicht mehr als ich erwarten kann?
Rolf tippt mich an. Er spürt genau, wenn ich mich von ihm entferne.
Wir biegen in unsere Straße ein.
Markus kommt uns entgegen. Er umarmt mich.
Leise sagt er: „Und du bist ganz sicher, dass Karls Romanze mit diesem Buch zu Ende ist?"

2018 Im Verlag OsirisDruck, Leipzig erschienen
Karls Romanze, Erstes Buch, 160 Seiten
ISBN 978-3-941394-78-0

Brigitte Nowak

Geboren 1939 in Lübeck
Schulzeit in Leipzig
Lehre als Fotografin, aus gesundheitlichen Gründen
    Umschulung zur Dekorateurin
Studium am Institut für Lehrerbildung
Lehrerin für Deutsch und Kunsterziehung,
    mehr als 30 Jahre im Schuldienst tätig
Seit 1999 Rentnerin
Zwei erwachsene Kinder, zwei Enkelkinder
Lebt in zweiter Ehe mit ihrem Mann in Leipzig
Malt, schreibt und
    ist seit 2014 in der Gruppe schreibender Seniorinnen
    und Senioren Leipzig zu Hause